Sonya
ソーニャ文庫

悪魔な夫と恋の魔法

荷鴣

イースト・プレス

contents

序章　黒色は災《わざわ》い

見上げた空は赤だった。

窓に映るリズベスの顔はくしゃりとゆがみ、視線はうつろに落ちていく。彼女は扇《おうぎ》を握りしめ、ドレスから覗くサテンの靴《くつ》を見下ろした。

鼓動《こどう》がとくとくと速まって、息苦しさを増している。汗がじわりと噴き出した。リズベスは内からせり上がる何かを吐き出してしまいそうになり、窓にたよりなく手をついた。

赤は、嫌い。……血を連想させるから。

血は、怖い。……過去を思い出してしまうから。

昼と夜の狭間《はざま》にある黄昏時《たそがれどき》は、いつだって彼女を不安に陥《おとしい》れる。夜が間近に控える気配に身はすくみ、闇色の彼を強く感じて、ますます恐怖は降り積もる。それはそのまま不吉な予感に置き換えられて、リズベスはくずおれそうになっていた。

深淵《しんえん》から感じるのは、ぎらりと光る、うつくしくて邪悪な銀の双眸《そうぼう》だ。

夜が、闇が、すぐそこだ。黒は危《あや》うい兆《きざ》しの色。

フランス窓の前に立つリズベスは、おずおずと振り返り、正装姿の父を見た。これから父と、伯母のアントニアとともに、夜会に出向かなくてはならない。

「お父さま、やっぱりわたし……」

か細い声で話しかければ、クラヴァットの結び目を調節していた父は手を止めた。

「リズ、どうしたんだい？」

「……行きたくない」

父――ミルウッド子爵は、リズベスの傍に歩み寄り、理解を示すかのように彼女の肩に手を置いた。娘を溺愛する子爵は、これまで彼女に無理強いをしたことがない。

「私に訳を聞かせてくれるね？」

リズベスはすがるように父を仰いだ。

「怖くて……お父さま、わたし、お部屋に戻りたい」

「うん。そうだね、今日はやめておこうか。夜会はまた次にしよう。私はボーウェル卿《きょう》に挨拶《あいさつ》をしてくるが、リズは部屋にいなさい。食事の用意を申しつけておくよ」

その言葉にリズベスよりも早く反応したのは、くじゃくの羽根があしらわれたボンネットを被る伯母のアントニアだ。彼女に合わせて羽根がゆらゆらと揺れている。

「何をばかげたことを言っているの！　やめてちょうだい、ジェラルド」

鼻先を突き出したアントニアは、大きな身体を椅子《いす》に落ち着けたまま言い放った。

「どれほど機会を次に回せば気が済むの。それに、見てみなさい！　あなたがことあるごとにリズベスに甘い顔をしてきたから、この子の内気はずいぶん進行し、いまや重症。引きずり出せばかろうじて近くの教会には行くものの、かれこれ三年も屋敷に閉じこもり続けているのよ。ねえ、三年よ？　これはね、ゆゆしき事態なの。十六歳の年ごろの娘だというのに……イーニッドの身にもなってみなさい。彼女はあなたたちふたりの現状を、いまごろどう見ているのかしらね。天国で嘆《なげ》いているに違いないわ」

たちまちリズベスの頭を占めたのは、生前の母イーニッドだ。九年前に亡くなった母は華やかで、いつも人の輪の中心でほほえんでいるような人だった。もともとリズベスは母と同じく快活な性格で、そんな娘が部屋に引きこもるようになるとは、母も予想だにしなかっただろう。

「リズベス、聞きわけなく逃げるのは許しませんよ。今日の夜会には必ず出てもらいますからね！」

父は、萎縮《いしゅく》しているリズベスをかばうように抱き寄せた。

「姉さん、リズにあまり強く言うのは」

伯母は「ジェラルド！」と子爵の言葉を遮って、リズベスを見据えた。

「リズベス・メイブリック、しっかりなさい！」

リズベスの肩は、びくりとはね上がる。

「あなたという人はどうしてしまったの。三年前のあなたは、うんと社交的だったはずよ？　なのに笑顔を忘れて、こんなにもびくびくと……人嫌いな怖がり屋になり下がるなんて情けない。一体、三年前に何があったというのです」

三年前――。思い出しかけて、身体のそこかしこが瞬時に粟立《あわだ》った。……恐ろしい。

リズベスは、震えそうになる手を握りしめ、懸命《けんめい》に声をしぼり出す。

「伯母さま……ごめんなさい」

「わたくしに謝ってどうするの。原因がわからない限り、解決にはならないでしょう？言ってごらんなさい」

言葉を受けて、もごもごと唇を動かしたあと、リズベスは眉根を寄せた。

「わたし……わたし、夜会に……行きます……」

たとえ歯切れが悪くても、伯母はリズベスの答えに満足したらしい。それ以上過去を問い質《ただ》そうとはせずに、鷹揚《おうよう》にうなずいた。

「わかればいいのよリズベス。聞きわけの良いあなたは好きよ。あなたの世界はね、この屋敷で留めていてはいけないの。これからは外に目を向けなさい。視野を広く持ち、ミルウッド子爵家の令嬢として、立派に淑女《しゅくじょ》のつとめを果たすのです」

うつむいたリズベスは、横で爆《は》ぜる暖炉の火に目をすべらせた。炎の色は、赤だった。


小さなころは着飾るのが好きだったリズベスだが、いまは一転して華美なものは好まなくなっていた。極力目立ちたくないという思いが強い。けれど、子爵が夜会に用意したドレスは、彼女の魅力をあますところなく引き出して、周囲の目をさらうものだった。

光のような真珠《しんじゅ》が散りばめられた乳白色のエンパイアドレスは、彼女の金茶色の髪や透き通るような白肌を輝かせ、その鮮やかな緑の瞳をより一層際立たせた。愛らしい形のネックライン、レースで装飾された艶《あで》やかなドレープを描くスカート、短くふわりとした可憐《かれん》な袖《そで》、絹《きぬ》の長い手袋、そして、真珠とリボンで彩られた髪かざり。どれも細部まで意匠が凝らされており、彼女しか着こなせないと思えるほどに似合っていた。それもそのはず、子爵が金に糸目をつけずに、時間をかけて作らせたのだから。

最後に、伯母のアントニアに真珠の首かざりを二回、首に巻きつけられれば完成だ。

子爵家の馬車が出立し、大通りを通り、やがてすべるように化粧漆喰《しっくい》仕上げの大きな屋敷の前に到着すると、リズベスは父のエスコートを受け、こわごわ足を踏み出した。三年ぶりの遠出で震えるほどに緊張したけれど、父が背に手を当てて励《はげ》ましてくれた。

とびらが開け放たれた豪華な会場は、うつくしい花々が芳香を振り撒《ま》き、クリスタルのシャンデリアがまばゆくきらめいていた。正装している紳士たちに、色とりどりの華やかなドレスに身を包む淑女たち。しかし、それらすべては、きらびやかな世界が苦手なリズベスを大いに縮こませるものだった。おまけにこちらへ向けられる好奇の眼差しや噂話《うわさ》に耐えられなくて、リズベスは目をうるませた。

ひるんで身を引こうとしたけれど、見知った顔に息をつく。視線の先には栗色の巻き毛をした、ボーウェル卿の息子がいた。父も気づいたのだろう、彼に向けて会釈《えしゃく》をする。

「マンフレッドくん、今日はお招きありがとう」

「ミルウッド子爵、来てくださったのですね。カード室で父が待ちかねていますよ。それにリズベスも……」

　好青年然としたマンフレッドは、リズベスにうっとりとほほえんだ。

「やあ、きみ。今日は一段と綺麗《きれい》だ」

　差し出された彼の手に、リズベスは父を窺《うかが》ってから指先をのせた。そのさまに、伯母はすかさず「まあ、やっぱりあなたたちは絵になるわね」と大げさに口にする。彼女は常々、リズベスとマンフレッドを結びつけようとするのだ。リズベスはそれが苦手だ。

「来てくれてうれしいよ、リズベス……このまま手を握っても？」

　マンフレッドの熱を孕《はら》んだ瞳にたじろいで、リズベスはうつむいた。そして、視界に入った彼の大きな手をみとめた途端、思わずこわばる。それは筋《すじ》ばっていて、異性を感じさせるものだった。――男だ。

　リズベスは恐怖のあまり、彼から指先をはね上げた。動悸とともに、頭のなかは「怖い」の言葉で覆いつくされる。

　男は、怖い。……彼を思い出してしまうから。

「……ごめんなさい、わたし」

「いいよ。きみが男が苦手なのは知っているから――ぼくは待つよ」

　彼の真摯《しんし》な目が、リズベスを射貫いてくる。

「待ってもいいよね？」

　問われても、リズベスはどうしていいのかわからない。けれど彼の目、そして伯母の目が、リズベスに言葉をつむがせる。彼らの目は一様に、リズベスにはマンフレッドしかいないと言っている。マンフレッドは父や執事以外で、唯一彼女が会話できる異性だからだ。

「……はい」

リズベスの返事に、マンフレッドの顔がほころんだ。

「ありがとう、うれしいよ。ねえ、きみに見せたい花があるんだ。少しいいかな。綺麗なシノワズリの花瓶もあるんだよ。一緒に来てくれる？」

しりごみするリズベスが答えに困っている隙に、伯母がしゃしゃり出て言った。

「それはすばらしいわっ。リズベス、ぜひ見せていただきなさい。ねえ、ジェラルド？」

父はわずかに迷いを見せたが、姉に気圧《けお》されたのか、リズベスを見てうなずいた。

「そうだね。リズ、私はボーウェル卿に挨拶をしてくるから、何かあったらカード室に来なさい。マンフレッドくん、少しのあいだリズを頼むよ」

リズベスは、ハーブは好きだが、観賞用としての花にはさほど惹《ひ》かれない。なので、マンフレッドにさまざまな花を見せられ説明されても心はまったく動かずに、ただ相づちだけを打っていた。シノワズリにしてもそうだった。目に鮮やかな色に興味が持てずに、こちらもうなずくのみだった。

どうしてここにいるのだろう。そんなふうに思ってしまう。ずっと屋敷に帰りたくて、でも帰れずに、リズベスは窓を見つめてばかりいた。

外はいつの間にか雨が降っていて、辺りをけぶらせている。それはよくない前兆《ぜんちょう》に思えて、知らずため息がこぼれ落ちた。

雨は、嫌い。……あの日を思い出してしまうから。

「リズベス？」

物思いにふけっていたリズベスは、我に返り、マンフレッドを見上げた。

「外が気になる？　何かあるのかな」

「……いいえ、ごめんなさい」

「そう。飲みものを持ってくるよ。きみはレモネードでいいかな」

「はい……ありがとう」

彼の背を見送ったリズベスは、再び窓に向き直る。

夜のガラスに映る自分は、このきらびやかな会場には滑稽《こっけい》なほど場違いに見えて、辛抱強く相手をしてくれているマンフレッドに申し訳なく思う。

リズベスはポケットをまさぐって、しのばせていた香袋《サシェ》を握って目を閉じた。小さなサシェには、アニス、アリッサム、エボニー、カレンデュラ、スロー、ホアハウンドといったハーブが入っていて、徹底的に不思議な魔法の力でリズベスの身を守ってくれる……はずだったのに、安心感にはほど遠く、心はまったく落ち着かない。

ひざはがくがく震えている。いま置かれている現状は、恐怖でしかないものだ。

外は、怖い。……屋敷の外は、何かが起きてしまうから。

リズベスが、もう夜会には絶対に出ない、と心に決めたそのときだ。

入口のあたりから淑女たちの歓声があがると同時に、どよめきが広がった。

誰かが来たのだ。会場中の貴族の話題をさらう人。それも、特に貴婦人の。

一瞬のうちにすべての視線を集めたその人は、洗練された装いをして優美な足取りで会場に入ってくる。

極上仕立ての深い黒の燕尾《えんび》服に、首もとには凝った結びのクラヴァット。ダマスク柄の銀のヴェストには同じく銀の鎖《くさり》が揺れ動き、繻子《しゅす》のブリーチズがすらりとした長い足を包んでいる。一分の隙も見当たらない。それればかりか、きらめくシャンデリアが、さも神に祝福されているかのように、彼に光をまとわせている。圧倒的な存在感を持つ彼を誰もが歓迎していたけれど、ただひとりリズベスだけは驚愕していた。

夜が、闇が、やってきた。

息が止まりそうなほどに愕然としているリズベスは、荒く脈打つ心臓を抱えてこわばる己に、早く動けと命令する。涙をこらえながら、動いてくださいと懇願《こんがん》する。

――身を隠さなければ。早く、早く。

黒色は災いだ。

リズベスは足を引きずるように歩きながら、辺りをせわしく見回した。すれ違う婦人たちは皆、彼《か》の人を目で追って、噂話で盛り上がっている。

人の波をかきわけて、焦燥《しょうそう》感に駆られて足を動かすリズベスは、ひとりの婦人の凝ったドレスをみとめて、額《ひたい》に汗をにじませた。

血のような赤色だ。それは悪夢の色だった。リズベスはたちまち過去にいざなわれる。目の前が暗くなり、身体がぐらりと落ちる寸前、柱に手をついた。そのまま柱を伝って回りこみ、大きな花瓶の陰に身を隠す。

はあ、はあ、と息を切らせたリズベスは、ポケットからサシェを取り出して、胸の前で握りしめた。けれど、震えて力が入らない。

脳裏に浮かぶのは、強烈に身を焼く銀の視線だ。どんなものでも見透かすあの目。

——お父さま！　お母さま！　助けて！

リズベスはぎゅっと目を閉じ、ごくりとつばを飲みこんだ。しばらく恐怖と戦った。サシェに必死に助けを乞う。そして、彼の位置を確認しようと、恐る恐る目を開けた。

だが、リズベスはすでにすっぽりと影に包まれ、彼に覗きこまれていた。

言葉が出ない。

目と鼻の先にある、その艶《つや》やかな漆黒の髪の奥にあるのは、息をのむほどうつくしい宝石みたいな銀色だ。長いまつげに縁取られ、濡れて艶を帯びた彼の瞳に、怯えた自分が映っている。

それは闇。まるで、夜に閉じこめられたかのようだ。

「リズ」

刹那《せつな》、背すじを何かがぞわぞわと這い上がった気がした。声はなめらかに身体に浸透《しんとう》し、恐れを感じているにもかかわらず、その心地のよさにリズベスは戦慄《せんりつ》した。

「……あ……」

「三年ぶりだね」

暑くもないのに玉の汗を浮かべて縮こまっているリズベスは、力強い腕にあっけなく引き上げられる。息が止まりそうで喘《あえ》いでいると、彼の形の良い唇が、綺麗な弧を描いてみせた。

「約束通り、会いに来たよ」

銀色の瞳を薄く隠す、黒色のまつげの上で光がおどる。それは彼の美貌を一層輝かせるものだった。

その妖《あや》しさに気をとられていると、リズベスは手の甲にくちづけを受けていた。まるで王子さまにキスされる、おひめさまのようだった。

感じるやわらかなぬくもりに泣いてしまいそうになる。彼は昔から、人を魅了してやまないのだ。

けれど彼は夜だ。闇だ。リズベスに、悪夢をもたらす悪魔だ。だまされてはいけない。

「会いたかったよ、リズ」

どんなに笑顔がうつくしくても、たとえどんなに、やさしくても。

1章　親友と精霊

「あなたがリズベスね。お顔をよく見せてちょうだい」

　前に立つ婦人のことはよく知らないけれど、リズベスは少しも警戒することなく、頬に近づく手を受け入れた。こうして自分に声をかけてくる人は多いのだ。快《こころよ》く、鼻先を持ち上げて顔を見せると、婦人の瞳が懐かしそうに細められた。

「あなた、お母さまによく似ているわね。華があるところもイーニッドにそっくりよ」

　言葉から、目の前の婦人が母の友人だと思ったリズベスは、モスリンのスカートをつまみ、小さくひざを折って会釈をした。そして、蕾《つぼみ》もほころぶようなほほえみを浮かべる。

　それは二年前に亡くなった母が教えてくれた、とっておきの笑みだった。リズベスは笑うときは常に母を意識していた。ほほえんでいるのは自分だけれど、母とふたりでという気持ちだった。それもあり、リズベスは笑顔に自信をのせている。

「笑った顔も似ているわ。綺麗な子。将来が楽しみね。きっと、社交界の華になるわ」

「ありがとう」

　まだ九つだというのに、リズベスは「綺麗」という言葉は聞き慣れている。父ミルウッド子爵に連れられて訪れたこのお茶会でも、例に漏れず「綺麗」はたくさん聞いていた。

母譲りのプラチナブロンドの髪と緑色の瞳は、それだけで世間では貴重な色と称賛《しょうさん》されて、価値あるもの——すなわち美女とみなされた。たとえリズベスの鼻が人より少し低めでも、見事な髪と瞳の前では些細《ささい》な欠点にすぎない。

しかしながら、リズベスの欠点はそのまま美点でもあった。低めの鼻は彼女に愛くるしさを与えて近寄りがたさをなくしていたし、何よりも、完璧な美でないおかげで、リズベスは決して驕《おご》ることはなかった。快活で、健全で、好奇心旺盛《おうせい》。彼女はそんな、良い意味で人好きし、万人受けする『子どもらしい』女の子だった。

「ねえ、リズベス、お話を聞かせて！」

リズベスの周りには人が絶えない。彼女の愛嬌《あいきょう》たっぷりな話は、同年代の子どもたちを大いに喜ばせるものだった。最近の話題はもっぱら、口うるさい伯母のアントニアに仕掛けたいたずらの数々で、そのちょっとした冒険譚《ぼうけんたん》に、皆、胸をおどらせた。

「あのね、鳥の羽根にはふわふわな部分があるでしょう？」

切り出せば、リズベスと同じくお茶会に参加している良家の子女たちは、わくわくしながら身を乗り出し、リズベスの話に耳を傾ける。

「羽根ペンを思い出してみて？　あれを全部むしるとね、ただの棒になるの。あわれなほどに華やかさがなくなるのよ。一気にみすぼらしくなるわ」

リズベスは、前に座る四人の女の子たちをゆっくりと見回してから、声をひそめた。

「わたしね、昨日の夜アントニア伯母さまに怒られて、おしりを叩かれたの。でもね、どうして怒られたのかわからなかったから、腹が立ってしまって。でね、今日の伯母さまのボンネット。あのボンネットの羽根をね、彼女が化粧室に行っている隙にむしったの。よく見ると、たくさんある羽根のうち二本はただの棒きれになっているはずよ。うんと綺麗な羽根を選んだわ。白とすみれ色。でもね、内緒よ？　怒られちゃうもの」

「リズベス、あなたったらすごいわ！　アントニアさんはいつもきいきいと大声で話すんですもの。怒ったときは、まちがいなくサタンみたいだと思うの。で、どうだった？」

「確かに怒っているときの伯母さまは、サタンみたいだったわ」

みんなが笑い、各々がサタンについて語り出す。彼女たちの語らいは、おとなたちに聞こえないように注意をはらいながら行われる。

「わたしのお母さまも、すぐにサタンみたいになるわ。外ではいつも扇をこうして口もとに当てて『おほほほ』って小さく笑っているのに、とんでもなく大声になるの」

「わたしのお母さまもサタンそのものよ。お父さまだって。日ごろから気品を持てってうるさいのに、自分たちは簡単に気品のかけらもないサタンになるの。嫌になるわ」

「ねえ、みんな。とりあえずアントニアさんの棒を観察しましょう！」

「賛成よ！」

さながら探偵のように、子どもたちは思い思いに散開《さんかい》し、リズベスの伯母アントニアのボンネットを注視する。リズベスも、こっそり木の陰から伯母の様子を窺った。昨日の彼女のふるまいは、傍若無人《ぼうじゃくぶじん》で傲岸不遜《ごうがんふそん》。ただの八つ当たりとしか思えないものだったから、一矢報いることができたかと思うと、気分は晴れやかになっていた。

ところが、アントニアにひとりの少女が怪しまれたようで、伯母はかんかんになってリズベスを探しはじめた。少女は伯母に包み隠さずいたずらを話してしまったのだろう。震え上がったリズベスはスカートをつまんで駆け出した。リズベスは怒られるのが好きではないのだ。

お茶会はプリスコット伯爵家自慢の庭園で行われていて、テーブルのある会場の奥は、木が複雑に入り組んで迷路状になっていた。左へ曲がり、右を行き、そしてまっすぐ突き進む。曲がりくねって行き止まり。そんなことをくり返すうちに、リズベスは目的を忘れて、夢中で迷路と格闘した。抜けたときには、あまりのうれしさに叫び声が出たほどだ。

「やったわ！」

けれど、人がいるのに気がついて、慌てて口もとに手を当てた。レディたるもの、人前で大きな声を出してはいけないと、自分を棚に上げた伯母にうるさく指導されている。

リズベスは、大きなぶなの木の近くに立つ人物を見た。背は高くないようだが、あまりに強い光が差しているため、姿がよくわからない。逆光のなかにいるその人は、まるで光を背負っているみたいだ。

「誰？」

こちらを窺う相手に問われて、リズベスはスカートをつまんで挨拶をする。声からして、そう年の変わらない男の子だろうと考えた。

「わたしはリズベス・メイブリックよ。あなたは？」

「……ぼくを知らないの？」

「知らないわ。だから教えて」

「答えなきゃだめ？」

「答えたくないのなら、無理には聞かないわ。あなたもお茶会に？」

「うん、つまらないから出てきた」

迷路が楽しかったことで高揚《こうよう》していたからか、リズベスは、なぜかこのぞんざいな少年と楽しく会話ができる自信があった。だから口にする。

「そっちに行ってもいい？」

「勝手にしたら」

「じゃあそうする」

リズベスはゆっくりと彼に歩み寄る。そのあいだも話をやめない。

「ここだと光が強すぎて、あなたがよく見えないの。でもね、ここから見たあなたはとっても素敵。あなたの周り、白く輝いているんですもの。そうね、きっと精霊がいたら、いまのあなたのようだと思うわ」

「精霊？」

「ええ。わたしね、いつか精霊を見てみたいって思っているの。いまの一番の夢」

「……きみのほうが」

「え？　声が小さくて聞こえないわ」

「太陽で髪が光ってる」

距離が近づき、リズベスは彼の姿をとらえた。途端、緑の目をこぼれそうなほど大きく開く。

「うそみたい！　本当に精霊だわ！」

それはお世辞ではなく、純粋な思いだった。リズベスは、目の前にいる彼ほどうつくしい人を知らない。さすがは精霊。彼と比べれば、自分など綺麗でも何でもないと胸を張って言える。精霊の前では、自分などゴミにすぎない。

艶やかな漆黒の髪、そして、どんな宝石よりも価値があるであろう銀色の瞳。目だけではなく鼻も口も顔の輪郭も完璧だ。壊れやすそうな崇高《すうこう》な美――想像上の精霊は黒髪ではなく銀の髪だけれど、リズベスが思い描く精霊像に見事彼は合致した。

「どうしよう……うそみたい」

あまりの高揚感に、手も足も震える。話しかけたいのに、話したいことがたくさんあるのに、興奮してうまく言葉が出てこない。リズベスは、ふう、ふう、と息を吐く。

「あのね、あのね。……ああ、どうしよう」

「何？」

精霊だと知った途端、彼の声もぞんざいな態度もうんと素敵になるから不思議だ。

「ねえ、あなたはどこの国から来たの？」

「ティル・ナ・ノーグ？　イ・ラプセル？　それともアルカディア？」

「……は？」

少年の眉が、「何それ」と、ひそめられる。

「ティル・ナ・ノーグは常若《とこわか》の国よ。イ・ラプセルは至福《しふく》の島、アルカディアは楽園」

「アルカディアの場所は知ってる。ペロポネソス半島にあるんでしょ。ねえ、本気でぼくに国を聞いているの？　正気？」

「もちろんよ。ね、ティル・ナ・ノーグでは、常にりんごがたわわに実っていて、どんなに食べてもなくならない豚と、飲んでも飲んでも減らないエールがあるって、本当？」

「そんなの知らないよ」

リズベスは彼が着る水色のフロック・コートに目を留めた。身体にぴったりと添っていて、銀糸で細かく刺しゅうのされている生地は、きっととても価値があるものだ。彼《か》の地において、少年の地位はずいぶん高いのだろう。そう、王族くらいに。

「お願い。国について詳しく聞かせて？　わたしね、精霊とうんと仲良くしたいの。いつもお祈りしているわ。いつかお部屋に祭壇《オールター》をつくりたいって思っているの」

そしてリズベスははたと気がついた。彼を勝手に男とみなしていたけれど、違うのかもしれない。なぜなら彼は綺麗で、女の子にも見えるからだ。精霊は人のものさしで測れるものではないだろう。

「あの……あなたは、男性？」

彼は気むずかしそうに唇を引き結んでいたけれど、次の瞬間、顔を崩《くず》して噴き出した。

「当たり前だよ。とんでもないことを聞くね。何なの、きみっておかしいよ」

「ごめんなさい。精霊にもわたしたちのように性別があるのね」

「おもしろい子。来て」

彼はリズベスの手を取り、ぶなの木のもとに移動すると、ポケットからローンのハンカチを取り出した。そのまま草の上にハンカチを敷き、リズベスに勧める。

「きみの話を聞くから座って？　リズベス・メイブリック。えっと、ミルウッド子爵の」

リズベスはうれしくなって飛びはねた。

「あなた、お父さまを知っているのね。驚いたわ！」

「知っているよ。見たことがあるし、貴族年鑑に載っているでしょう？　ほら、座って」

彼に従い、ドレスを整えて腰を下ろしたリズベスは、続いてとなりに座る彼を目で追った。どこからどう見ても精霊めいている彼に胸が高鳴る。夢が極めて近いところにある。

「あなたって、肌がとっても白いのね」

リズベスのわくわく声に、わずかに目を大きくした彼は、肩をすくめた。

「きみだって」

「瞳が……すごく綺麗」

「きみのほうが」

「いつも、どんなものを食べているの？」

「え？　……肉とか」

「速く走れる？」

「どうだろう。遅くはないと思うけど」

「馬よりも速く走れる？」

「それは無理だ」

「空は……飛べる？」

「飛べるわけない」

さらに質問を重ねようとすると、彼の人差し指がリズベスの唇にそっと当てられた。

「ぼくはロデリック。ロデリック・エメリー＝ガーランド。聞いたことがある？」

「ないわ。素敵な名前ね」

リズベスは彼の名前を反芻《はんすう》し、後ろに精霊王と付け足してみた。しかし、精霊王と呼ぶには彼は幼すぎるような気がして、精霊王子と修正した。

「その顔。きみ、まだぼくが精霊だと思っているでしょう？　ぼくはカートライト侯爵の息子だ。こう言えばわかるよね」

リズベスは目をまるくする。

「カートライト侯爵は知っているわ。前に、お父さまが侯爵の舞踏会に行ったもの」

「うん、きみのお父上が来ていた。見かけたよ。子爵はね、ぼくを知っている」

金色の長いまつげを伏せたリズベスは、ため息をついた。彼はただの人間だった。

「……そうなのね」

あからさまに肩を落としてがっかりしているリズベスの顎《あご》を、彼は指で引き上げた。

「どうしてそんなに暗い顔をするの？　ぼくはきみと知り合えてうれしいと思ってる。きみみたいな子は初めてなんだ。その、つまり……かわいい」

神秘的な銀の瞳に見つめられていると、どきどきが増してきて、リズベスはそわそわして落ち着かなくなる。他の人から聞く『かわいい』と、彼から聞く『かわいい』には違いはないと思うのに、どうしてだろう、彼からのものは心地がよくて、特別だ。

「きみも、ぼくと同じ気持ちでいてくれたらうれしい」

「もちろんよ。わたしもね、あなたみたいな人は初めてだし、あなたのこと、とってもかわいいって思うわ」

「違う、そうじゃなくて、知り合えてうれしいって話。ぼくはきみと出会えてうれしい」

「わたしも。わたし、あなたと知り合えてうれしいし、出会えてうれしい」

答えているあいだ中、彼の視線を強く感じて恥ずかしくなったけれど、リズベスはがんばって彼を見返した。

「あのね、わたしたち、もしかして友だちになれた？」

問えば彼の目は細まって、そのまま口の端が持ち上がり、綺麗な笑みに変化した。

「そうだね、友だちだよ。……ううん、ぼくたちは親友になろうか」

「親友？　ねえ、親友ってなあに？　友だちと違う？」

「全然違うよ。親友はね、特別な友だちのこと。たったひとりしか作れないんだ。リズベスはぼくと親友になったら、他の人とはなれない。きみにはぼくだけになるんだ。でもね、ぼくはリズベスと親友になりたい」

親友——その言葉の持つ素敵な響きに感極まって、リズベスは花もほころぶ笑顔を見せた。このうつくしい彼に、たったひとりしかなれない特別な友だちを提案されている。これを喜ばない人は、世界にひとりもいないだろう。

「リズベス、ぼくと親友になってくれる？」

「なるわ！　何だかとっても素敵。わたしたち、親友ね！」

「ありがとう。ぼくはこの先ずっと、きみを特別に思うよ。だからね、きみも……」

芝の上にのせていたリズベスの手がぬくもりに包まれた。重ねられた手にびくりと肩がはね上がってしまったけれど、彼の天使のような笑みになだめられる。親友になった途端に、距離がぐんと近づいた気がした。

「ぼくは十歳。きみは？」

「わたし？　九歳よ」

「あと、七年だね」

意味がわからなくて、リズベスが首を傾《かし》げると、彼は話題を変えた。

「リズベス。……リズって呼んでもいい？」

「いいわ。お父さまもね、わたしをリズって呼ぶの。あなたは何て呼べばいい？」

「ロデリック。ロディって呼んで」

リズベスは親友の名前を心のなかで呼んでみる。すると、うれしさがこみ上げて、胸が熱くなってくる。はちきれそうだ。

「何だかうれしい！」

「ぼくも」

ロデリックがリズベスから片時も目を離さないため、彼女も彼を見ていた。見つめ合っていると、相変わらずどきどきするけれど、それは苦しくなるたぐいのものではなかった。むずがゆく、どう表していいのかわからない気持ちだ。

「ロディ、わたし、親友ができたのね」

「そうだよ。ぼくはね、リズのことを全部知りたい。教えてくれる？」

照れてしまったリズベスは、頬を染め、もじもじと手をいじくった。

「もちろんよ。何でも聞いて。わたしもロディのことが知りたいわ」

黒いまつげに縁取られた銀色が、艶《なま》めかしい光を帯びていた。彼は優雅にうなずいて、笑った。

「いいよ、全部教えてあげる」

ロデリックとの出会いから二か月が過ぎて、リズベスが穏やかにレモネードを楽しんでいた午後のことだ。季節は早くも夏の匂いがほのかに混ざりはじめていて、彼女の頭のなかもハーブのことでいっぱいだった。もうじき不思議なことが起こりそうな予感がして、未知への期待が日々膨《ふく》らんでいた。リズベスは、奇跡を信じきっていた。

リズベスの手もとには、エルダー、ガランガル、クローブ、ベイ、ローワン、ミルラといった、ハーブを細かく砕《くだ》いたものがあり、彼女はそれらを小袋にぎゅうぎゅうにつめこんだ。合わせてお金が貯まるというおまじないの銀貨を入れるのも忘れない。そうしてできたサシェは守護の願いがこめられていて、それは毎週父へ手渡している贈り物だ。

そんななか、ロデリックが予告もなく最新型の馬車に乗ってミルウッド子爵邸を訪れたから、リズベスはたいそう驚いた。そう、彼は特別な友だち――親友なのだ。が、こちらへの来訪は初めてだった。

密《ひそ》かに慌てたリズベスは、彼に応対した老執事の後ろから、ひょっこりと、はにかみながら顔を出した。

「ロディ、こんにちは」

とびらの前で背すじをのばして立つロデリックの装いは、ぱっと目を引く鮮やかな青だった。ラピスラズリに似た色のフロック・コートに、レースのクラヴァットがリボン状に結われていて、品良く黒いヴェストにおさまっている。だからだろうか、久しぶりに見る彼は、精悍《せいかん》さが増した気がして、リズベスは頬が熱くなるのを感じた。

「やあ、リズ。毎日ぼくのことを考えてくれていた？」

どきりとしたリズベスは、とびきりの笑顔を貼りつける。母とふたり分だ。ロデリックのことを忘れて、ハーブのことばかり考えていただなんて言えない。

「もちろんよ。毎日ロディのことを考えていたわ。だって、わたしたち親友ですもの」

リズベスは、彼を庭園の四阿《あずまや》に気さくに案内しながら、ふと思い出したことを切り出した。

「あなたって実はすごい人だったのね」

言葉を受けて、ロデリックは一瞬眉をひそめたあと、小さく肩をすくめる。

「どういう意味だろう。……ああ、ごめんね。今日は突然来てしまって」

「いいのよ。だって、あなたは親友だもの」

彼は魅惑的に笑ってうなずいた。

「うん、ぼくはきみの親友。あのね、リズ。ぼくには生まれたときから父が決めた婚約者がいたんだ。でも今日、やっとその婚約を破棄できたからきみに会いに来たんだよ。だからずっと会いに来られなくて、さみしい思いをさせてごめんね。これからは頻繁に会いに来るよ」

婚約者がいた事実、ましてや婚約を破棄したという重大な事柄を、彼は何でもないことのように言ってのける。面食らったリズベスは、自分が聞いていい話なのだろうかと内心気まずくなっていた。

「婚約者がいるままだと誠実じゃないからね」

「え？」

「きみの顔を見るとほっとする。ねえ、きみが言った、ぼくが実はすごい人ってどういうことなの？　リズに褒《ほ》められるのは嫌な気はしないよ。聞かせて？」

ロデリックの態度から、婚約や婚約破棄はさほど大きな問題ではないのかな、とリズベスは思った。侯爵家ともなると、取りまく世界は自分とは違うのかもしれない。

「あのね、あなたをすごい人って思ったのはね、コディと出会ったお茶会のときの話なの。あの日あなたと別れたあとに、わたしの友人たちが、わっと詰め寄って来てね、『どうしてロデリックさまと一緒にいるの！　どういうことなの？』って言われてびっくりしたわ。わたし、そんなあなたと親友になってしまったのね」

リズベスに続いて、木香薔薇《もっこうばら》が綺麗に咲くアーチをくぐりぬけようとしていたロデリックは、表情をくもらせ足を止めた。

「親友になってしまったってどういうこと？　リズは嫌なの？」

「嫌なわけはないわ。だって、あなたと親友になれてうれしいもの」

「きみはぼくのことが好き？」

「もちろん。ロディのことは好きよ」

その答えにロデリックは満足したようだった。ふたりはブルーベルがじゅうたんのように広がる道を抜け、四阿にたどり着く。彼がハンカチを長椅子に広げてくれたので、リズベスは「ありがとう」のお礼とともに、スカートをさばいてそこに座った。

わずかな隙間を空けて、となりに腰かけるロデリックを見ながらリズベスは考える。

リズベスの親友、このロデリック・エメリー＝ガーランドは、予想を遥かに超えてとんでもない人気を誇る人だった。友人たちは口々に言っていた。彼はそのうつくしさもさることながら、この国で三本の指に入る資産家、由緒あるカートライト侯爵の跡取り息子なのだと。だから世の女の子たちは皆、こぞって彼の妻になりたいらしいのだ。

どうりでと、リズベスは小さくうなずいた。彼と親友になってから、見知らぬ女の子に悪しざまに言われたことがあったのだ。いままで悪意とは無縁の生活だったのに。

「ねえ、ロディ。わたしね、少し思ったの」

「何だろう」

「あのね、わたし以外にもロディと仲良くしたい女の子はたくさんいるわ。うんとたくさんね。でも、あなたったら彼女たちにそっけないんですもの。もしかして、わたしと親友になったことが原因？　だったら安心して。わたし、たとえ親友でもあなたを独り占めしようなんて、これっぽっちも思わないわ。だから、他の女の子たちとも仲良くしてほしいの。わたしを特別だと思う必要はないわ」

するとロデリックは顔をうつむけた。とても不満げな面ざしだ。そのとき、風が吹いて彼の片目を揺れる黒い髪が隠したものだから、すごみが増してリズベスはこわばった。

「きみはぼくを独り占めしていいんだ。ぼくはきみを独り占めするから。これは親友の権利だよ」

少し低めの厳しい声色に、リズベスは目をまるくしたが、答える前に彼が続ける。

「女たちはね、皆、ぼくに会えばすぐに群《むら》がって、しつこく口説《くど》いてくるんだ。上は二十過ぎから下は八歳まで。見境なしだよ。ぼくとふたりきりになりたがる。ぼくはまだ子どもなのにね。——ねえ、リズ」

まっすぐ前を見ていた彼は、ふいにリズベスを流し見る。

「きみも貴族だから、少しはぼくを口説きたいと思ったことがあるんじゃないかな——」

「それはうぬぼれじゃないかしら。どうしてそんなふうに思うの？」

顎をついと持ち上げたリズベスは鼻で笑った。なぜ、黙っていても人が集まる自分が、わざわざ彼を口説かなくてはならないのだ。

「うぬぼれじゃないよ。実際貴族の女はそうだから。女はぼくの地位や資産に興味があるからね。未来の侯爵夫人の座を虎視眈々《こしたんたん》と狙っている。夫のことなどどうでもいいんだ。ぼくの従兄は若くしてベイルフィールド伯爵位を継いだけど、その途端に、わざと服をはだけさせた令嬢の策略に引っかかって、まんまと結婚するはめになったんだ。ぞっとするよ、あの女……。貴族の女はそういうものなんだ。軽蔑する」

リズベスは、自分がそう決めつけられたと思って腹が立ち、かっかとしながら立ち上がる。どうせわたしは貴族の女だ。

そんな彼女を、ロデリックは怪訝《けげん》そうに見上げた。

「……リズ？」

この男に名前を呼ばれたくないと思った。リズベスは、鼻息を荒くして、ぎろりとロデリックをにらみつけた。だいたい、ミルウッド子爵家の資産は彼の家にはかなわなくとも、広大なワイン畑を保有しているため十分多いのだ。そんな自分がお金や地位のためにロデリックの妻の座を虎視眈々と狙うだなんてばかげているし、何より父がばかにされているような気がしてならない。侯爵が何だというのだ。

「ええ、そうね。わたしもあなたの軽蔑する貴族の女だわ。このままだと、いつあなたを口説いてしまうかわからないと思うの。そうなる前に、いますぐ親友を解消しましょう。あなたとはさよならね。じゃあね、ロディ」

「えっ……？」

たちまち顔を青くして、慌てて椅子から立ち上がった彼は、いきなりリズベスを抱きしめた。身体がひどく熱かった。何が起きたのかわからず、リズベスは目を白黒させる。両親以外に抱きしめられるなんて、初めてだ。もがいて彼の胸を押そうとするけれど、びくともしなくて途方に暮れた。

「ロディ、放して」

「ごめん、リズ。ごめんね……」

頬に触れた彼のまつげが濡れている気がして、リズベスは息をのんだ。

「あの、……ロディ？」

リズベスの肩に顔をうずめた彼は、うめくように口にする。

「すごく腹が立ってしまったんだ。……きみが、ぼくを独り占めする気はこれっぽっちもないって言うから。他の女の子たちと仲良くしてだなんて言うから。ぼくは、仲良くなんてしたくないんだ……」

さらに腕の力が強まり、身体がぎゅっと密着した。彼の鼓動がじかに伝わって、リズベスの胸が飛びはねた。

「ロディ、くるしい」

「リズ、ぼくはもう絶対にきみに対して腹を立てたりはしない。不快にさせるようなことは言わない。絶対に。だから、親友を解消するなんて言わないで。取り消して。さよならなんて、したくないんだ」

いきなり、ロデリックの熱い唇が頬にちゅうと押し当たり、リズベスの顔が紅潮《こうちょう》した。どくどくと心臓が暴れまわる。

「あ……、あの、ロディ。わかったわ、取り消すわ。だからっ」

「きみの言う通り、他の女の子たちとも仲良くするように努力する。彼女たちにそっけなくなんてしない。いますぐ努力する。何だってきみの望む通りにする」

ロデリックに両肩をつかまれ、ぐっと押されて、ふたりのあいだに距離ができた。しかし、彼の銀の瞳に強く射貫かれて、ますますリズベスは混乱した。額に汗がにじみ出す。

「そのかわり、きみをもらう」

突然だった。気づいたときには影が迫り、唇に、やわらかくて熱いものがくっついていた。それはすぐに離れて、あとに残されたのは、りんごのように真っ赤な顔をしている彼だった。

「リズ、これは約束。責任をとるから。それまで親友だよ」

頭がのぼせてしまったリズベスは、「返事をして」と言う彼に気圧され、うなずくことしかできなかった。

「ありがとう」やら「幸せにする」と言われてまた抱きしめられたけれど、何がどうしてそうなったのかよくわからずに、やはり返事はこくこくとうなずくのみだ。

リズベスが、彼からの行為がキスだと認識できたのは、再び唇を合わされたあとだった。

「きみって、どこもかしこもやわらかくて……かわいい。もっと、キスしたい」

手を引かれて椅子に腰を下ろしたリズベスに、彼が覆い被さってくる。

また、口に彼の唇が押し当てられる。ちゅっちゅっと音が立ち、翻弄《ほんろう》されて混乱しているリズベスは、されるがままになっていた。

「ロディ、だめ。いけないわ」

「どうして？　ぼくたちは親友だよ」

リズベスははたと考える。親友だったら、キスは普通のことなのだろうか、と。

目をとろりと半分開けて、艶めかしくこちらを窺う彼は、キスをやめる気はないようだった。

「リズ、かわいい。ぼくのリズ。……きみ、すごく……いい匂い」

「朝にインセンスを作っていたから……失敗しちゃったけれど」

「インセンス？　何だろう」

「……ん。精霊を、呼び寄せる香り」

彼がその答えに笑うと、短く息が吹きかかる。

「また精霊？　呼び寄せなくても、きみにはぼくがいるのに」

ふにふにと唇がくっつき合うさなか、リズベスは、キスは普通、キスは普通と、頭のなかでくり返した。そうしなければ、心臓はきっとぼんと爆発し、はじけてしまう。

彼がようやくリズベスを解放したのは、遠くで彼女を呼ぶ子爵の声が聞こえたころだった。火照るリズベスを尻目に、彼は何事もなかったように、涼しげに手を差し向けた。

「リズ、行こう。ぼくをきみのお父上に紹介してくれる？　子爵とは仲良くしたいんだ」

ぼんやりしているリズベスは、素直に彼の手に従いながら、小さく言った。

「ロディ、キスは……わたしたち、親友だから？」

「うん、そうだね。親友だから」

答えたロデリックは、木もれ日のなかにいるのも手伝って、揺らめく光でとても神秘的に見えた。まさしく精霊そのものだ。

キスなどちっぽけなものにすぎない……。その神々しさを前にして、リズベスはそんなふうに考えた。

2章　秘密の戯《たわむ》れ

従姉のビーティ・マクロースキーの誕生日会に参加したリズベスは、彼女を羨望《せんぼう》の眼差しで見つめた。十七歳の彼女はとってもおとなっぽくて、素敵だったのだ。

まずは髪型。短い巻き毛がふんわりと顔を縁取り、桃色のリボンが手のこんだ手法で編まれていて、肩にふたつの縦ロールが落ちている。そして服に目を移せば、桃色のサテンのペチコートに透けたモスリンの繊細《せんさい》な薄布が重ね合わされ、それがひとつのドレスをかたどり、歩くたびにふわふわとたゆたっている。リズベスは、思わずこうひとりごつ。

「ビーティ、最高だわっ」

極めつけが、彼女の肢体《したい》だ。すんなりとした長い手足に、つんと張りだした大きな胸。リズベスはうつむいて、自分のものと比べてみたが、レモン色のドレスに包まれる胸は、ほんのわずかに膨らみをみせるだけだった。

「なんてことなの……」

ため息まじりに言葉を吐くと、正装姿のロデリックがとなりから覗きこんできた。出会ったころは、さほど身長の差はなかったけれど、四年を経たいまでは、彼はリズベスよりも頭ひとつ分背が高くなっている。

「どうしたの？」

「わたし、男なんじゃないかしらって常々思うの」

その言葉に、ロデリックの銀の瞳が見開かれた。

「きみは女の子に決まっているでしょう？　どうしてそんなばかげた考えに至るのかな」

「だって、わたしの胸……ぺったんこなんですもの。ビーティを見てみて？　彼女こそ女でしょう？　なのにわたしときたら」

ロデリックは深々と息を吐く。

「きみはまだ十三歳なんだ。他の同じ年ごろの女の子を見てごらんよ。あの子も、ほら、あの子だって、きみのようにぺったんこだ。リズはこれから成長して大きくなるよ」

示すほうを見やれば、まだ十歳と十一歳の女の子だった。リズベスはむくれて頬を膨らませる。

「わたしよりもうんと年下だわ！」

彼の指が、かすかにリズベスの手に触れた。見上げれば、熱を帯びた瞳にぶつかった。

「関係ないよ。それに、ぼくも協力する。親友だからね。だから、きっと大きくなる」

ロデリックに励まされ、リズベスの憂いは綺麗にはらわれて、唇が弧を描く。

「気分がよくなったわ。親友って、とってもすごいのね。ロディが『思ったことは全部ぼくに教えて』って言ってくれるから、わたし、悩みなんてこれっぽっちもないの」

　そしてふと気がついた。

「でもわたしは親友のロディに何かできているのかしら。わたし、悩みを聞いてもらってばかりだわ。ロディはわたしのために何だってしてくれているのに」

「きみは何もしなくていいんだよ。それにほら、ぼくは十四歳だ。きみよりも長く生きているでしょう？　その分経験も積んでいるから、おのずと悩みもなくなるし、できることも多いんだ。それにね、ぼくはきみとキスすれば、とても幸せな気持ちになって元気になれるよ。きみも同じ気持ちだとうれしいんだけど」

「わたしは、ロディが元気になれるなら、それだけでうれしいし、幸せだわ」

　リズベスは九歳のときからロデリックとキスをしている。はじめは指折り数えていたけれど、十三歳のいまでは、数えるのは不可能な、おびただしい回数になっている。キスのたびに元気になっているかといえば、長すぎてだるくなるときもあるので毎回とは言えないけれど、とりあえずいまの思いを彼に伝えようと思った。彼には、思ったことは全部知りたいと言われているのだ。

「わたしはね、元気というより、ふわふわする感じよ。頭のなかがぼうっと白くなるの」

「それって気持ちがいいっていうことかな？」

「うん……よくわからないけれど、そうだと思うわ」

　すると、ロデリックの手に力がこもり、固く手を握り合う。そのとき、かすかに「ぼくも」と聞こえた気がして、リズベスは彼を覗きこんだ。

「踊《おど》りたい。ねえリズ、踊ろう？」

すべるようにカントリーダンスに加わったふたりは、ステップを踏みはじめる。リズベスは決してうまくはないけれど、それでも踊りが上手な彼とのダンスが大好きだった。だからいつもリズベスは、参加する催しものに必ずロデリックを誘っている。そして、やさしい彼はいつも応えてくれるのだ。

「楽しい！　わたし、ダンスの先生をつけてもらおうかしら」

「その必要はないよ。ぼくが全部教えてあげるから」

曲が終われば次は曲調が変わり、ワルツになっていた。ワルツは踊れないリズベスは、ロデリックに踊っているところを見せてほしいとせがみ、彼は渋っていたけれど、パートナーを変えて、新たな相手の腰に手を置いた。それは、幼さの残るリズベスとは違う、ほっそりとしたおとなの腰だった。彼女はロデリックと同じ黒髪の女の子だ。

ふわりと彼女の白いスカートが波打った。彼女の手をとり腰を支えるロデリックの黒い装いに、白いドレスは際立った。まさに夢の国の王子さまとおひめさまみたいだ。

だんだんと自分のまとうドレスが子どもっぽく思えてきて、リズベスは悲しくなった。

リズベスは、ぶつかりそうになる若者を巧《たく》みに避けて踊るロデリックを見ながら考えた。

彼は相変わらず綺麗で、踊りもとてもうつくしく、たたずまいは見惚《みと》れるほど素敵だ。そんな彼にわくわくするはずなのに、いまはひどくさみしくて、つらくて、胸が痛む。こんな気持ちになるのは、どうしてなのだろう？

「リズベス、今日はありがとう」

ふいに背後からかけられた声に振り返れば、今日の主役のビーティ・マクロースキーが立っていた。リズベスは、彼女の頬にキスをして誕生日を祝福する。

「おめでとうビーティ。あなたがこの世に生まれてくれて、わたしはとても幸せよ」

「わたしはあなたに出会うために、あなたよりも早く生まれて来たのよ、リズベス。ね、できればあなたのお母さまになりたいのだけど……どうかおじさまに口添えしてね」

ビーティは幼少のころから、リズベスの父に恋をしているらしい。

「あなたが来てくれると必ずロデリックも参加してくれるでしょう？　あんなに高位の方が来てくれて、箔《はく》がつくからうれしいわ。でも、どうしてロデリックはあなたが来ると来てくれるの？　まさか恋人じゃないわよね？　友人たちが聞いて来てってうるさいの」

「ビーティ、それはね、わたしとロディは親友だから。わたしたち、とっても仲がいいの。きっかけは、わたしが彼を精霊とまちがえちゃったから。それがはじまり」

ビーティは、リズベスらしいわと言って、くすくす笑った。

「ロデリックは大変な人気だからしばらく身体が空かないわよ？　彼と踊りたくてうずうずしている子がいっぱいいるの。でもね、リズベス、あなたも人気があるのよ。その、おばさま譲りのプラチナブロンドと緑の瞳。もしもリズベスがわたしと同じ歳なら、わたし、あなたにとても嫉妬《しっと》していたと思うわ。幼いあなたでよかった。来て」

ビーティに手を引かれ、リズベスは歩き出す。周りから口々に告げられるのは、ビーティへの祝福と、ふたりの美への賛美だった。母親が姉妹同士であるビーティとリズベスは、少しだけ面ざしが似ている。

ビーティに「踊らないの？」と聞けば、さんざん踊ったあとだという。やがて彼女が足を止めた先には、ふたりの紳士が立っていた。おそらくビーティと同じ歳のころだ。

「リズベス、紹介するわ。こちらの彼はね、ブラム・アランデル」

リズベスは右の背の高い青年を見上げた。クラヴァットの結び目が異様に凝っている。

「そしてこちらはね、マンフレッド・クロッソン」

この栗色の巻き毛の青年も、クラヴァットの結び方にこだわりを持つ、気取った人だ。

ビーティは彼らに、「わたしの自慢の従妹なの。リズベス・メイブリックよ。言っておくけど、おじさまとこのわたしに血祭りにあげられたくなかったら、手を出さないことね」と伝えて、そのままリズベスに向き直る。

「ねえリズベス、このふたりがね、あなたを見てかわいいかわいいって騒ぐから、少し黙らせようと思ってあなたを紹介したの。この人たちったら、ずっと鼻の下をのばしてあなたを目で追ってばかりいるのよ。よかったら、彼らの相手をしてあげて」

リズベスはごくりとつばを飲みこんだ。彼らを仰げば、ふたりの目線はずいぶん高い位置にある。おまけにブラムのほうは、スナッフボックスを取り出して、嗅《か》ぎたばこをつまんで鼻から吸いこんでいる始末だ。相手はおとなでありすぎている。

リズベスは、同年代の子の相手はお手のものだったけれど、話題をもらえなければ、年上の人とは何を話せばいいのかまったくわからない。ただでさえ、伯母には「子どもっぽすぎる」と会うたびに叱られているのだ。おとなの彼らの相手がつとまるとは思えない。すがるようにビーティを見やれば、彼女はさっさと踵《きびす》を返して遠ざかり、楽しそうに女性と歓談をはじめてしまった。まさに八方塞《ふさ》がりだ。

リズベスは下唇を噛みしめた。頭が真っ白で言葉が全然出てこない。

――どうしよう。

「リズベス、ぼくのことは気軽にマンフレッドと呼んでくれるとうれしいな。きみが社交界にデビューしたら、よく会うことになると思う。そのときぜひエスコートさせてほしい」

茶色の巻き毛の彼が言う。マンフレッド・クロッソンだ。

リズベスは、彼に笑顔でうなずいた。助け船がありがたかった。

「待てよ、リズベスちゃんをエスコートするのはぼくだ。ぼくが最初に見つけたんだぞ」

となりのブラムが口を尖《とが》らせる。その彼に、マンフレッドは「きみは半年後に婚約するだろう？　うるわしのシャーリーンと」と言い、一気に不機嫌になったブラムが、「あんなブスを親に押しつけられたおれの立場にもなってみろ。泣けてくる」と吐き捨てた。そんな会話を、リズベスは彼らを見上げて聞いていた。よくわからないがおとなな会話だ。

刹那、リズベスの手が強く後ろに引かれる。

「リズ、探したよ」

涼やかな声に、リズベスは喜んだ。ロデリックだ。けれど彼は息を切らせて、額に汗を浮かべている。何かあったのだろうか。だんだん心配になってくる。

「ロディ、どうし…」

「きみのお父上が呼んでいるよ。来て」

その真剣な表情に、リズベスが唇を引き結んでうなずくと、ロデリックは、ブラムとマンフレッドを高圧的に見やってから、会釈をし、リズベスの手を引き歩き出す。「お父さまがどうしたの？」と問うても彼は一切答えず、突き進んだ。リズベスのなかに不安がどんどん押し寄せる。

驚くことに、あっという間にリズベスは外に連れ出された。

「ねえ、お父さまは？」と彼を窺うけれど、綺麗な横顔は何も語ろうとはしない。

彼は淡々と馬丁頭《ばていがしら》に指示をして、侯爵家の馬車を玄関ホールにつけさせた。そして、ステップを踏みしめて、リズベスを抱えるようにして馬車に乗せる。

「ロディ！」

あとから乗りこんできた彼は、とびらを閉めて振り向いた。感情の見えない面ざしだ。

「……ぼくは、きみに約束したよね、絶対にきみに対して腹を立てないって」

リズベスは庭園の四阿での出来事を思い出し、こくりと首を動かした。

「だから何も言えない。いま話せばきみを不快にさせるから。帰ろうリズ。ぼくの従僕に、きみの体調が優れないから屋敷に帰らせるって子爵に伝えさせたから。きみを送るよ」

リズベスは、「ロディ」とたしなめるように、親友の頬に小さな手をぴたりと当てた。

すると、彼の黒いまつげの奥にある瞳は、不安の色をあらわにした。

「お父さまにうそはだめ。わたし、体調は悪くないんだもの。心配かけちゃう」

「……ごめん」

「ロディだって、わたしがあなたのお父さまにうそをついたら、嫌でしょう？」

「ぼくは……どうだろう。よくわからない。うちは家族の仲が悪いから……」

リズベスは、はっとした。とんでもない不躾《ぶしつけ》なことを聞いてしまったと顔色を失った。

「ごめんなさいロディ」

「ん？　なぜきみが謝るの。謝るのはぼくのほうだ」

「ううん、違うわ。ごめんなさい。それだけじゃないの。わたしが謝るほうなの」

「どうして？」

「わたし、ロディを怒らせてしまったんだわ。いつもアントニア伯母さまに言われているのに。思慮が足りないところがあるって。淑女として失格だって。わたしにお母さまがいないのが原因って言われたけれど、そうじゃない。ただ、わたしがだめなだけなの。でもね、反省したいのだけど、どうすればいいのかわからないの。お父さまに聞いても、わたしはわたしだから、そのままでいいって……。だからお願い。教えて、ロディ」

「リズ、きみじゃないよ。ぼくがだめなんだ。ぼくはいま、浅薄《せんぱく》にしか物事を考えられないから、きみが思い悩むことじゃないんだ。ぼくのせい。いいね？　それにね、ぼくだって、きみにはそのままでいてほしいよ。リズはリズだから」

額にやわらかなぬくもりが落ちてきて、リズベスはその唇の感触を味わいながら目を閉じた。彼は、やさしい。

ロデリックは銀のステッキで、天井を叩いて、馬車に発車の指示をする。

「お願い、ロディ。あなたがいま何を思っているのか教えて？　わたしのいけなかったところ、知りたい」

リズベスはロデリックを見据えて瞳をうるませた。

「だってわたしたち、親友でしょう？　ロディだけが我慢《がまん》することなんてないんだもの。だったらわたしも我慢する。もう、あなたに悩みを言って困らせない」

ロデリックの唇が、リズベスの口に重ねられた。すぐに離れて、彼は深く息をつく。

「きみの悩みも、思っていることも、全部聞きたい。これからもすべて言って」

「ロディ、でも、わたしあなたを困らせるわ。負担になりたくないの」

「困らないし、負担じゃない。ねえリズ、ぼくのこと、嫌いにならないって約束して」

「絶対に嫌いになんてならない。わたし、神さまに誓うわ」

「うん。きみを信じる」

彼はリズベスの腰に手を回してなでさする。

「ぼくは、いつも努力しているよ。『ほほえみの貴公子』なんて呼ばれるほどにね。でも、本当は、他の女の子たちの手なんか握りたくないし、笑いかけたくないんだ。視界に入れたくもない。踊るなんてもってのほかだ。ただ、きみと一緒にいたいだけなんだ。……きみは、さっきワルツを見たいと言ったね。だから踊りたくないのに踊ったんだけど、きみは全然見てなかったよね。しかも、気づけば消えていて……悲しかった」

リズベスは、ビーティの名を出して言い訳したくなったけれど、ぐっとこらえた。確かに少しだけしか踊りを見ていないし、すっかりロデリックのことを忘れていた。

「ロディ、ごめんなさい」

「その点はまだいいんだ。きみは常々そういうところがあって、だからぼくは夢中になって追いかけたくなるんだと思う。退屈しないって言えばいいのかな。気に入っている点なんだと思う。でもね、もう少し抑えめにしてくれるとうれしい。頻繁にあると、やっぱりつらいから」

「もうしないわ。努力する」

また、ちゅっとリズベスの口にやわらかな彼の唇がくっついた。

「ありがとう」

「でも、ぼくが一番落ちこんだのは、きみが他の男と会話をしていたことなんだ。あのふたり……ボーウェル卿の子息にきみはかわいい顔でほほえんでいたでしょう？　どうしようもなく腹が立ったんだ。相手はぼくよりもおとなだし。気が、狂いそうだった」

ボーウェル卿とは初耳だ。誰だろう？　と、考えているあいだにいきなり肩を強くつかまれて、リズベスののどがひゅっと鳴く。

「きみはぼくの親友だ！　ぼくのものだ。ずっと！」

リズベスは、ごろりと彼に転がされ、背中にふかふかな座面を感じた。

「ロディ……」

こちらを覗く彼の顔には影が差し、すごみを増して、いつもとはまったく別人に見えた。やさしさはなりをひそめて、凄絶な剝《む》き出しの野性が現れる。

「ぼくは、きみがほしい。誰にも取られたくないんだ。渡したくない。でも、ぼくは離れなくちゃいけない。きみとずっといたいのに、きみと離ればなれにならなきゃいけない」

リズベスは耳を疑った。

「……離れちゃう？　ロディ……どうして？」

ぽたりと顔にしずくが落ちてきて、リズベスは目を見開いた。苦しげな顔をしている彼の瞳が揺れている。彼の手が、震えている。

「つらくて言い出せなかったんだ。ぼくは二か月後、外国に行かなきゃいけない。以前婚約を破棄したときにね、父に言われた条件なんだ。だからのむしかなくて……遊学はずっと前から決まっていた。きみと一緒にいたいのに……一緒に連れて行きたいのに。ぼくは、嫌になるくらいに……まだ子どもで、何も自由にならないんだ。くやしい」

彼の話に衝撃を受けたリズベスは、放心していた。頭のなかでずっと、うそよ！　と叫び続けている。

九歳のときに出会った彼は、親友としていつもリズベスの傍にいてくれたし、この四年のあいだに、他の友だちとは比べものにならないくらいに、大きくて、近い存在になっていた。大好きなお父さまに言えない悩みだって、彼にはすべて打ち明けたし、そのつど彼は、的確にリズベスを導いてくれた。それに、彼と交わすキスは好き。彼が、大好きだ。

「嫌よ！　ロディ」

「ぼくだって。リズ……ぼくは、キスだけじゃ嫌だ。もうキスじゃ足りない。キスじゃ、きみを繋ぎとめておけない。きみは、奇跡みたいに素直で、いじらしくて愛らしくて、かわいくて……絶対に誰かにさらわれてしまう」

ぎゅうっと強く抱きしめられる。リズベスは、彼の重みが心地いいと思った。そして、何だって彼の言う通りにしたいと思う気持ちも湧いて、それをそのまま口にした。

「ロディ、わたしはあなたのものだわ。わたし、どうすればいい？　教えて」

「言えば、きみに嫌われるから……言わない」

「だめ。親友だもの、内緒はだめって言ったのはロディだもの」

かすかにうめいたロデリックは、リズベスの耳もとでささやいた。かすれた声だった。

「きみの……裸が見たい。できれば……その、触れたい……」

さすがのリズベスも度胆をぬかれた。なぜなら、裸は淑女にとって死守するべきものだからだ。父からも、肌は人に見せてはいけない、スカートからも脚を出さないように、めくれないようにくれぐれも注意しなさいと、くり返し言い聞かせられているほどだ。

ロデリックはせつなげに、恐る恐るといった体《てい》で、リズベスの金の髪を撫《な》でてきた。

「……ぼくを、嫌いになった？」

リズベスのなかで葛藤が生まれる。けれど、彼は親友だ。リズベスの大切な親友だ。大好きだ。しかも、二か月後に外国に行ってしまう。離ればなれになってしまう。

いまさらながらその悲しい事実がこみ上げてきて、リズベスは洟《はな》を啜《すす》って泣き出した。

「ごめん、リズ、泣かないで。ぼくが悪かった。裸を見せてなんてもう言わない。きみが許してくれるまで、ずっと待つから」

「ちがうっ、の！　ロディ、どうして外国に、そんな遠くに行っちゃうのっ！」

「リズ……」

ロデリックは、わあわあと泣きじゃくるリズベスを抱き起こし、彼女の背中をぽんぽんとやさしく叩いてなだめる。いつも笑っているリズベスが彼の前で大声で泣きわめくのは初めてだった。

「ごめんね、リズ。ぼくは、きみを泣かせたくないのに……でも、泣いてくれてうれしい。きみが、さみしがってくれてうれしい。ぼくは……」

リズベスは必死になってロデリックにしがみつく。彼をどこにもやりたくなかった。

「ロディ……やだ、やだっ」

「リズ、四年……いや、三年。……三年だけ待って。ぼくは、必ず三年で戻って来るから。おとなになって、きみのもとに帰るから」

馬車のなかで泣きに泣いてしまったリズベスは、そのままロデリックに抱え上げられて屋敷にたどり着いた。重厚なとびらにつくノッカーのしらせで外に出てきたミルウッド子爵邸の老執事は、彼からリズベスを引き受けようとしたけれど、彼女はロデリックの首にしがみつき、大泣きしてそれを拒んだ。リズベスは、どうしてもいまは彼から離れたくなかった。また、ロデリックも執事の申し出を断り、彼女を渡す気はないようだった。

彼は青いじゅうたんが敷きつめられたホールを歩き、ゆるやかな弧を描く階段の前に行き着いた。そして、リズベスの部屋へと続く階段を、一歩ずつ上っていく。

「リズ、約束する。ぼくは遊学に向かうまで毎日きみに会いに来るよ。もしも休みがあって、国に帰ることができたら真っ先にきみのもとに行く。手紙だって、たくさん書くよ」

リズベスはぐしゃぐしゃな顔で何度もうなずいた。そのたびに周りに涙が飛び散った。彼のほうを見るけれど、視界がにじんでうまく見えない。でも、身体に感じるぬくもりは彼のものだ。溢《あふ》れる涙は彼が唇で吸ってくれて、伝わるやさしさにまた泣いた。

「ロディ……本当？　わたしを、忘れない？」

「何があっても、きみだけは忘れないよ。ぼくたちは親友だ。だから、きみはぼくを待っていて。三年、絶対に待っていて。約束だよ」

ロデリックは、リズベスの部屋の前にたどり着くと、彼女を下ろしてとびらを開けた。たちまちハーブの香りが漂い、彼は目をつむって大きく息を吸いこんだ。リズベスの部屋には、さまざまなハーブが吊《つ》り下げられたり置かれたり、それは大きな枝だったりして、綺麗に飾られている。色とりどりのリボンを用いてかわいらしく仕上げられている部屋は、子爵家に仕える小間使いたちの手によるものだ。

「本当に、きみはハーブが好きなんだね……。うん、いい匂い。――え？」

にこやかだった彼は、衣ずれの音に気づいて目を開けると、みるみるうちに瞠目《どうもく》する。

リズベスは部屋に入った途端、ロデリックがいるのも構わずに、ドレスを脱ぎはじめていた。婦人といるときの紳士のマナーとしてとびらを半分開けていたロデリックは、慌ててそのとびらを閉めた。

「リズ、どうしたの……」

見開かれている鉄色の瞳の前で、リズベスは最後の一枚を脱ぎ落とした。とてつもない勇気のいる行動だったけれど、馬車のなかで、彼に応えると固く決めていた。しかしながら、顔から火が出るほど恥ずかしい思いにさいなまれ、くじけそうになっていた。ひざはがくがくとわなないている。それでも決めたのだ。彼は大切で、大好きな親友だから。

完璧な装いのロデリックが、リズベスのあらわになった未発達な身体を凝視している。それが、リズベスの羞恥《しゅうち》をあおり、声が震える。

「ロディは……わたしがさみしくないように……毎日、会いに来てくれるし、手紙も書いてくれるから……だから、わたしも……ロディに……」

気がつけば、ロデリックが触れるくらいに距離をつめていて、リズベスの心臓は身体を突き破りそうなほどにはねた。心の準備ができていない。やっぱり、裸を見せるのは恥ずかしいし、居たたまれなくなる。リズベスは自分の身体にまったく自信がないのだ。

　彼の息づかいが聞こえる。

「……ロディ、わたし……子どもみたいで」

　リズベスがこわごわ彼を窺うと、危険を孕んだ瞳がこちらを見返した。

「子どもじゃない、リズ。きみは綺麗だよ。ずっと見たかったんだ。きみのすべてを知りたかったから、四年間……想像していた」

　強い視線にじりじりと焼かれているようで、リズベスの肌はぞわりと粟立った。いま、彼は胸を見ている。リズベスのわずかな膨らみをもつ胸だ。

　ふっと胸の頂《いただき》に、息が吹きかかったような気がした。

「かわいい。雪の上に落ちた花びらみたい。綺麗だね。ここ、触れてもいい？」

　自分はありえないことをしている。淑女なのに、素肌を彼に見せている。どくどくと、鼓動がうるさく鳴っている。いけないことと、わかっている。わかっているけれど……

「リズ、触らせて？」

　リズベスは、ふうと唇から吐息をこぼした。

「ん……いいわ」

　リズベスのきめ細やかな肌に、ためらいがちにロデリックの指がのせられた。ひやりとしたそれに、リズベスはぴくりと鼻先を動かした。白い肌をすべる指が、薄桃色の小さな突起にぶつかった。すぐに上にのせられて、指の腹でふにふにと遊ばれる。

「これ、やわらかくて……すごくかわいい。こっちも」

彼は胸の先を弄《もてあそ》ぶ。リズベスは、とぎれとぎれに息を吐いた。何だか変だ。信じられないぞわぞわとした何かが背すじを這い上がる。得体の知れない感覚だった。

「あ」

リズベスはまぶたをはね上げた。聞いたこともない声が出て、自分自身が怖くなる。自分ではなくなってしまうような気がして、声を出してはいけないと思った。

「いまの声、リズ、かわいい。もっと聞かせて」

「いや」

「聞きたい」

ロデリックがきゅっと両方の小さな粒をつまんだ。

じんとした刺激に、熱いため息を吐きそうになり、リズベスはぐっと奥歯を噛みしめた。

「これ、硬くなったよ。色も……形も変わってる。もっと変わるのかな」

「ロディ、もう、だめ」

彼はその言葉に、頂から指を離したが、名残惜しそうに手のひら全体で胸を包んだ。

「もっと触りたい。触らせて？」

「だめ。だって、変な感じがするから」

「じゃあ……こっちを、見ていい？」

彼の視線はゆっくりと下りていき、おへそを通り、そして、下腹部へ。

脚のあいだにそっと指がしのびこみ、リズベスはびくんとはねた。そこは不浄の場所だ。

慌てて腰を後ろに引いて、指から逃げた。

「触っちゃだめっ」

「触りたい。ここも見せて」

「だめよ。絶対にだめなところなの」

「どうして？」

必死なリズベスに対して、彼はかわいらしく首を傾げるから調子が狂う。リズベスは、言いにくい思いを振り切り、声をしぼり出した。

「だってそこは………排泄《はいせつ》するところだもの」

「違うよ、リズ。ここは違う。いつかぼくを受け入れるところ」

「違うわ。ロディなんか入らない。ここはとっても汚いところなの」

「違わないんだ、汚くない。本当だよ？　本で調べたから」

「違わなくない。ここは本当に本当に排泄するから汚いのっ」

押し問答をしていると、ロデリックはいきなり裸のリズベスを抱き上げた。そしてベッドに運び、ごろりと彼女を転がした。反動で、リズベスの脚がわずかに開けば、彼女のひざがしらをすかさずつかんだロデリックが、さらに大きく割り開いた。

たちまち彼の目の前に秘部が晒《さら》されて、羞恥で血がかけめぐり、リズベスのすべてが真っ赤になっていく。ひっくり返った蛙《かえる》のようで、恐ろしくはしたない格好だ。

彼はリズベスの両脚のあいだを凝視している。獲物を狙う獣《けもの》じみた、研《と》ぎ澄《す》まされた視線だ。

うろたえたリズベスは小刻みに震えた。

「……見ちゃいやっ」

「すごく綺麗だよ。リズ、綺麗」

「やだ……」

「ねえ、リズ。触れてもいい？」

「だめ！　汚いから」

「綺麗だよ？　薄い桜色なんだ。閉じているから少し開いてみたい。全部見せて？」

恍惚《こうこつ》としながら告げる彼の言葉をこれ以上聞いていられなくて、リズベスは身をよじろうとした。しかし、ロデリックはリズベスから手を離そうとはせず、秘部を見つめている。

「ロディ、……お願い。もうだめ」

「花みたいでかわいい」

「だめっ」

「ん、わかった」

ゆっくりと目を伏せた彼の手が、ひざから離れれば、リズベスはすかさず脚をぴたりと閉じて、ロデリックを窺った。

しばらく見つめ合ったふたりは、やがて、どちらからともなくほほえんだ。

「リズ、見せてくれてうれしかった」

「わたし……とっても恥ずかしかった」

「ぼくの前では恥ずかしがらなくてもいいんだよ。でもね、ぼく以外には見せないで」

「見せない」

「約束して」

リズベスが「約束する」とうなずけば、身を乗り出した彼が、唇にキスを落とした。

「ありがとう。ねえ、リズ。きみは綺麗で、やわらかくて壊れそうで、繊細だって知ったよ。ぼくがずっと守らなくちゃって、もっと強く思ったんだ」

「ロディ……」

「ぼくはきみが好き。きみは？」

「わたしも好き」

蕩《とろ》けそうなほど魅惑的な笑顔を浮かべた彼は、またリズベスの唇をついばんだ。静かな部屋に、ちゅっちゅっと、ぎこちなく、それでいて熱い音が響く。

「うん。リズ……早く、きみもぼくぐらいに好きになって」

「好きよ、ロディ。大好き」

ロデリックは、リズベスの腰に腕を回して、ぐっと身体を密着させた。そして、わずかに唇を開いて、リズベスの口にくちづける。それは、いままで経験したことがないほど長いもので、リズベスは息つぎにとても苦労したけれど、苦しさよりも遥かに幸せを感じたし、胸が締めつけられるようなせつなさを覚えた。

ロデリックが外国に旅立つまで、ふたりは急き立てられるように会っていた。

時々、リズベスが泣いてしまうこともあったが、ロデリックはそのつど辛抱強く慰《なぐさ》めた。

最近はロデリックの『ほほえみの貴公子』はなりをひそめて、彼は女の子たちに会っても無愛想で、その分の笑顔はリズベスのみに集中した。

リズベスとロデリックの距離は、ずいぶん近くなっていた。そんなふたりの様子を、リズベスの父ミルウッド子爵は心配していたが、ふたりの仲のよさを認めてからは、迷いを捨てて傍観するようになっていた。何を隠そう、リズベスの父と亡き母は貴族としてはめずらしく、家同士の結婚ではなく恋に落ちて結ばれたからだ。そのため、発展するかもしれない恋の芽を、子爵は若芽のうちから手折《たお》りたくはなかったのだ。

「うん。リズは将来ロデリックくんと結婚するかもしれないね。私としては、ずっとリズと一緒にいたいけど」

「お父さま、いま何ておっしゃったの？　聞こえなかったわ」

リズベスは、鏡に映る自分を見ながら口にした。身にまとう乗馬服と同じ水色に染めたビーバー帽を、金色の髪の上にのせ、両手で角度を整えた。

「さみしくなるって言ったんだよ。リズ、おいで」

子爵の声に、彼女はすぐに従った。そのまま腕を広げ、父の身体に巻きつける。

「お父さま。さみしいって、もしかしてお母さまが恋しくなった？」

「いつだって恋しいよ」

「わたしもよ。時々泣いてしまうの。突然馬車の事故で会えなくなってしまったから……。でもね、もうじき奇跡が起きる予感がするの」

「どんな奇跡だろう？」

「精霊に会える気がする」

あまりにも子どもっぽい発言だと思ったのだろう。子爵は口もとを弓なりに引き上げたが、目は笑ってはいなかった。

「きみは本当に精霊が好きだね。うん。信じるのはいいことだ」

「ええ、もちろんよ。精霊に会えたらね、そうしたらわたしたち、きっとお母さまにも会えるわ。きっとね」

はっと気づいた子爵は目を見開いた。いまだに抱きついているリズベスを見下ろす。

「リズ、きみがハーブに傾倒《けいとう》しているのは……毎日おまじないをするのは、精霊が目的ではなく、本当はイーニッドに会いたいからなのかい？」

「そうよ。ひと目でも会えたら素敵だわ。精霊はきっと叶えてくれるの」

「きみがハーブに興味を持って六年だ。……イーニッドが亡くなってから六年間、ずっとひとりでがんばり続けていたんだね」

子爵は顔じゅうに笑みをたたえた。帽子を避けてリズベスの金色の髪を指で梳《す》く。

「リズ、きみはひどい子だ。六年も私に秘密にするなんて。私だけ除《の》け者とはね」

「ごめんなさい。内緒にして、お父さまを驚かせたかったの。……怒った？」

「もちろん怒らないさ。私の娘は信じられないほどかわいいと再確認できたからね。でもねリズ、精霊やイーニッドに会えなくてもがっかりするんじゃないよ？　リズには私がいるし、私にはリズがいるのだから。きみががっかりすると、私もがっかりするんだ」

　リズベスは顔を上げて、父の水色の瞳を見つめた。

「お父さま、わたしがっかりしない。いつもハーブを用意してくれてありがとう」

「いいんだよ。リズのおかげでハーブ子爵というありがたい称号を得てしまったけどね」

　聞くなり、部屋にふたりの笑い声が響きわたる。

「ああリズ、冗談だ。私は医者の後援をしているからハーブの調達はお手のものだ。でもね、私以外から調達するのは禁止だよ。毒性のあるものが多いからね。あとは黒ミサやサバトのたぐいは絶対禁止だ。わかったね？」

「わかっているわ。約束する」

「ところでリズ、ロデリックくんをどう思う？」

　その問いに、リズベスは母譲りの花がほころぶような笑みをみせる。

「大好きよ」

「その笑顔は複雑な気分にさせられるなあ。では、私のことはどうだろう？」

　リズベスは父にぴょんと飛びついて、その頬にちゅっちゅっとくちづける。ふたり分の笑顔だ。

「お父さま、大好き。……大好きよ！」

子爵は安心したのか、息を落とし、にこやかにうなずいた。

「私のほうが大好きがひとつ多いね。リズが男の子を意識するのは、まだまだ先かな？」

子爵はリズベスを抱き上げて、片手で支え、小さくひとりごつ。

「十三歳にしては幼すぎるのは十分わかっているけどね……変わってほしくないんだ。リズは、イーニッドと私の最高傑作《けっさく》だよ」

「お父さま、やっぱりわたし、幼いのね……」

金のまつげを伏せて、消沈するリズベスの頬に、子爵は口を押しつけた。リズベスは、くすぐったそうにして、ぱっと華やいだ。

「きみの幼さは誰が何を言おうと長所だ。私はきみを愛しているよ。きみにはいつまでもきみらしく、無邪気でいてもらいたいね。あと何年一緒にいられるのかな？」

「わたし、ずっとお父さまと一緒にいるわ！」

「それはうれしいけどね」

リズベスは、父の広い肩に手を置き、ぐっと押して視線を合わせた。

「リズ、ありのままのきみを好きになってくれる人を選ぶんだ」

「お父さま。ロディはね、わたしを好きって言ってくれるの。わたしもロディが好き」

「ロデリックくんか。じゃあ、リズはロデリックくんのお嫁さんになるのかな？」

「なるわ。お父さまとロディとわたしで、このお屋敷で幸せに暮らすの」

子爵はリズベスを床に下ろし、彼女の帽子の位置をずらした。たちまち被り方が小粋《こいき》なものに変化する。

当然リズは侯爵家で暮らさなければね」

「嫌よ。わたし、侯爵家には行かないわ。ここにいたいもの。ロディは親友のままでいいわ。いまのままでわたし、十分幸せだもの」

その言葉に、子爵はリズベスの両わきに手を差し入れて、そのまま上に持ち上げた。リズベスは、足をぶらぶらさせて「子どもみたい」とはしゃぐ。

「リズ、覚えておきなさい。幸せはね、自分ひとりで感じるものじゃない。それは本当の幸せとは言えないよ。自分と相手が揃って幸せを感じることこそ重要なんだ。共に笑顔にならないと。だからちゃんとロデリックくんの気持ちも考えなさい。いまのきみの言葉はいけない言葉だ。なぜいけないのかあとでしっかり考えなさい。わかったね？」

リズベスは笑顔を消して、まじめに「わかったわ」と首を大きく縦に動かした。子爵は満足そうに破顔《はがん》する。

「私の娘は本当に素直だ。いいかい、相手のことも考えるくせをつけてごらん。そうするとね、きみはいまよりもっと幸せになれるから。幸せは相乗するものなんだ。これはイーニッドが身をもって教えてくれたことなんだよ。きみも心がけてごらん」

「お父さま、わたし、相手のこともちゃんと考えるわ。一緒に幸せになる」

子爵はリズベスのふたつの頬に、それぞれ唇を押し当てた。

「うん。幸せになるんだよ。きみには世界で一番幸せになってもらいたいからね」

ほどなくして、老齢の執事からロデリック来訪のしらせを受け、リズベスは父に挨拶のキスをして、彼のもとに向かった。

ロデリックはリズベスを馬に乗せたあと、自分も後ろに跨《また》がって走らせる。今日は、彼女が馬に乗りたいとせがんだため、ピクニックと称して外出することになったのだ。まだポニーにしか乗れないリズベスは、馬に異様にあこがれていた。

蹄鉄《ていてつ》の音を聞きながら、リズベスは辺りを見回した。王政復古の建物群や、中世時代の城を眺めて、さまざまな馬車とも行き交った。景色が流れるように後ろに去っていき、木がどんどん増えたかと思えば森になり、暗い木陰を過ぎれば、牧草地で草を食む牛を見かけた。雲のない空にはゆるゆると大きな鳥が飛び、丘の上を見やれば、ぽつぽつと生えた木の隙間に、朽ちた遺跡を見つけた。

大きな目を瞠《みは》ったリズベスは、興奮ぎみに指差した。相当古い時代の遺跡だ。

「ロディ、見て！」

「ん？　遺跡のこと？」

「そうよ！」

「あそこに向かっているんだよ。あの遺跡はね、昔からぼくがよく行くところなんだ。ずっときみを連れて行きたいって思っていたから、それが今日叶ったよ」

リズベスはおなかに回るロデリックの手に目を落とし、それから顎を持ち上げて、彼の顔を見つめた。喜びを噛みしめる。

「うれしい。あとであの遺跡について教えてくれる？」

「もちろんだよ。……歴史はね、勝者のものだから、敗者は朽《く》ちて忘れられてしまう。どんなに繁栄してもすばらしくても、儚《はかな》く消えてしまう。でもそのもの悲しさがぼくは好きなんだ。ぼくはね、朽ちたり苔《こけ》むしたり、風化している遺跡に魅力を感じるよ。静かに、誰からも忘れられるために、悠久《ゆうきゅう》の時が流れている感じがする」

「ロディは静かなのが好きなのね。ひとりが好き？　あなたは毎日わたしに会いに来てくれているけれど、ひとりの時間を大切にしてもいいの。わたし、我慢できるわ」

「昔はひとりが好きだったよ。でもね、いまは違う。リズとずっとふたりでいたいな」

「本当？　ロディ、わたしも。ふたりでいたいわ」

リズベスは、素敵なロデリックが誇らしかった。すんなりとした黒い乗馬服もさることながら、黒髪に合わせた首もとを彩るベルベットのリボン結びがしゃれている。それに、乗馬もうまいし、黒光りする青鹿毛《あおかげ》も見事だ。彼に不得手なものはきっとない。勉強も、踊りも、乗馬も……彼は何でもできる人だ。

「ロディは何でもできるのね。すごいわ」

「最初はできなかったよ。日々の積み重ねかな。気づけばできるようになっていたんだ」

「尊敬するわ。努力ができない人って多いと思うの。わたしを含めてね」

「ぼくはきみを尊敬しているよ。特にハーブの知識に脱帽《だつぼう》する。ぼくには無理だから」

「ハーブは……」

リズベスは、そこではたと父との会話を思い出し、ロデリックの気持ちを考えず、彼のことを自分の都合のいいように扱おうとしていたことに青くなる。

「どうしよう、ロディ、ごめんなさい。わたしって本当に浅はかだわ」

「ん？　どうして謝るの？　ぼくはきみを浅はかだとは思わないよ」

「どうしても謝るの。わたし、ロディが好きだから」

「よくわからないけど、きみらしい。ぼくもリズが好き。ねえ、ふたりきりになろうか」

「ええ、なりたいわ」

侯爵家の従僕は、彼に指示されているのだろう。ロデリックが片手を挙げると、子爵家の従僕をともない、さりげなくどこかへ移動する。日に日に、ふたりきりの時間が多くなっていた。

小高い丘の、古いレンガが重なる遺跡の陰で、ロデリックはリズベスを馬から下ろしてひざにのせた。そしてすぐに、唇がぴたりと重なる。

「リズ、散策はあとにしよう……」

かすれた声だ。頭から帽子をとったロデリックは、リズベスの帽子もとり去った。彼がそれをそっと横に置いた途端、吹き抜ける風でふたりの髪がたゆたった。

ロデリックは薄く目を閉じ、再びリズベスにキスをして、まぶしげに彼女の豊かな髪に手を差し入れた。そのまま下まで梳いていく。

「きみの髪、光で輝いてる。初めて会ったときもこうして輝いていたんだ。見惚れたよ。いまはね、きみのすべてがまぶしく見えるんだ。リズは太陽みたいな子」

「太陽みたいなのはロディだわ。だって、初めて会ったときのあなたは全身が輝いていて、まるで光を背負ってるみたいだった。だからわたし、精霊だと思ったの」

彼は至近距離でリズベスを見つめる。すると、その銀色の虹彩《こうさい》は、角度によって赤みや黄みを帯びたり、青みを帯びたりして色味を変えた。

「目、綺麗……。ロディの瞳は、どんな宝石よりも素敵だわ」

「ぼくはきみの目のほうが綺麗だと思う。たとえ高貴なエメラルドでも、リズの目にはかなわないよ。ずっとこうして見つめていたいし、見つめられていたい」

「でも、こうしてロディと一緒にいられるのは、あと少しなのね……。外国ってどんなところなのかしら。何も想像できないわ。行ったことがないんですもの」

リズベスは長く反ったまつげを下ろし、鮮やかな緑の瞳を隠した。

「リズ、ぼくを見て。いまはぼくに集中して。ふたりのときは、ぼくのことだけを考えて」

ロデリックの両手は、ためらいなくリズベスの胸もとにのびて、乗馬服のボタンを外しはじめる。慣れた手つきは、それが初めてではないことを物語っている。

服をはだけさせると、ロデリックはすぐにリズベスに顔をうずめて、鼻先で胸を探り、発展途上のささやかな膨らみにつく可憐な突起をぱくりと食べた。

「あ。……ぅ」

「声、出していいんだよ？　うちの領内だから、誰も来ない」

「恥ずかしい……変な声だもの」

「何度でも言うけどぼくは好きだよ。聞かせて」

ぎらりと目を妖しく光らせたロデリックは、リズベスを激しくむさぼりはじめた。

この秘密の行為は、近ごろ毎日続けられている。

ふたりの箍《たが》が外れたのは、リズベスが彼に裸を見せてからほどなくのことだった。もともと好奇心旺盛なリズベスは、ロデリックが帰ったあとで、あの感覚は何だったのかと、自分の胸をつまんでみたのだ。けれど、彼に触れられたときの感覚とはまったく別もので首を傾げた。リズベスは、ある日「胸がおかしい」と彼に正直に打ち明けた。

すると、彼はリズベスのドレスに手をかけて、あらわになった胸の先をいじめはじめた。そのときに与えられためくるめく官能は、リズベスを脳天まで貫いて、甘やかな声をあげさせた。以来、大胆になった彼は、毎日リズベスの胸に触れるようになっていた。また、リズベスも道徳心や羞恥心といった感情をどこかへ追いやり、彼を受け入れた。やがて時の経過とともに、それはごく当たり前のことになっていった。

「――あ」

べろりと薄桃色の粒を舌で転がした彼は、続いて、指でこりこりとえぐり出す。

「リズ、気持ちいい？」

「あ」

「感じたことは全部教えて。約束したでしょう？」

恥ずかしいけれど、約束は約束だ。リズベスは、快感に目を閉じながらも口にする。

「……ん。気持ちいい……」

「聞こえないよ。もう少し大きな声で言って」

「気持ちいい。……ロディ、気持ちいいの。もっと。……触って？」

ロデリックは胸の先端をひねったり引っ掻いたりして、リズベスの反応を見ている。

「こう？」

「んっ！　……気持ちいい」

リズベスは、ロデリックにちゅうと鋭く頂を吸われて、背を反らせ、白いのどを晒した。

彼は右の粒を歯でしごき、左の粒をぴんとしきりに弾く。

「あっ！　あ！」

「知ってる？　きみ、すごく綺麗だ」

「は。っう。本当？　綺麗？」

「うん。リズ、綺麗。こうしていると、すごくおとなに見える」

彼はリズベスの胸全体に、舌をねっとりと這わせた。

「おとなになろう？　……ぼくが、きみをもっとおとなにしてあげる」

彼は黒髪の隙間から、銀色を覗かせた。リズベスをたぎるような目で見ている。

「あ。……気持ちいい。どうして……ロディが触ると、こんなに気持ちがいいの？」

「それはリズがぼくのものだから。ぼくのものだよ、ずっと。……わかった？」

リズベスの雪のような真っ白の肌に、ぷくりと色づく突起は、彼の唾液で濡れていて、陽の光で艶めかしく照っている。それが彼女の官能の波に合わせて、揺れて、ひくつき、震えていた。

「リズ、返事」

「ん……わかった」

熱くため息を吐いた彼は、胸の先に触れたまま、せつなげにリズベスを見つめた。

「ねえリズ。キスのこと、ぼくがこうして胸に触れていること、覚えていてね。きみが甘い声を出したこと、この感覚をいつも思い出して。ぼくがいなくても、忘れないで」

ロデリックは小さくうめいて、リズベスの唇をむさぼった。ぼくがいなくても、自分を深く植えつけているかのようだった。勢いに押され、リズベスの唇が形を変える。まるで、自分を深く植えつければ、彼は胸の膨らみをたどり、ぷっくりとした赤いふたつの乳首を指で挟んだ。

「んぅ」

「ねえ、リズ。……リズ」

そのまま力をこめて、こりこりと先を執拗に刺激した。

「は。――あ、あ！」

「ぼくを忘れるのは、許さないから。……わかった？」

3章　未知と契約

ふんだんにあしらわれたレースとリボン、ぴかぴかと光るビーズたち。世の女の子の好きなものがつまったその部屋は、白と黄色を基調にしていて、軽やかなハーブの匂いでいっぱいだった。明かり取りの窓から降る日差しは晴れやかで、室内をやさしく照らしだす。しかし、取りまく空気は雨のように重苦しい。ここのところ、部屋の主《あるじ》がどんよりと塞ぎこんでいるからだ。

リズベスは化粧台に頬杖をつき、ふうとため息を吐き出した。いつもはきらきら輝いている緑の瞳も、いまはうつろで、何も映してはいなかった。時折、金色の豊かな髪をくしゃくしゃとかき乱しては、内に渦巻く思いと戦っている。

彼女は二日前、ロデリックとけんかをした。一方的にリズベスが腹を立てていた。

きっかけは、彼と秘密の行為をしていたときのこと。胸に触れられている際、いつもよりも乱れてしまったリズベスはぐったりと放心していた。その隙に、なんと彼がドレスの裾をたくしあげ、リズベスをごろりと転がし、絶対に触ってはだめと禁止している、とても汚い排泄の箇所に触れたばかりか、あろうことかそこにちゅうとくちづけをしたのだ。

とんでもない出来事に驚いたリズベスはかんかんになり、真っ赤な顔で「ばかっ！　ロディなんて大嫌い！」と彼から逃げ出して、いまに至る。

リズベスは、脇に置いてある大きなサシェに視線を移し、また盛大にため息をついた。ロデリックの無事と守護を願い、心をこめて作ったサシェをいまだ渡せていない。彼は三日後、外国に旅立ってしまうのに。

二日前にけんかしてからも、彼はこれまで通り花を持って屋敷を訪ねてくれるのに、どうしても素直になれないリズベスは、彼を追い返すばかりか、許しを乞う花すら受け取っていなかった。本当は、もうとっくに許しているし、怒ってもいない。ただ、どんな顔をして彼に会えばいいかわからず、途方に暮れていた。

彼に「ばかっ！」と言ってしまうなんて、とんでもないことだった。彼はリズベスよりも遥かに頭がいいのに、あんなことを口走った自分が愚かで恥ずかしい。ぐすぐすと洟を啜ったリズベスは、歯がゆさのあまり、ドレスをぎゅっと握りしめた。

「ばかなのはロディじゃない……謝らなきゃいけないのは、わたし」

ひとりつぶやくリズベスは化粧台に突っ伏して、緑の目から大つぶの涙をぼたぼたとこぼした。脳裏に浮かぶのは、彼の蕩けるような笑顔だ。

「好きなのに……大好き、ロディ」

そのとき、背後からふわりと風を感じた。

「ぼくもリズが大好きだよ」

突然聞こえた声に、リズベスはびっくりして飛び上がる。振り向けば、首を傾げて微笑する彼がいた。追い返したはずなのに。

リズベスは髪を乱したまま目を大きく開けて、隙のない黒い装いのロデリックを、驚愕の面ざしで見つめた。ぴしりと品よく立つ彼に対し、リズベスはベッドでごろごろしながら思い悩んでいたために、まとう花柄のドレスにしわをたくさんこしらえている。

彼はリズベスに「触れてもいい？」と聞き、リズベスが小さくうなずけば、静かに近づき、ぴたりと距離がなくなった。やさしく抱きしめられている。

「ごめんね。ぼくを許してくれる？」

後頭部に置かれた手が、リズベスの髪をゆっくり撫でる。

リズベスは彼の背中に手を回し、抱きしめ返すことで、許している気持ちを伝えた。

「ロディ、わたし……ひどいことをしてごめんなさい。追い返してごめんなさい」

「ううん、謝らなければいけないのはぼくのほう。……ずっと、リズに会いたかった」

リズベスは彼の肩に濡れたまぶたを押し当てた。

「わたし……ばかだった。自分でロディを閉めだしたのに、とってもつらかった」

彼のしわひとつない上質な上着を、くしゃくしゃと握りこんで続ける。

「ごめんなさい。もうこんなばかなことしない。だって、ロディが好きだもの」

顔を上げると、銀の視線とかち合った。彼は何かをこらえるように眉根を寄せて、口の端を引き上げた。それから黒いまつげを伏せていく。

「ぼくもリズが好き。仲直りのキスをしてもいい？」

ロデリックはリズベスが返事をする前に唇を合わせてきた。すぐに離して、リズベスを見つめたあと、再び角度を変えて重ねた。

「ずっと、キスしたかった」

「わたしも」と、答えたリズベスが目を閉じれば、まなじりからしずくがこぼれた。

ふたりは長いくちづけを交わし、そのあと彼は、合わさっている唇に隙間を空けて告げた。

「今日、諦めて屋敷に帰ろうとしていたときにね、きみのお父上が声をかけてくれたんだ。『もうすぐ出発なんだろう？　リズが落ちこんでいるよ』って。それから、こうも言われたよ。『リズは素直になれなくて悩んでいるから、覗いてみてくれないか。できれば声をかけてほしい』って。だからね、しばらくきみの後ろで様子を見ていたんだ」

ずっと彼がいたなんて全然気がつかず、リズベスの顔に赤みがさした。

「きみの『大好き』を聞いたときはうれしかった。ぼくはきみが大好きだから、本当にうれしかったんだ。ねえ、リズ」

彼はリズベスの手をとった。

「いまからきみとあの遺跡に行きたい。……どう？」

リズベスは顔を離して、きらきらとした目でロデリックを見つめた。

「行きたいわ！」

「よかった。一緒に夕日を見よう。すごく綺麗なんだ」

「素敵。……あ、でも、明日がいいわ」

「明日？　どうしてだろう」

「あのね、今日わたしね、ベッキーのお茶会に顔を出さなければならないの。ロディも一緒に行ってくれる？　ロディがいてくれたらうれしいし、それにね、彼女、あなたにとっても会いたがっていたわ。あなたにも来てほしいって」

すぐにロデリックの顔から色が消え失せた。

「それは、ベアトリス・アドリントンのことだよね？」

リズベスが「そうよ」とうなずくと、彼はしばらく考えこんで、口を開いた。

「ぼくは行けない」

彼がリズベスのお願いを断るのは初めてで、リズベスは戸惑った。

「リズ、その……以前からぼくは、きみの友人たちにリズは特別だと伝えているんだ。でもね、それでもベアトリスは、親を通してぼくとの婚約を推し進めようとしているから」

リズベスは、驚きでぱちぱちと瞬《まばた》きをしながら彼を窺った。胸に痛みを感じて、鼓動は速くなっている。

「知らなかったわ……ロディと、ベッキーが婚約………」

「まさか！　ちゃんと話を聞いて。早とちりはきみの悪いくせだ。婚約するわけがない」

「違うの？」

「当たり前だよ。まあベアトリスだけではなく、きみの友人たちにも言える話だけど」

言いにくそうに眉をひそめる彼に、リズベスは首を傾げた。

「みんな、あなたと婚約しようとしているの？」

「全員ではないけどね。家を訪ねてくる人もいるし、きみの出席しない催し物にも誘われる。揃ってきみの名前を出してくるから気に入らない。以前なんてひどかったよ。きみが呼んでいると聞いたから訪ねたのに、きみがいなかったときが何度もあった」

だんだんリズベスの表情が暗くなるのを見て取り、彼は付け足した。

「ごめんねリズ。でもわかってほしい。いままでぼくはきみの友人に会っていたけれど、今後は会わないようにしたいんだ。愛想笑いで勘違いされたり、下手に顔見知りになると厄介《やっかい》だから。ぼくはきみがいればいい。だから、ベアトリスの屋敷には行かない」

肩に彼の手が置かれて、リズベスは真剣な面ざしの彼と向き合った。

「リズ、知っておいて。貴族というものはね、したたかなんだ。打算と欺瞞《ぎまん》だらけだよ。味方だと思っていた人が、手のひらを返して敵になることはざらにあるからね。だから、ぼく以外の人に深く踏みこまないでほしい。ぼくは、きみに傷ついてほしくない」

リズベスは口を動かそうとしたけれど、彼の強い視線に遮られた。

「忘れないで。きみにはぼくがいるからね。そして、ぼくにはリズだけだ。どんなに離れていても、ぼくたちはふたりでひとつ、唯一無二の親友なんだ」

そのあとロデリックは、リズベスの額にくちづけを落とし、「明日はぼくを優先すること。いいね？」と言い残して立ち去った。残されたリズベスは、言葉にならない思いを抱えて、机の端に目を向けた。彼への思いをこめたサシェはいまだにそこにある。どうしてか、彼に渡せなかったのだ。

——ねえお父さま、『打算』ってなあに？

——ん？　そうだね、損得で物事を考えることだよ。あまり良い意味では使われないね。でもね、おとなになれば、たまには打算が必要なときもあるんだ。正直者がばかを見る場面も少なからずあるからね。まあでも、リズには無縁の言葉だよ。

——じゃあ『欺瞞』は？

——欺瞞？　これはまたずいぶんと突拍子もないことを聞くね。人をだましたり欺《あざむ》くことだよ。きみをそんな腹黒い娘にしないことが私の目標だが……リズ、どうしたんだい？　きみにふさわしい言葉じゃないよ。

リズベスは父との会話を思い出し、ひとりで首を傾げていた。そして、ボンネットのつばを持ち上げ、辺りをぐるりと見回す。

遅れて参加したベアトリス・アドリントン主催のお茶会は、彼女の家の自慢の薔薇園で行われていて、咲きほこる薔薇が目を楽しませてくれる。が、リズベスは薔薇に目をやろうとはしなかった。彼女は花よりもハーブを愛しているからだ。その根もとにひっそりと生えているアニスのほうが気にかかる。

「リズベス、ロデリックさまはどちらにいらっしゃるの？」

薔薇と同じ薄紅色のドレスをまとったベアトリスが、ほほえみながら近寄ってきた。彼女には、かつてリズベスとともに、伯母のアントニアにいたずらを仕掛けていたときの面影はない。綺麗に歩くさまは品があり、子どもからレディに変わりつつあるようだった。その上リズベスよりも、胸は発展をみせている。

リズベスは鼻先を持ち上げた。いま、心を占めるのは後悔だ。頭のなかはロデリックでいっぱいで、気づけば気分は下降して、自然とうつむいてしまう。お茶会に来てからというもの、彼と一緒にいたい自分を嫌というほど知ったのだ。

「ベッキー、あのね、ロディは来られないんですって。だからわたし、ひとりで来たの」

言葉を聞くなりあからさまに落ちこんだベアトリスは、すねたように唇を曲げた。

「じゃあ、リズベスなんて誘わなければよかった」

耳を疑うような友人の物言いに、リズベスは目を大きく見開いた。

「どうして？」

「だって、リズベスったら子どもっぽいんですもの。もちろんわたしは幼いあなたが好きよ？　妹みたいでかわいいわ。でもね、今日は『おとなのつどい』なの。おとなっぽいロデリックさまがいないのなら意味がないわ」

「ちょっと、言葉を選んでちょうだいベッキー。ロデリックさまはリズベスがいないと来てくれないのよ？　怒らせちゃだめ。ねえリズベス、お願い、へそを曲げないでね」

呆然としてしまい、切り返せないリズベスの代わりに、奥の椅子に座るキャロリンがベアトリスを制した。彼女もベアトリスと同じくリズベスの幼なじみだ。

リズベスは下唇を噛みしめた。友人だと思っていたのに、これはどういうことだろう。たちまち時間を無駄にしたくない気持ちが湧いてきて、リズベスは切り出した。

「わかったわ。あなたたち、おとな同士で楽しんでちょうだい。ベッキー、もう子どものわたしを誘わないでね。用事もないのに呼ばれるのは馬丁のジョンに悪いもの」

逆に慌てたのはベアトリスたちだ。彼女たちは失念していた。人も羨む髪と瞳を持つリズベスは、幼少期よりちやほやされるのに慣れていて、人気があるため、いまの友人関係に固執する必要がなかった。よって、自分が必要ないとわかると、切り替えは早く、すぐに距離を置くドライな面を持っている。リズベスは他人にまったく執着しないのだ。

「待ってちょうだい、リズベス！」

踵を返したリズベスを、ベアトリスをはじめ、四人の少女たち全員で取り囲む。

「ごめんなさい、怒ってしまったの？」

「いいえ、怒ってないわ。気分がいいとも言えないけれど、わたしは背も低いし、胸もぺったんこだし、子どもっぽいのは事実だから、現実を受け止めるわ」

「リズベス、あのね、背が低いのはどうすればいいのかわからないけれど」

言葉の途中でベアトリスがリズベスの手をつかみ、まるいテーブルに誘導する。

「そのぺったんこの胸はなんとかなりそうよ。わたし、方法を知っているんですもの」

「本当？」

盛んなベアトリスの胸を見て、興味が出てきたリズベスが椅子に座ると、安心したように他の少女たちも腰かけた。そして、キャロリンがにこにこ顔で声をかけてくる。

「リズベスが胸に興味があるなんて知らなかったわ。あなたったらハーブばかりだもの」

「わたしだって興味があるわ。ドレスを新調するのに測られるとき、いつもがっかりするの」

それに、ロデリックに胸を触られているときも、自分の胸にがっかりする。リズベスは頬を赤らめ、もっとうんと膨れればいいのにと考えた。

「じゃああなたも『おとな同盟』の一員ね」

「おとな同盟？」と、リズベスが不思議そうにキャロリンを窺えば、彼女の視線はベアトリスに移動する。視線を受けたベアトリスは、鷹揚にうなずいた。

「見ていればわかるわ。みんな、続きをやるわね」

ベアトリスは自身の胸をわしづかみにして、円を描くように揉《も》みはじめる。皆も一斉にその動きに従った。異様な光景だ。リズベスはあっけにとられて固まった。

「何をしているの、リズベスも揉むのよ。せっかくベッキーが教えてくれているのに」

「でも」

「あのね、揉むと胸が大きくなるの。ベッキーの大きな胸はこうしてつくられているのよ。自分とベッキーを見比べてみるといいわ。全然違うでしょう？　雲泥《うんでい》の差よ」

「でもね、胸は揉んでも大きくならないと思うわ」

リズベスは、毎日ロデリックに胸をいじられたり吸われたりしているが、特にこれといった変化を感じたことがない。しかし、否定するリズベスを、キャロリンは胸を揉みつつ、とがめるようにねめつける。

「ふん、ばかねリズベス。日々の積み重ねが肝心なの。基礎を疎《おろそ》かにするなんて愚かの極みよ。基礎こそとっても大事なの。ベッキーは毎日続けているから大きくなったのよ？」

目をぱちぱちと瞬かせて、リズベスは自身の小さな胸を見下ろした。

「基礎が大事なのね。……やってみるわ。でも、もしも今日ロディがわたしと一緒に来ていても、同じことをしていたの？　ロディが自分の胸を揉むのは、想像できないわ」

「まさか！　リズベス、おとな同盟として忠告するわ。そんな子どもじみた発想は、今後一切やめてちょうだい。ロデリックさまにさせるはずがないでしょう？　『おとなのつどい』と『おとな同盟』はまったく別ものなんだから」

「おとなのつどいって？」

「それはわたしたちの集大成を披露する場のことよ。殿方を交えたときにね、自分の魅力をアピールするの。そうしてロデリックさまに見初められたら、とっても素敵だわ」

リズベスが「そうなのね」とつぶやくと、ベアトリスが諭《さと》すように言った。

「いいこと？　リズベス。わたしたちは早ければあと二年後……十五、六歳で嫁《とつ》ぐことになるわ。そのときにね、重要になるのが『妻のつとめ』なの。妻のつとめを果たせなければば、牢獄から出られない囚人のような冷え冷えとした人生になってしまうわ。つまり破綻《はたん》ということ。愛人なんてのさばらせてはならないの。だからね、わたしたちはいまからうんと努力をしなくてはならないの。その妻のつとめを学ぶために、おとな同盟があるのよ。世の婦人たちを出し抜くためにも、この集まりは秘密結社だと思ってちょうだい」

まだ結婚にもぴんとこないリズベスはあいまいにうなずいた。

「わたしたちは魅力を磨《みが》いて、よい殿方に見初められて、結婚後は夫を骨抜きにしなくてはならないの。妻のつとめは胸を大きくするのは必須だし、何よりも重要なのは男性を身体に受け入れること。そこから生まれるのは喜びだってお姉さまが言っていたわ」

「胸を大きくするのは何となくわかったけど、男性を身体に受け入れるってなあに？」

リズベスの問いに、少女たちは恥ずかしそうに顔を見合わせた。そのあと、あなたが、いいえあなたよ、と何かを譲り合い、結局、代表して発言したのはキャロリンだった。

「リズベス、あのね、男性のギリシャ像を見たことがあるでしょう？　綺麗な彫刻の」

「あるわ。図鑑で見たの」

「その中央の……いちじくの葉で隠されていた部分を覚えてる？　脚のあいだの……」

「覚えているわ。股間のところに葉っぱがついていたから。あれはいちじくなのね」

リズベスが元気よく答えると、キャロリンは一層声をひそめる。

「あのね、殿方の隠されたそこには、密かに棒状のものがついているの。でね、そこが膨らんで婦人に刺さるのよ。でもね、それを受け入れる技能がないと、婦人は妻失格の烙印を押されてしまうの。だからわたしたちは技能を身につける必要があるわ。それが妻のつとめ。つまり胸を大きくして殿方をとりこにし、『いちじくの葉』を身体に受け入れるの」

釈然《しゃくぜん》としない面もちで、リズベスは小さくうめき声をあげた。

「大きく膨らんで、婦人に刺さるというのがいまいちわからないわ。だって、刺さりっこないんだもの。そんな技能、初めて聞いたわ」

「それが刺さるのよ。婦人には穴があるから、そこに刺さるの」

「穴？」

「ええ。そのいちじくの葉はいわば生殖器の一種なの。わたしたちはお父さまが膨らんで、お母さまに刺さった結果この世に生まれてきたのよ。それにね、なんとベッキーは、昨日から受け入れる穴を広げる努力をしているらしいわ。そうよね？　ベッキー」

話を振られたベアトリスは、得意げに顎を持ち上げた。

「そうよ。昨日はがんばって指の第二関節まで入れることに成功したわ」

周りの少女たちがどよめいて、「すごいわ、おとなだわ……」と称賛するなか、ベアトリスはにっこりと笑みを浮かべて続けた。

「わたしね、早く妻のつとめを覚えて、ロデリックさまと結婚するわ。侯爵夫人になりたいの。小さなころからの夢なのよ。うんと彼を喜ばせたいわ」

「まあ、抜け駆けはずるいわベッキー！　わたしもロデリックさまと結婚したい」

「わたしもよ！」

「ばかね、色恋沙汰は早い者勝ちなの。それにね、みんなはまず胸を大きくすることからはじめないといけないわ。ぺったんこでは、まるで子どもみたいでロデリックさまに相手にされるはずないもの。穴を広げるのはね、次のステップだから、まだ教えられないわ」

そこで、それまで黙って聞いていたリズベスの緑の瞳は不安げに揺れた。

「……ねえベッキー」

「なあに、リズベス。何でも聞いていいわよ？　でもね、その前に、ロデリックさまの好きな色を教えてほしいの」

だが、リズベスは彼の好きな色を知らなかった。周りで「ずるいわ、また抜け駆け？」と騒ぐ少女たちを尻目に、彼の姿を思い浮かべる。よく着ている服は、黒と青色だ。

「黒と青だと思うわ」

「黒と青ね、ありがとう。さあ、あなたの質問を聞くわよ。どうぞ」

いざ聞く体勢を整えられると言いづらい。リズベスは視線を泳がせた。

「あのねベッキー、もしもこのまま、胸が大きくならないとしたら……どうなるの？」

「それはしかるべき魅力を身につけられないということだから、結婚相手のランクが落ちるのではないかしら。持参金目当ての、ハイエナのような輩《やから》にうろつかれるはめになりそうね。特にリズベスの家はとても裕福だから危険な気がするわ」

「じゃあ穴にいちじくの葉が刺さらなかったり、そもそも穴がない場合はどうなるの？」

ベアトリスは表情を一変させて、気むずかしそうに腕を組んだ。

「……穴がない場合は想定していなかったわ。でも、いちじくの葉が刺さらないのなら、男性を受け入れる技能がないんですもの、その場合は妻失格の烙印を押されると思うわ。殿方にけなされるだろうし、結婚できずに行かず後家《ごけ》の道を歩むことになるでしょうね」

この言葉に衝撃を受けたリズベスは、以後うわの空で、ただの人形と化した。

風は薔薇園を通り抜け、リズベスのもとにもやってくる。黄色のスカートは、流れてふわりと膨らんだ。顎で結んだボンネットのリボンが揺らされる。そして、見事な金髪は広がり、西日を浴びてきらめいた。そのうつくしさとは対照的に、リズベスは顔をしかめて思いをめぐらせた。今日得た知識が頭のなかでぐるぐると渦巻いて離れない。

お茶会がお開きになり、後ろから聞こえる友人たちのざわめきも、心ここに在らずのリズベスには木々を撫でるつむじ風と同等だ。さくさくと地を踏みしめて先を行く。

リズベスは、いずれは自分も結婚するだろうと考えていた。けれど、結婚に至るまでにはすさまじい試練の壁がそびえ立っている。いちじくの葉が刺さる穴とは何なのか。自分にそんな穴があるとは思えず、ぼんやりと歩いていると、馬のいななきが聞こえてきて目を向けた。視線の先には、馬丁のジョンと黒光りする馬車、そして二頭の馬がいる。

「リズベスお嬢さま、お帰りですか。馬車をお出ししましょうか」

リズベスの視線は自然と下へ向かい、ジョンのズボンの股間に行き着いた。心なしか膨れているような気がして落ち着かない。まぎれもなく、これが『いちじくの葉』だ。

「……ええ。あの、ジョン、お願いするわ」

ぎこちない返事のあと馬車に近づいたリズベスは、ふいに視界に入った馬のそれに瞠目した。大きいなんてものじゃない。巨大すぎだ。馬の股間につくものは、長さ二十八インチ（七十センチメートル）ほどはあるだろう。

青ざめ、小さく悲鳴をあげたリズベスに気がついた馬丁は、「ああ、こいつめ」と失笑しながら馬の鼻面を撫でつけた。芦毛《あしげ》の馬は、リズベスの恐怖を知ってか知らでか、ぶるりとのんきに身を震わせた。

「こら、幼気《いたいけ》なリズベスお嬢さまの前で勃起とはけしからん。はしたないやつめ！」

「これは……あの……」

「はは、すみませんね、こいつも雄なんで。これは馬のペニスですよ。可憐なリズベスお嬢さまには、まったくもって下品で目の毒です。さ、乗ってください」

ずんぐりとした体型のジョンに導かれ、馬車に乗ったリズベスは、思わず頭を抱えこんだ。あれが目に焼きついて離れず、汗までじわりと噴き出してしまう。

とんでもなくグロテスクで奇怪な物体だった。あれは、まちがいなく人で言うところの『いちじくの葉』だ。妻のつとめを果たすには、あれを受け入れる技能が必要だなんて。

――一体どこにあれが刺さるっていうの？

それからというもの、リズベスは妻のつとめと馬のあれに、深く悩まされるのだった。

「リズ、どうしたの？」

あくる日、ミルウッド子爵邸の玄関ポーチでのことだ。訪れたロデリックは、リズベスの顔を心配そうに覗きこんだ。乗馬服姿のふたりは、これから遺跡に向かう予定だった。

鳥がさえずるさわやかな朝だというのに、実際、リズベスの顔色ときたらひどかった。目の下には、隈《くま》がどんよりと刻まれていて、鮮やかな緑の瞳はよどんでいる。

「体調が悪いの？」

問われたリズベスは顎を持ち上げて、唇を笑みの形にゆがませた。しかし、笑顔が成功しているとは言いがたく、彼の顔はますます心配そうに陰っていく。

「わたしは元気よ。体調は悪くないわ」

「じゃあ、寝ていないの？　何か悩んでいるのかな」

ロデリックは指の背でリズベスの頬に触れた。

「ちゃんと寝たわ。何も悩んでなんかない」

それはうそだ。リズベスは夜も寝ずに考えこんだ。あげくに、気になりすぎて父の周りをうろうろして「お父さまは、いちじくの葉をお母さまに刺したの？　穴はあった？」と何度も問おうとしたけれど、でもどうしても聞けずに、さらには父の股間部分が馬丁のジョンと同じくうっすらと膨れているような気がして、急に意識してしまい、苦しんだ。おまけに馬の巨大なあれも目に焼きついたまま離れない。

「ぼくにはわかるよ、親友だからね。リズ、何を悩んでいるの？　教えて？」

リズベスは目をさまよわせ、ついつい彼の股間を見てしまう。しかし、彼のものは上質な上着で隠れていた。見えるのは、すんなりとした長い脚だ。

リズベスは、己のはしたなさに気まずい思いを噛みしめる。

「本当に何でもないの」

「リズ、約束したはずだよ？　思っていることは何でも言って。すべて知りたい」

言いながら、彼はリズベスを軽々と青鹿毛の馬に乗せてその後ろに跨がった。

リズベスは、彼の股間を見ないように気をつけた。何となく見てはいけないと思った。

「でも、人には言ってはいけない、秘めるべきこともあると思うわ。たとえ親友でもね」

「そうだとしても、ぼくときみのあいだで秘密はだめだ。遺跡についたら聞くからね」

「言えないのに」

「だめだ」

聞きわけのない彼に、リズベスは頬を膨らませた。

「そんなにも知られてしまったら、わたし、ミステリアスになれっこないわ！」

「何それ。ぼくたちのあいだでミステリアスなんてくだらないよ。全然格好よくない」

踵《かかと》で馬のおなかをつついたロデリックは、侯爵家と子爵家の従僕に目配せをして、蹄鉄の音を響かせた。車道を走り、錬鉄《れんてつ》の門をくぐる際にも、「絶対に聞く」「嫌よ言わない」の、ふたりの堂々めぐりは続いた。

リズベスが悩んでいたからだろう、以前よりもずいぶん早く丘の上の遺跡に到着したように思えた。彼によって馬から下ろされると、リズベスはすぐさま銀の瞳にとらわれた。

うつくしい虹彩が、ぎらりと光を帯びている。彼は迫力を持っていた。

話を聞くまで頑《がん》として動かないという姿勢に、リズベスは口を開くしかなくなった。

「話して、リズ」

「……あのね、あの、わたし」

「うん。焦らずに言って」

「わたしね、いちじくの葉と穴を知ったわ。……ロディは知ってる？」

聞くなり、ロデリックの形のよい眉がゆがんだ。

「知っているも何も、何それ？　意味がわからないよ」

「ロディは、いちじくの葉を穴に刺したことがある？」

「待って、話が突飛すぎるよ。まったく意味がわからないんだ」

リズベスは心を落ち着けるために、胸に手を当て、深呼吸をくり返した。

「ロディ……わたしね、おとな同盟の一員として、毎日胸を揉むことにしたの」

彼の目が驚きに見開かれた。

「なんてことを言うの。胸？　何で揉むの？　おとな同盟って？　どういうことかな」

「胸をね、大きくして魅力的になるためよ。ぺったんこだとおとなじゃないの。子どもじみているわ。もう十三歳なのに。だから昨日の夜ね、ちゃんと揉んだの。こうして」

リズベスが、恥ずかしがりながらも胸を揉んで実践すると、ロデリックはくしゃくしゃと黒い髪をかきまぜた。ため息が聞こえる。

「もう！　わけがわからない。きみを茶会になんて行かせるんじゃなかった！　何その集まり。おとな同盟なんて、ろくでもない集まりだよ。何を聞かされたの？　あのね、胸の大きさでおとなか子どもかは計れないし、ぼくはきみの胸を気に入っているんだ」

「でもわたしは大きくなりたいわ。だって、やっぱりおとなは大きくないとだめだもの」

「リズ、大きくなくていい。胸の大きさなんて関係ないんだ。リズはリズだから」

彼はリズベスを抱えて、朽ちた低い石壁に座らせた。そして、小さなひざに手をのせる。

「ぼくは嫌だよ。リズ、わかってる？　きみはぼくのものなんだ。だから変な努力をしないで。変化を急いでほしくない。少しずつぼくが変えていくんだから」

「でもロディは二日後に外国に行ってしまうわ。だからわたし、あなたが帰ってくるまでに努力して、少しでもおとなになるって決めたの。だってわたしたち親友だもの。親友は持ちつ持たれつの関係だってお父さまが言っていたわ。だからわたし、ロディの支えになりたい。あなたがわたしを支えてくれるみたいに、わたしも支えられるようになるの」

ロデリックはこの言葉を聞いた途端、リズベスのひざに顔をうずめた。ぎゅっとスカートを握られる。今日の彼はいつもの彼ではないみたいで、リズベスは不安に駆られた。

「ロディ、どうしたの？　体調がよくないの？」

「……きみは残酷だ。ぼくはこんなにも恐れてるのに」

リズベスがロデリックのこぶしの上に手を重ねれば、すかさず彼に強く包まれた。

「ぼくは怖い。何の確証もないまま三年も離ればなれで……きみがおとなになって、この関係が崩れてしまうのが怖い。親友はそんな意味じゃないから……。ねえリズ、お願いだからぼくの手でおとなにさせて。勝手におとなにならないで。きみがぼくの知らないところで変わってしまうのは、絶対に嫌なんだ」

リズベスは戸惑いながら、自分の胸を見下ろした。やはり子どもみたいで、三年後の十六歳の自分がこのままだと思うと背すじが冷える。なんとか現状を打破するべきだ。

「胸、大きくしちゃだめなの？　柔んじゃだめ？　わたし、大きくしたいわ」

「ぼくがする。リズよりもぼくのほうが、きみを知ってるから」

「でも……ロディは」

「きみのあの声を聞くのも、触れるのもぼくだけ……約束して」

いつの間にか立ち上がっていた彼が覆い被さってきて、視界に銀が広がった。

黒く長いまつげに、綺麗な鼻、唇。日差しが漆黒の髪を透かして、きらきらと光の粒が散っている。四年前から変わらず、精霊めいたうつくしい彼に、リズベスはどきどきした。まるで、どこか壊れそうで儚くもある、意匠を凝らした銀細工のようだ。おとなと子どもが入り混じる崇高な美。見つめていると、せつなさで胸がいっぱいになる。

リズベスは彼の頬に手を当てた。どうして彼は怖いなんて言ったのだろう。依存しているのはリズベスだ。リズベスのほうが彼よりきっと、もっと怖いのに。けれど、父に「笑顔で見送るんだよ」と諭されたから、思いを封じこめている。本当は、泣きそうだ。

「ロディ、まだ怖い？」

「うん。リズ……どうすればきみを三年繋ぎとめられる？　手紙だけじゃ不安だ」

「三年はきっとすぐだわ。わたし、ロディを待ってる。……ん」

唇が熱くなる。ふたりの息が重なった。くちづけのあいだに彼の手はせわしなく動き、すぐにリズベスは胸に風を感じて、頂をつつましやかに尖らせた。

顔を寄せた彼の赤い舌がのばされ、尖りをちろりちろりと舐められる。

「気持ちよくなって、リズ」

彼は、やっぱりいつもの彼ではないようだ。

執拗に時間をかけて、胸の先を転がしながら、指でも薄桃色の粒を弄ぶ。リズベスの吐息はすぐに甘くなった。

「んっ、……んぅ」

ロデリックはぴちゃぴちゃと音を立てて胸を濡らし、リズベスにその熟れたさまを見せつける。指でつまんだ乳首はリズベスのほうを向いている。わざとそうしているのだ。それは、とてつもなく卑猥《ひわい》に思えて、リズベスの鼓動はぴょんと跳びはねる。

彼の口もとが、妖艶な笑みをかたどった。黒髪の隙間から目を覗かせて、こちらを見ている。その艶めいた視線に気圧され、リズベスは息を吸いこんだ。

「ねえ、リズ。知ってる？　これ、おとなの行為だよ。リズはね、おとな同盟の一員なんかにならなくても、十分おとなななんだ。ぼくの手で、おとなになっているんだよ」

彼のまさぐる手は止まらない。つまみ、ねじり、爪を立て、くにくにと遊ばれる。

「あ。……おとなじゃ、ないわ。だって……いちじくの葉。ん。……あっ」

「……こんな声、子どもじゃ出せない。ぼくが、どれだけ我慢しているのか知ってる？どれだけ努力しているか……ずっと、いつも苦しんでいるんだよ？」

リズベスは上体を艶めかしくくねらせて、切れぎれに息を吐き、言葉をのせる。

「ロディ……何を、我慢しているの？　努力って？　………苦しいの？」

「うん、苦しいよ。ぼくは男だから、我慢はつらいし狂いそうだ」

彼もまた、リズベスの上で熱い息をこぼしている。

「でも、三年後。結婚までは……我慢する。本当は、すごくしたいけど」

リズベスは緑の瞳を、ぱっと大きく開けた。

「結婚？　ロディは、三年後に結婚するのね……いちじくの葉なのね？」

「ん？　さっきから、きみはいちじくの葉にこだわりすぎじゃないかな」

胸にねっとりと舌を這わせられながらも、上体をわずかに起こしたリズベスは、彼の黒い艶やかな髪に指を差し入れた。

「あのね……結婚はね、いちじくの葉を身体に受け入れる必要があるらしいの。婦人には穴があって、そこにいちじくの葉が刺さるんですって」

ぴたりと行為を止めた彼は、絶句した様子でリズベスを見据えた。

「まさかそれがおとな同盟で聞かされたこと？　いちじくの葉って『創世記』だよね？」

「創世記？　えっと……」

「旧約聖書に出てくるよ。エデンの園のこと。裸で過ごしていたアダムとイブは、へびにそそのかされて禁断の果実を食べた途端に、羞恥を覚えて自分の性器をいちじくの葉で隠したんだ。そのいちじくの葉は、イブではなくアダムの性器の隠語だよ。わかってる？」

　リズベスは首を小さく動かして肯定した。

「エデンの園からだったのね。確かにアダムは、股間に葉っぱをつけているわ。わたしは、ギリシャ像の葉っぱって聞いたの。そこには、生殖器の一種がついていて…」

「一種じゃないよ。生殖器だ。ペニスのことだからね」

　途端にリズベスの顔が紅潮する。思い出したのは、馬の巨大なあれだ。

「ロディ、やめて！　はしたないわ！　もう絶対にペニスだなんて言わないで！」

「リズ、そんなことよりも問題なのは、きみが言った、いちじくの葉を身体に受け入れる必要があるってところだよ。穴に刺さるって……その意味を知っていて言っているの？」

　頭を抱えていたリズベスは、はっと不思議そうな顔で眼を瞬いた。

「ロディは知っているの？」

「質問に質問で返さないで。ぼくはね、知っているから聞いているんだ」

　リズベスは剝き出しの胸をつんと張り、昨日の会話を思い起こした。

「あのね、婦人はね、いちじくの葉を受け入れる技能がないと、妻失格の烙印を押されるの。だから技能を身につける必要があるんですって。それが妻のつとめなの。胸を大きくして殿方をとりこにし、いちじくの葉を身体に受け入れる。これができないと結婚できないの。それでね、受け入れる穴は自分で広げるらしいわ。それが喜びなんですって」

彼は深々とあきれまじりに息を吐き、リズベスを抱きしめた。

「おとな同盟はもう禁止。妻のつとめなんて忘れて。いまの話は他人に絶対言わないこと。特に男には言わないで。きみのお父上にもだめ。……わかった？」

「ロディ、でも」

「でもじゃない。おとな同盟に、ろくでもない集まりだ。胸を大きくするのは、とどのつまり男を誘惑するためだよね。技能を身につけるのが妻のつとめだなんて、下品すぎて話にならない。そんなの娼婦だ。絶対にだめだよ、リズにはぼくがいるんだから」

さらに腕の力が強まって、身体と身体の隙間がなくなり、リズベスの胸は高鳴った。

「ロディ、わたしに禁止しなくても大丈夫だわ。必要ないの。安心して？」

「何を根拠に安心だなんて言っているの」

「だって、妻のつとめはわたしには絶対に無理なんですもの。わたし、結婚しない。妻失格の烙印を押されるし、行かず後家なの。ずっと、お父さまと暮らしていくわ」

「待って！」

急に肩をつかまれて、リズベスはがくがくと揺すられる。

「リズ、何それ……結婚しないって、どういうこと？　聞いてないよ！」

「言葉の通りだわ。わたし、結婚しないの」

「だから、どうして結婚しないの？　ぼくはどうなるの」

「どうなるって、ロディは三年後に結婚するんでしょう？」

「それはひとまずおいといて。どうしてリズが結婚しないのか言って！」

詰め寄られて、リズベスはたじろいだ。

「ロディ、どうしてそんなに怒っているの？」

「全然怒ってないよ！　ぼくは至って普通だから。ねえリズ、言って！」

リズベスは、うそよ、怒っているわ……と思ったけれど、言葉をのみこむ。

「あのね、わたし、いちじくの葉が刺さる穴がどこにもないの。だから無理なの。絶対に結婚できないから、しないの。わかった？」

「わかるわけないよ」

ロデリックはリズベスをずるずると引き寄せて、自身のひざの上にのせた。

「あるから。リズにも穴はあるんだ。どうしてないことになっているの？」

「うそよ、ないわ。婦人にはね、わたしのように穴がない者も少なからずいるらしいの。昨日ね、ひょっとしておなかの穴がそうじゃないかと思ったのだけど、どんなにほじくっても行き止まりだったわ。いま、ひりひりしていて大変なの」

彼はふうとため息をこぼした。穴がない事実にあきれたのだろうか。

「リズ……やっぱりきみはリズだね。ああ、本当に、なんて子だろう……」

言葉を受けてむっとするリズベスを尻目に、顔をくしゃりとゆがめて笑った彼は、彼女の鼻頭をつんと指で押した。

「ばかげてる。きみの言うおなかの穴はおへそでしょう？　どうしてそこにいちじくの葉が入ると思ったの？　まさか、おへそを知らないなんてことはないよね？」

「知っているわ。でも、それ以外に穴の心あたりがないもの。……きっと、うまくやれば開くのね。本に、人体は不思議と神秘に満ちているって書かれていたわ」

「あのね、ぼくにもおへそがあるんだ」

「それは当然だわ。ないほうがおかしいもの」

「でもね、きみの話だと、ぼくのおへそにも、うまくやればいちじくの葉が刺さるっていうことになるよね。そんなの神の理《ことわり》から外れていると思わない？　男同士は禁忌と言われているのに、奇跡が起きるとは思えない。そんな神秘はありえないよ。ね、見せてみて」

ロデリックはリズベスの了解を得ずに、彼女の乗馬服のボタンに手をかけ、さらにはだけさせていく。やがて露出したおなかは、相当いじったのだろう。おへそと、その周りが赤くなっていた。彼はそれを見た途端に唇をひくつかせ、ほどなく噴き出した。

「リズがいじめるから見てよ、おなかがかわいそうだよ。――ぼくが治してあげる」

彼は目を伏せ、そこにちゅうとくちづける。舌をおへそに入れて、吸いついた。リズベスは、やだ、しみるっ、ロディ、きゃ、くすぐったい！　と、声をあげて笑い出す。

そんなか、彼は吐息まじりに小さく言った。

「……ごめんね。ぼく、きみがかわいすぎて、好きすぎて、どうしても手に入れたい。約束がほしいんだ。ずっと、捕まえておきたい。……その方法は、ひとつしかない」

ちゅっ、ちゅっ、と音を立てながら、ロデリックはリズベスの身体をキスで這い上がる。

そして、おなかから胸の頂に到達し、ぱくりとほおばった。

「んっ！　ロディ……」

舌で粒をやさしく転がしながら、彼は上目づかいで彼女をとらえる。

「ぼくがきみの穴を教えるから……いちじくの葉を、受け入れられるって証明するから」

リズベスは、金色のくるりと反ったまつげを上げた。

「本当？」

「うん、きみは結婚できるんだ。だから、リズに……ぼくを入れてもいい？」

リズベスはしばらく考えこんだが「ええ、いいわ」と答えた。すると、彼は腕を彼女の首に巻きつけて、唇を合わせて押しつけてきた。

それは不器用で下手くそなものだった。歯が当たったりもして彼らしくないけれど、でも、いま、キスをしているのだと、心の底から実感できるものだった。

「うれしい。リズ、好き。本当に好きなんだ」

「ん、ロディ。わたしも好き」


見上げた空は赤だった。

フランス窓の前に立つリズベスは、陽が暮れゆくさまを見守っていた。

ろうそくに火が灯される黄昏時は決まって家にいるけれど、いまはカートライト侯爵家の別邸だ。場所が変われば感じる思いもいつもと違い、たとえ刻々と一日の終わりが近づいても、もの悲しいとは思わない。赤と青の混じり合う空がやけに印象的で胸を打つ。幾何学《きかがく》模様に工夫を凝らしてある庭は、時間の経過を計算してあるのだろう。整えられた木々の影は、中央にある騎士像にのび、次第に溶けこみ、夜を迎える。リズベスは頬杖をつき、飽きることなくそれを眺めていた。

　別邸は、外の景色もさることながら、建物内もすばらしく、彼女の好みに添っていた。優美な曲線を多用したテラスに、窓枠には花の彫刻が施され、所々に綺麗な石がはめられていて、時折、光をきらきら反射する。机や椅子、家具のすべてが、壁と同じく緑色で統一されており、赤や青、黄色といった色とりどりの差し色は、きっと森深くにあるだろう、おとぎの国を連想させた。

　リズベスは、天蓋《てんがい》から下がる薄布に囲まれたベッドにぴょんと飛び乗った。布ごしに見えるのは、燭台に灯る明かりだ。そのやわらかな光はひどく幻想的で、横たわれば、童話に出てくるおひめさまのような気分になれた。おひめさまの真似をして、手を重ねて指を組み、目をゆっくり閉じてみる。すると、羞恥がこみ上げてきて、頬がぽっと赤らんだ。

　やだ、わたし、何をしているの！　と、リズベスが両手をついて、足をぱたぱたさせていたときだ。二度のノックの音とともに、用事を済ませたロデリックが入室してきた。

「ずいぶん待たせてごめんね」の声に、「いいの！」と満面の笑みで答えると、すかさず彼も笑んでくれる。リズベスは、出会ったころからこの笑顔が大好きだ。はしたないからいつもは控えているけれど、思わず「好き！」と叫んで飛びつきたくなるほどに。

「部屋、気に入ってくれたみたいだね」

「とっても好き。お屋敷もかわいいし、このお部屋も素敵。お庭も！」

「よかった。古くてこぢんまりとしているけれどいいところでしょう？　この屋敷はね、祖母のものだったんだ。でも、父も母も華美なものを好むから寄りつかなくて、たまにぼくが来るだけなんだ。リズも気に入ってくれると信じていたよ」

リズベスにぴたりと寄り添った彼は、彼女の手を握りしめた。

「前から、きみを連れて来たかったんだ。きみをもらうときはここにしようって。……誰にも邪魔されずに、ふたりきりになれるから」

前を向いていた銀色の視線は、ゆっくり流れてとなりのリズベスの目で止められる。熱い眼差しだ。

「おとなにしてもいいよね？」

リズベスが、「もちろんいいわ！」と、元気よく答えれば、そっと彼の口が近づいて、唇に重なった。心地よさに、リズベスはまぶたを閉じていく。

先刻、遺跡でふたりで一緒におとなになると決めてから、彼はリズベスの身なりを整えたのち、直ちに子爵家に向けて馬を走らせた。子爵に、リズベスの侯爵家への滞在を言葉巧みにかけあい、快く許可を得て、馬車で別邸《ここ》を訪れ、いまに至る。

この四年、親友同士のふたりのあいだで普段何が行われているかなど、誰も知る由もない。もちろん、いま、ふたりきりになった目的も、固く秘められたままだった。

「ロディ、わたしね、外泊は初めてなの。だからどきどきするわ」

「どきどきしているのはぼくもだよ。あのね、少し、まじめな話をしてもいいかな」

リズベスは、「ええ、いいわ」と、しゃんと居住まいを正した。

「リズ、ぼくはね、まだ十四歳でおとなとして認めてもらえない。だから、きみのお父上に『リズをください』って申しこめる立場じゃないんだ。父を通す方法もあるけれど、母は自身の親族とぼくを結ばせようとしていて厄介なことになるから、いまはできない。両親は、ぼくを家を繁栄させるための道具としか思ってないから、遊学でしっかりと結果を示す必要がある。だからいま、ぼくがどれだけリズを好きだと訴えてもだめなんだ。子どもの戯言《ざれごと》だと笑われてしまう。それがみじめで、自分の未熟さがくやしいよ」

あまりにも痛々しく、真剣な彼の顔つきに、リズベスはごくりとつばを飲みこんだ。

「ぼくはどうしてもリズがほしいんだ。これだけは絶対にゆずれない。だからごめん、急いでる。本当は、紳士として認められてから行動するべきだってわかっているけれど……いまからぼくたちのあいだで起きることは、世の中では認められない。許されないし、非難される。でもね、ぼくは真剣だよ。決していい加減な気持ちじゃない」

彼の手が髪を撫でてくる。愛しさがにじみ出た彼の面ざしに、胸がどきどきした。

「リズ、ぼくは今日という日を境に、ぼくの人生を、きみに捧げる。もしも死後に世界があるのなら、それもすべて。永遠に」

彼はリズベスの前で、騎士さながらにひざまずき、スカートの端を持ち上げて、そこにそっとキスをした。まるで、忠誠を示されているかのようだった。

「だからどうかぼくに、身も心も、すべてをゆだねてほしい。きみを幸せにすると誓う」

目をまるくしたリズベスに、彼はやさしく付け足した。

「ねえ、リズ。ぼくはね、きみと初めて出会った日に、きみを手に入れるって決めたよ。あのとき、この子をぼくが成長させたい、一緒に何でも知っていきたいって思った。きみの見ているもの、感じているものを共有したいって。日増しにその思いは強くなって……いまでは、きみはすっかりぼくの一部になって、溶けてしまったのかもしれない。とにかく、ぼくはきみのことばかりで、きみを失えば、きっと息は止まってしまう。大切に思えるのは、きみだけなんだ。――つまり、ぼくは」

彼はリズベスの腰を支えて、そのままベッドに横たわる。リズベスの心臓は、壊れそうなほどに跳びはねた。

「リズ、愛してる」

ちゅっと唇をついばみ、そっと離れた彼は、熱くこちらを見つめてまたささやいた。

「愛しているんだ」

視界がにじみそうになり、リズベスは顔をゆがめてこらえてみせた。この湧きあがる気持ちをどう伝えるべきだろう？　混乱していて、出てきてくれない。それでも、彼の言葉は神聖に思えて、リズベスは必死に頭を働かせた。

「ロディもわたしの一部だわ。わたしもあなたがいないと、息が止まってしまう。それに、大好きだし大切だし、好きだし、キスも、胸に触られるのも好き。あと、手を繋ぐのも、乗馬も踊りも。それから、それからね、一緒にいたいし、いろいろなことを教えてほしいし、もっとたくさんおしゃべりしたいし、知りたいし……おとなになりたい」

「リズ、きみ」

リズベスは、己の言葉に納得し、うんと大きくうなずいた。

「そうよ、わたし、おとなになりたい。あのね、わたしね、そう思うのは、ロディにつり合うようになりたいからだわ。わたし、あなたにふさわしくなる。ロディが大好き」

彼は一旦《いったん》がばりと身を起こし、リズベスに覆い被さった。胸が圧迫されるほど、彼の身体は重かった。目と鼻の先、触れそうなほど近くに端整な顔がある。

「リズ。それは、愛の言葉だと思っていい？　ぼくは……」

正直なところ、リズベスは愛について考えたことがない。でもこの甘酸っぱい思いは、こみ上げるせつない思いは、きっと愛と呼ぶのだろう。だってリズベスは彼が大好きだ。

「愛しているわ、ロディ」

答えた瞬間、唇に熱が満ち、気がつけば、激しくむさぼられていた。身体中を彼の手が這い、余裕のない手つきでドレスをまさぐられ、ついには、すべての肌を彼にさらけ出していた。ドレスはまるまり、ベッドの脇に避けられている。下着も。

あらわになった胸や下肢を毛布で隠そうとしたけれど、だめだった。両手が彼にとらわれて、思わず小さな悲鳴をあげた。

「リズ、かわいい。……どうしてそんなにかわいいの？　もう、抑えられないよ」

彼の瞳はまるでリズベスを焼きつくすかのように燃えていた。息はずいぶん荒かった。飢えた獣――捕食だ。食べられる。彼の様子に恐怖を覚えて、目をぎゅっと閉じれば、耳もとにかすかな風を感じて声がした。甘い、かすれた声だった。

「穴、探すね。脚を開いて」

リズベスは、脚だなんて、聞きまちがいかと思った。信じられない思いで瞠目する。眉間にしわが寄ったかもしれない。彼をにらんだかもしれない。顔をゆがめたような気もする。けれど、そこにいるのは、動じることなく、口の端を艶めかしく上げた彼だ。

両脚に手がかかり、リズベスはびくりと身体をこわばらせた。

「ロディ、脚はだめっ！　脚を開くのはいや！」

「大丈夫だから」

「大丈夫なんかじゃない！　だってそこは――」

不浄の場所だ。首を横に何度も振って拒絶する。

だが、力が違った。渾身の力で脚を閉じても、あっけなく負けてしまう。ロデリックは男だ。リズベスの抵抗むなしく、太ももはぱっくりと開かれた。そよ風が股間をなぶり、ぞわりぞわりと背すじが冷える。強烈な視線を感じて、リズベスは小刻みに震えた。

「いや……ロディ。見ちゃだめ！」

「そんなに嫌がらないで？　悲しくなる」

そのひと言は、抵抗するリズベスを固く縛りつけた。動きも、声も。

「穴はね、脚のあいだにあるんだ。それに、ここは恥ずかしいところじゃないよ」

彼の手が秘部に当てられ、閉じたあわいを、指で左右に開かれる。

耐えられないリズベスが両手で顔を隠すと、下からため息が聞こえた。

「かわいい。ぼくはここ、好きだな。すごく綺麗だし……それに、興奮する」


深い茶色の天井に描かれた優美な白線の模様を、リズベスはなぞりながら目で追った。規則正しくもつれ合う蔓薔薇《つる》だ。芸術に特別興味があるわけではないけれど、時折ぎゅっとまぶたを閉じて、また開いては、白い模様を凝視する。

気を紛らわせるためだった。しかし、どんなに平静を心がけても、顔は上気し、身体はわなないてばかりいた。やはり恥ずかしさを隠せない。

彼に「リズ」と何度呼びかけられても、彼のほうを向けない。目が合おうものなら、どんな顔をすればいいのかわからず固まった。けれど、つきんとした痛みに、リズベスは眉間にしわを寄せて下腹部を見る。ひざを立てて思いっきり脚を開いている状態だ。そのあいだを彼に触れられていて、乾いたそこは、押されるたびにひりついた。指で割れ目を縦になぞって押しては、彼は穴を探している。

先ほど、「この粒、かわいいね」と押された箇所は、リズベスにとんでもない、叫びたくなるほどの刺激をもたらした。全身にびりびりとしたものが走り、得体の知れない感覚に、怖くて触れるのを禁止した。もちろん、前みたいにそこにくちづけされるのはもってのほかだ。だって、汚い排泄の場所だから。

リズベスはためらいつつも、自身の秘部に注目する彼に、勇気をもって声をかけた。

「ロディ、どう？　穴は……ある？」

すると、彼の視線がこちらに向けられる。

「うん。たぶんここだと思うんだけど」

彼の指に力がこめられ、リズベスは小さくうなった。きしきしときしむようだった。

「……っ、痛い」

「痛い？　ごめんね。でもここだよ。いまね、指の第一関節まで入ってる。……あ、第二関節まで入ったよ」

「本当？」

リズベスはうれしくて、ぽっと頬を赤らめた。ベアトリスと同じ第二関節だ。確実におとなに近づいている。

「ロディ、あとは穴にいちじくの葉が刺されば完璧ね。刺してみて？」

「えっと。リズ、でもね、すごく狭いし……指ですら痛いって言っていたけど平気？」

「ん、平気よ」

「……どう言えばいいのかな。……その、ぼくのものは指よりも太いんだ。だからね、いちじくの葉よりも、まずは指を二本入れて、穴を横に広げたほうがいいかもしれない」

ただでさえ痛いのに、さらに横に広げるなんて嫌だった。リズベスは首を振る。

「広げなくても大丈夫よ」

「あのね、リズ。ぼくは普段はそんなに大きくはないから、きみもわからないと思うんだけど……いまは違うんだ。本当に指とは大きさが違うから」

「構わないわ。わたし、コディと一緒におとなになるの。早くなりたいわ」

彼はかすかにうめいたあと、リズベスのなかから指を抜いた。

「うん。ぼくもだよ。ぼくも早く、きみとおとなになりたい。……入れるね。本当はリズに入れたくて、もう我慢の限界だった」

目を閉じたリズベスは顎を持ち上げた。極力早く、このひりつく痛みを終わらせたい。ロデリックに秘部をいじられるたびに、やわらかな皮膚がぴりぴりとひきつれて、「お願いもう触らないで！」と思ったりもしていた。おまけに彼は、無意識かもしれないけれど、時々爪を立てたりして、リズベスを密かに苦しめた。

衣ずれの音がして、彼はリズベスの開いた脚のあいだに身を置いた。まぶたを開ければ視界に現れた彼と、真っ向から目が合った。

銀の瞳は悩ましげに揺れていた。頬を染めた彼は、壮絶な色気を発し、顔に漆黒の髪を垂らしてこちらを見つめている。

その妖艶さにあてられて、リズベスの胸はきゅうきゅうと、せつなく縮こまる。苦しくて、空気を求めて息を吸った。

彼の形のよい唇が、そっと開かれる。

「……リズ、好き。どうしようもないくらいに好き」

言葉と同時に、それはリズベスに下りてきた。唇を重ね合わせてキスをする。リズベスは、キスがとても好きだった。彼の思いがこめられている気がして、言葉を交わさなくても、幸せになれるから。ただ肌の一部を触れ合わせるだけなのに、あたたかくなる気持ちは、身体に走る感覚は、神秘と言えるだろう。キスは不思議で、素敵だ。

「ロディ」

彼は下衣をくつろげているが、上はぴしりと着こんだままだった。リズベスは、ぎゅうと上質な彼のヴェストを握りこむ。懐中時計の冷たい鎖にしゃらりと触れた。

「わたしも好きよ」

「うれしい。でもね、ぼくはきみよりももっと好きなんだ」

そう言われ、リズベスが負けまいと、「わたしのほうがもっともっとロディが好き」と対抗しようとしたときだ。秘部にぴとりと硬いものが当てられた。かっと目を瞠った彼女は、想定外の事態に口を閉じた。それは、ぬめぬめしていて、熱かった。その大きさたるや、指なんて比ではない。想像を絶する、とんでもない大きさだ。

彼がわざと動かしているのだろう、塊《かたまり》が秘裂に添ってぐりぐりと往復する。その際、上部のほうについている粒をえぐられ、リズベスはびくりと鼻を突き出した。

「んっ！」

「リズ、いくよ」

「うそ、待って、ロディ！」

「ん？」

たとえ、蕩ける笑顔を向けられようとも、ばくばくと暴れる心臓はおさまらない。リズベスはおののいて、心のなかで、「なんてことなの！」と叫んでいた。

「あのね、ロディ。あの……あの、いちじくの葉……」

もはや何を話していいのかわからない。が、心の準備をする時間かせぎがしたかった。

「表面が、とってもつるつるしているみたい」

「そうだね、しているかも」

「あのね、何だかとんでもなく大きな気がしてならないの。ひょっとして、大きい？　それに、硬い？　熱くてぬるぬるしていて……もしかして、濡れているのかしら……」

かすかに目を見開いた彼は、首を傾げて微笑する。

「大きいって言ったはずだよ。あのね、リズがほしくなると興奮して大きくなる。普段はやわらかくても硬くなるんだ。それから、濡れているのは、きみを思うと自然にこうなる」

「……不思議な仕組みなのね。人体の神秘と言えるわ。少し見せてもらってもいい？」

話題をひねりだすリズベスに、ロデリックは困ったように、切れぎれに息をした。

「あまり見せたくないけれど、いいよ」

「じゃあ、ロディ」

「あとで見せる。もうおしゃべりはおしまいにしよう？　ちょっと、我慢できないんだ。リズがほしいから……入れさせて？」

「待って！　その前に、聞きたいことがあるの」

リズベスの額にくちづけした彼は、「何？」とささやいた。

「子どものわたしと、おとなのわたし。ロディはどちらが好き？」

返事を待つあいだ、リズベスはあれこれ思いをめぐらせた。心の準備は今日明日などでは、とてもではないが整わない。このまま子どものほうがいいかもしれない。いや、絶対に子どものままがいい。おとなになるのは三年後にのばしてもらえば完璧だ。彼はやさしい人だから、きっと了承してくれる。

リズベスは秘部に彼を感じながら、ここから先は慎重に言葉を選ぶべきだと考えた。

「何となくだけれど……あのね、ロディはよく、わたしを諭したりするわ。だから、おとなのわたしよりも、子どものわたしを好きなのではないかと思うの。だからわたし」

「それはないよ」

「え？」

「おとなや子どもは関係ない。リズだから好き。ぼくはありのままのきみが好きなんだ」

リズベスの心に、ほっこりとした火が灯る。幸せで胸がいっぱいだ。

「ロディ……わたしも。わたしもなの。ありのままのあなたが好き……」

だが、その言葉を告げた瞬間に、リズベスの顔から笑みは消え失せた。なぜなら突き上げてくる圧倒的な質量が、彼女にめりめりと裂けるような痛みをもたらしたからだ。

「う。……やっ、あ。待って！」

「ごめん限界……もうだめ。ぼくは……リズ。入れたい」

蒼白になったリズベスは、奥歯をぐっと噛みしめる。痛いなんてものじゃない。激痛だ。でも、いちじくの葉を刺してと言ったのは自分だし、おとなになりたいと伝えた以上、完全にリズベスの責任だ。いまさら「痛い」や「やめて」など言えない。絶対に。

「ロディ、っぐ、ぐ……がっ。待っ」

ぐりぐりと塊が押しつけられている。リズベスは、下腹に力をこめて、上へ上へと逃げを打つ。だが、すぐさまロデリックの両手に腰をつかまれる。

「リズ……好きだ。リズ……」

リズベスはくしゃくしゃに顔をゆがめて、のたうった。いちじくの葉はとんでもない代物だ。葉っぱじゃない。ナイフだ。猛烈《もうれつ》に、リズベスを裂いてくる。

真綿で包まれて大切に育てられたリズベスは、生まれてこのかた痛みに遭遇《そうぐう》したことがない。そのため、痛みが恐怖を呼び覚まし、それはみるみるうちに増幅した。

リズベスはかつてない危機に瀕《ひん》している。秘部が、大打撃だ。

「ううっ、ロディ……待っ……」

眉根を寄せた彼は、悩ましげにリズベスを窺った。

「あ。リズ……先が、入ったよ」

「…………先？」

「うん、先だけ。いまから、全部入れるね」

リズベスはあからさまに動揺した。先と全部の正体がわからない。しかし、『先』が示《し》唆《さ》するものは、まだまだ続きがあるということだ。

——なんてことなの！

「ん。すごく……先だけなのに……あたたかくて、締めつけられて……これ以上進んだらどうなるんだろう。リズは、どう？　気持ちいい？」

うっとりと覗きこまれて、リズベスはわなないた。怒りにまかせてわめき散らしたくなった。想像を絶する痛みに耐えているのに、彼ときたら！

「ぐっ……気持ちいいとは……言えないっ！」

「じゃあ、もっとがんばるね。少し、……かなり、いまはきついけど」

唇を噛みしめた彼は、無情にも腰をぐりぐりと押し進める。がんばる方向がありえない。

「う！　ロディ、違う！　違うのっ」

「どうしよう……リズ。すごい。理性がなくなりそう……——くっ」

突如《とつじょ》彼がぶるりと震えて、びくびくと痙攣《けいれん》した。そのあとリズベスのなかで何かが熱くはじけて溢れ出す。とろりと秘部からこぼれたものは、シーツに染みこみ跡になった。

リズベスは、ただ呆然と彼を見返した。

「リズ……ごめん。……は。すぐに治るから……戻るから、待って？」

「……いまの……」

「ごめん、愛してる」

いきなり口にむしゃぶりつかれて、リズベスはまつげをはね上げた。

唇が腫れてしまいそうなほど、彼は吸いついてくる。忘れていた胸の先をつままれて、背すじを何かが這い上がる。そのあいだに彼は力を取り戻したのか、リズベスの膣はみるみるうちに、はちきれそうになっていた。

しかしながら幸か不幸か、彼の吐いた欲望が結合部の潤滑油《じゅんかつ》になっていた。押し進めてくる彼が、先ほどよりも余裕を見せて侵入してくる。そのあと、ぶちりとちぎれそうな衝撃に、リズベスは何度も何度も叫んだけれど、くちづけされて、声は彼に吸いこまれた。

臓腑がすべて凝縮されて上へ押し上げられたようだった。毛穴という毛穴から、汗がぶわりと噴き出した。痛いなんてものじゃない。まさに拷問、悶えるような責苦だ。

彼も痛くて苦しいのだろう。額に汗を浮かべて、眉をひそめて耐えているようだった。

「……は。……全部、入った……見て？」

リズベスを熱く見つめる銀色の瞳は、下腹部へと誘導するけれど、彼のまとうヴェストとシャツによって秘めた部分は隠れていた。それらを彼が手で押さえると、ぴたりとひとつになった部分が現れた。

「繋がっているでしょう？　これで完全にきみは、ぼくのものになったよ」

おなかの向こう側、肌と肌がくっつく隙間に見えるものに恥ずかしくなるけれど、おとなになれた事実に浮かれて、リズベスはしばし痛みを忘れた。

「ロディ、わたしたち……」

「うん。ぼくたちはね、一緒に……ふたりでおとなになったよ」

「おとなになれたのね」

リズベスの顔がほころぶと、彼も笑い、ふたりは見つめ合う。

すごく苦しい思いをしたが、報われた気がして、リズベスは喜びを噛みしめた。

「ロディ、うれしいわ」

「ぼくもうれしい」

唇に彼のキスが落ちてきて、顔じゅうにも降ってくる。

「リズのなか、すごい。……ずっとこのままでいたいな」

すかさずリズベスは首を振る。冗談でも言ってほしくない言葉だ。

「だめっ」

「どうして？」

「だって、もうおとなになったんだもの」

「ねえリズ。きみが好きなんだ。繋がっていたいよ。だめだなんて言わないで……」

たとえ甘くささやかれても、リズベスは譲る気はなかった。こればかりは絶対に。

「だめなの。ね、早く抜いて？　いまから、いちじくの葉を見るの。いいでしょう？」

彼は熱い吐息とともに腰を引いていく。己を取り出す動きに、リズベスはおとなの儀式の終わりを感じてほっとした。

が、しかし。たちまち、ずんと深々と奥をえぐられ、緑の瞳は見開かれた。

「うっ！」

「抜かない……。抜かないよ？　まだリズのなかにいる」

「ロディ、だめ！　もうおとなになったわ！」

すると、淫欲に濡れた彼の瞳がすうと細められた。

「おとなになれば終わりじゃない。まだ入れただけ。これからがはじまりなんだ」

リズベスはこぼれんばかりに目を瞠った。

「待って、わたし、……んうっ」

愉悦を浮かべた彼に唇を食まれてしまい、リズベスの拒絶は彼の口内に消えていく。やがて、律動がはじまって、リズベスは彼のなかに悲鳴にならない叫びをあげた。

「リズ、好き。愛しているんだ……。たくさん、しようね」

リズベスがどれほど終わりを望もうとも、行為は終わりの気配をみせなかった。

はじめこそ、なぜ硬いものを出し入れするのかと疑問を感じていたけれど、いくら好奇心旺盛な彼女でも、仕組みを考えるほんのわずかな気力はいつしか消え失せていた。激流のような抽送に疲れ果て、限界を迎えたリズベスは意識を飛ばした。そのあいだに、ロデリックはいつの間にか一糸まとわぬ姿でリズベスにからみついていた。まだ成長の過程にある、中性的で艶めかしい肢体が、ろうそくの光を弾いて照っていた。彼はうっとり笑って、リズベスを決して放そうとはしなかった。

肌と肌が、互いの汗でさらに隙間なくひとつになって、ぴたりとくっついた。すり合わさられ、しきりに揺り動かされた。あわせて呼吸もますます荒くなる。

ぐちゅりぐちゅりと卑猥な音が鳴り響く。彼は、人が変わったように律動し、リズベスから一度も抜かずに、ずっと腰を打ちつけ続けた。まるでそうしなければいけないという使命感、および確固たる意志が感じられた。

くちづけを受け続けるリズベスは、彼を止めることなどできずにただ翻弄されていた。上げた声は、すべて残らず唾液と一緒に食べられた。

彼はリズベスに没頭していた。時折どくりと猛りを反応させては、甘くうめいて、熱いものを解き放つ。それはじわじわと広がりをみせ、身体に染みわたるようだった。やがて彼は、「好きだよ」とささやいて、また腰を打ちつけ、同じことをくり返す。

たくさん注いで力を失おうとも、すぐに彼は硬さを取り戻した。リズベスのなかは、もう隙間がないと思われた。おなかは圧迫されてぱんぱんだ。

「……は……。ロディ、お願い。も。……だめ」

べったりと額に黒髪を貼りつかせた彼が、艶然《えんぜん》と髪をかきあげた。ぽたりとしずくが落ちてきて、リズベスは、ぎゅっと強くまぶたを閉ざす。

まなうらに、恍惚とした彼が焼きついて離れない。彼は、いつもと違いすぎていた。

「リズ……腰が、止まらないよ。きみが好きで、好きすぎておさまらない。気持ちいい」

「だめ、なの……ロディ」

「だめじゃないよ。リズが好き。リズは？」

その問いにリズベスはのどをつまらせた。でも、リズベスは彼のことは確かに――

「………好き」

唇が触れ合い、キスが降る。一度、二度。いや、三度だ。

「好きだ……終わりたくない。もっとしたい。三年分、きみがほしい」

「むりっ……あ」

揺れに合わせて薄布が舞い、ベッドはきしみをあげている。視界がどんどんにじみ出す。

脚を抱えられたリズベスは、金の髪を振り乱して首を振る。

「ロディ、や！」

「聞こえる？　水音。ぼくが動くと鳴るでしょう？　ほら」

ロデリックが緩急をつけて腰を打ちこむと、くちゅくちゅと音が立つ。

「これをね、もっときみに満たして……三年間、ぼくが尽きないようにしたい」

彼の意図を理解できないリズベスは、汗だくになりながらも声をしぼり出した。

「ロディ……何を」

「ね、リズ。ぼくはね……」

はたと言葉を止めた彼は、端整な顔をくしゃりとゆがめ、わずかに震えて、またリズベスに吐精した。受け止めきれない精は、どろどろと溢れてこぼれてゆく。

「は。……リズ、愛してる。愛しているんだ。もっと……」

うわ言みたいにそうくり返すばかりの彼は、リズベスの知らない人のように思えた。

炎は明るく辺りを照らしていたけれど、リズベスの心は窓の外と同じく闇が広がっていた。時間の経過とともに、黒が塗り重なるように層をなして濃くなった。

いつも部屋を満たしているはずのハーブの匂いが鼻に届かないから落ち着かない。横たわるベッドは花の彫刻でかわいらしいけれど、馴染みのないものだから怖かった。

背後に感じるぬくもりを意識すれば、肌がぞわりと粟立った。何もまとわない身体に彼の腕が回される。

緊張してうるさく鼓動が響くなか、ぎゅうと目を閉じて願う。これは、夢だ。夢ならどうか覚めてほしい。

ずくずくと下腹をさいなむ痛みに意識が集中する。先ほどまでずっと、彼がおなかのなかにいた。とろとろと、秘部から流れ出るものを感じる。

「リズ、起きてる？」

背中に施されるやわらかな感触に、リズベスはびくりと肩をはね上げた。くちづけだ。動きを速めた心臓が、彼女をさらに緊迫させた。彼に起きたと知られてはいけない。また、あれをされてしまうから。

寝たふりを決めこんで、ひたすら時が経つのを待った。時間の流れは遅かった。

ふいにほのかな風を感じて、恐る恐る目を開けた。すると、こちらを覗く銀色の瞳と目が合った。

思わず叫びそうになったとき、彼の熱いキスで遮られた。

「リズ、好きだよ。……好き」

顔に黒い髪がのっている。目を瞬けば、彼の長いまつげとぶつかった。

「きみの、何もかもが好き」

上体を起こした彼は、陶酔した表情でリズベスを見下ろした。

「ぼくのリズ……ぼくのもの」

ひざがしらを固定され、覆い被さる彼が、ゆっくりとリズベスのなかに侵入してくる。

大きなガラスに、裸のふたりが映りこむ。繊細なレースのカーテンから垣間見えるのは、絵空事のような光景だけれど、貫く灼熱《しゃくねつ》が現実だと伝えてくる。

抽送を止めようとした手は、五指のすべてが握られて、彼の手と組まされる。

窓の景色がけぶって見えた。いつの間にか雨が降り、外をしとどに濡らしている。

風が吹き、強さを増して、窓に、屋敷にぶつかってはうなりをあげて駆け抜ける。

それは次第に嵐へと変わり、叩きつける風雨は、揺れるベッドと淫《みだ》らな水音、リズベスの悲痛な喘ぎを揉み消した。

「愛してる。ぼくを見て……」

形の良い唇が、心を蕩かす言葉をささやいて、リズベスの思考を支配する。ほほえみながらも強要してくる。

夢見心地な彼の視線に射貫かれて、リズベスは従わざるを得なかった。

「ぼくのリズ……大好きだよ。リズは？」

「……だいすき……」

「愛してる？」

「……あいしてる……」

「ぼくも愛してる。ね、リズ……気持ちいい？」

「…………きもち、い……」

「ぼくもだよ。すごく、気持ちいい。……愛してる。――あ。また出る」

びくびくと彼が脈打ち、はじけて、なかに注がれる。溢れたものは、小さなおしりのあわいを伝い、落ちていく。

「は。……リズ……きみを連れて行きたい。ぼくは、きみがいないとだめなんだ」

怖い。怖い。

夜色の彼が怖かった。まるで、闇にのしかかられているかのようだった。

心のなかのやさしい彼が、ぱきぱきと音を立てて割れていく。

「リズと離れたくない。もう離れられないよ……………愛してる。リズ、愛してる」

リズベスは、覆い被さる彼の背後に、影を見た気がした。黒く広がるその影は、彼女には羽に見えていた。二枚の羽だ。

しかしそれは、神々しい羽ではない。天使や精霊の持つものではない。

聖なる羽とは真逆にある、漆黒の、禍々《まがまが》しい黒い羽だ。

「リズ、三年後……迎えに行くよ。必ず行く。いい子で待っていて……」


どのように帰り着いたのか、詳しいことは覚えていない。疲れ果てて、寝入ってしまったようだった。立ちこめるハーブの香りがここがリズベスの部屋だと教えてくれる。

毛布にうずくまるリズベスは、がたがた震え、おなかを悩ます鈍い痛みに苦しんだ。それは重だるく、まるで錘《おもり》を入れられているかのようだった。

思い出してはいけない。しかし、思い出さずにはいられない。痛みは彼に直結する。

彼は、リズベスにとってあまりにも大きな存在だ。彼なしでは、リズベスの四年に及ぶ月日は語れない。となりには常に彼がいて、思い出は彼とともにある。笑い合い、おしゃべりをして、楽しくて仕方がなかった幸せな日々は、彼がくれた宝物だ。

だが時間の経過とともに、幸せは薄れて、恐怖が深淵からせり上がる。恐ろしげな闇の記憶に覆われる。リズベスは、必死に頭のなかで助けを求めて彼を呼ぶけれど、その闇が彼に変化する。ロデリックが恐ろしい。

リズベスは、どうして、どうしてと思い続けて、むせび泣く。彼の笑顔を思い浮かべては打ちひしがれる。

彼のはにかむ顔が大好きだ。わざと眉をひそめていじわるく笑う顔も。屈託のない笑顔も。リズベスにつられてほころぶ顔も、何もかもが大好きだ。でも、昨夜の彼は。

痛みが怖さを増幅させていく。下腹部に与えられた大激痛、および大打撃は、いともたやすく、うつくしい思い出を、黒く、どす黒く塗りつぶしていった。

リズベスの心のなかでは、彼が変容し、悪魔をかたどった。背中には禍々しい黒い羽。羽が開かれればすべてが黒だ。たちまち闇が支配した。そのなかで、彼は漆黒の髪を波打たせ、ぎらりと銀の瞳を輝かせた。目を閉じても開いていても、彼が見ている。追ってくる。

『リズ、三年後……迎えに行くよ。必ず行く』

昨夜伝えられた言葉が脳裏によみがえる。彼の唇が、艶やかに弧を描くさまを見た。

『いい子で待っていて……』

――逃げなければ。早く、早く。

けれど、おなかが痛くて逃げられない。うまく走れそうもない。

『すごく……すごくよかった。すばらしかったよ。また、きみとひとつになりたい』

身をよじれば、どろりと股間から流れ出るものを感じて、リズベスはおののいた。

『リズ、好きだよ。愛してる』

リズベスはぎゅっと目を閉じ、ごくりとつばを飲みこんだ。

汗がじわりと噴き出して、こめかみから顎まで伝い、しずくとなって落ちていく。

しばらく目に見えない恐怖と戦った。しかし、依然として秘部から溢れるものがある。

恐々と脚のあいだに手を差し入れて、付着したものを覗き見る。

赤だった。赤い血だ。血が、身体のなかから滴った。その向こう側、幻覚なのか現実なのか、妖艶に笑みながら、こちらを嘲《あざけ》る彼が見えた。悪魔の、笑みだ。

「いや――――っ！」

子爵邸にとどろいたリズベスの叫びに、いち早く駆けつけたのは、青いガウン姿のミルウッド子爵だ。めずらしく髪を乱した父は、愛娘を抱き寄せる。

「リズ、どうしたんだい？　こんなに震えて。ああ、泣いているじゃないか。怖い夢でも見たのかい？　言ってごらん」

リズベスは「お父さま！」と叫んで父にしがみつき、首を振る。何度も振って訴える。

そのたび、涙が飛び散った。

「……お父さま、血。……血なの」

「血？　詳しく教えて」

「血が、出てる……止まら、ないの。血……が」

うつむく緑の視線を追いかけて、子爵が毛布を退けると、血塗れのシーツが現れる。リズベスの化粧着にも血がついていて、察した子爵は彼女を抱き上げた。

「リズ、怖がる必要はないよ。泣く必要もない。この血はね、うん。何もおかしなことではないんだ」

母イーニッドを馬車の事故で失ったリズベスは、現場に子爵とおもむいた際に、大量の血を見た過去がある。彼女は血を極端に恐れていた。

「怖いっ！」

「怖くないよ。これはね、喜ぶべきことなんだ」

言葉の途中で、足音もなく、老執事が開いたとびらの前に立ち、「いかがなさいましたか、お嬢さま」と、静かに問うてくる。先代から仕える優秀な彼は、たとえ夜中でも、寸分の隙もない完璧な装いだ。しかしながら、そのトレードマークといえる黒い出で立ちが、さらにリズベスを萎縮《いしゅく》させているなど、執事は思いもしなかった。

黒色は災いだ。

子爵は、震えるリズベスの背中を小さく叩いて、彼女を落ち着かせようと試みる。

「アーウェル、ここは問題ない。至急小間使いを……そうだね、ハンナを連れてきてくれ。あとは別の者に湯の手配と、それから着替えを申しつけるんだ」

「かしこまりました」

執事を見送った子爵は、唇を引き結ぶリズベスの頬に、祝福のくちづけをする。

「そう怖がるんじゃない。これはね、月の障りだよ。リズ、きみはおとなになったんだ」

リズベスは、絶望しながら聞いていた。

――おとな。

「いや……いや。お父さま……」

ロデリック。

おとなになった彼はもう、彼であっても彼ではない。彼は、禍々しく変化した。

「いま私は後悔しているよ。この事態を見越して、きみに教えるべきだったのに、怠《おこた》っていたからね。きみが驚くのも無理はない。女の子はね、こうしておとなになるんだ」

リズベスは、父の首に手を回して必死にしがみつく。

おとなにあこがれるんじゃなかった。おとなになりたがるんじゃなかった。

おとなになったから、大切で、大好きな彼を失った。

「いやっ。おとなは、いや！」

リズベスの頬に、しきりに涙が伝ってぼたぼた落ちる。

「いや！　なりたくないっ！」

「リズ、おとなは誰もがいずれはなるんだ。おとなはね、そう嫌なことばかりではないんだよ。楽しいこと、つらいこと……うん、恋もする。苦い思いもする。成功もするし失敗もする。それらを乗り越えて、きみはすばらしいレディになるんだ。さあ、涙をふいて笑ってごらん。笑うのは得意だろう？　私に、きみの素敵な笑顔を見せておくれ」

リズベスは大つぶの涙をこぼし、「いやなの…」と、子爵の肩にまぶたを押しつける。

「ん？　もう少し泣くのかい？　私の愛する娘はまだまだ子どもだね」

大きな手がリズベスの髪を励ますように撫でてくる。

「そうだ、きみにドレスを作ろう。ひと目で笑顔になれるドレスがいいね。うんと綺麗な色にしようか。光るビーズもつけてもらおう。少しずつでいいから、ゆっくりとおとなにおなり。これからレディの作法を学んでいこう。リズはわたしの自慢の娘だから、誰もがとりこになるよ。当然男になどきみを選ばせない。きみが選ぶんだ。素敵なきみのお眼鏡にかなう紳士は現れるかな？　いまのところ、筆頭はロデリックくんだね」

「いや！」

子爵は口の端を持ち上げて、リズベスの頭上にくちづける。

「今日のリズはやけに気むずかしいね。どうしたんだい？」

「お父さま……おとなはいやっ。いやなの！」

なりふり構わず声をあげて泣くリズベスを抱えて、子爵はベッドに腰を下ろした。

「よしよし……うん。リズ、思う存分泣くといい。いきなり血が出て怖かったね。でも大丈夫だ。私がついているからね」

その胸で、リズベスはさらに涙をこぼして子爵にすがった。

夜が、闇が、迫りくる。黒は危うい兆しの色。

外に出たら、きっと何かが起きてしまう。そこに、光は届かない。

4章　暗黒の世界

艶やかなるはちみつ色の髪を後ろになびかせて、肉づきのよい馬に乗り、風のごとく縦《じゅう》横無尽《おうむじん》に地を駆ける。そのしなやかな身体にまとうのは、白鳥の羽根があしらわれた美麗な兜《かぶと》と半月型のスキタイの盾、それから、たっぷりの布を寄せて襞《ひだ》を重ねた見事なドレープをみせる亜麻布の衣装だ。

そんな、イオニア式の優美な服《キトン》に似合わぬ無骨な長槍《サリッサ》を握るその人は、勇ましく勝鬨《かちどき》をあげている。彼女の名前はイフゲネイア。アマゾネスの国ピンダロキュロスの誇り高き女王だ。野蛮な黒髪の男、ヴァイオス＝テオドロスの悪しき軍勢の先鋒《せんぽう》を、見事な手腕で蹴散らした女王は、切り立つ岩の上に立つと、にごりなき蒼天《そうてん》に向けて槍を掲げた。群衆はそのさまを、どよめきとともに見上げる。

「いざ、立ち上がれ！　いまこそヴァイオス＝テオドロスに――男どもに鉄槌《てっつい》をくだすのだ！　栄光を手にせよ！」

たちまち、地鳴りのように賛同の声が響きわたる。聖戦の幕開けだ。

それは、神聖なる信念のもと、下劣な男を駆逐《くちく》せんとする、鮮やかなるアマゾネスの物語……

「ジェラルド！　リズベスはどこなの！」

子爵邸に響きわたるがなり声に、机に向かっていたリズベスの身体は跳びはねた。おかげで羽根ペンの先がずれ、書きつけていた文字はぐにゃりと形を崩し、インクが紙に飛び散ってしまう。

「姉さん、ぼくの屋敷で勝手はよしてください。そのような大声を」

「お黙りなさい！　もう許しませんよ！　あの子ったら子爵令嬢でありながら、屋敷に引きこもって何をしているの！　わたくしの再三の呼びつけにも便りのひとつもよこさずことごとく無視です。どうなっているの！」

「ご安心を。姉さんだけではありませんよ。リズはすべての返事を等しく控えています」

「ふざけないでちょうだい！　何が安心なものですか！　だいたいあなたが甘やかすからいけないのです。もっとびしりと親の威厳《いげん》を見せつけなさい！」

リズベスは、父と伯母のアントニアのやりとりに、おどおどしながら机の上を片付ける。緊張のあまり手もとが狂って無駄な動きが多いけれど、紙の束をせっせと集めて、ひもでまとめて固定する。胸に抱えたそれは、いまではリズベスのよりどころだ。

リズベスは、過去の出来事から人を――特に男性を、極度に恐れるようになっていた。自分では、襲いくる魔に対抗できないと身をもって知っている。どんなにあがいても、努力しても、恐怖は消えてはくれない。屋敷の外は彼女にとって、悪魔が我がもの顔で飛来する土地だ。よって、友人やいとこ、おとな同盟の誘いも断り、もちろんロデリックの手紙も読まずに、遮断し続けている。おかげでいまでは彼女に寄りつく者はなく、たまにこうして怒《いか》れる伯母が、説教がてら屋敷に乗りこんで来るのみだ。

ここ数年、部屋からほとんど出ない彼女が、日々たどたどしく紙に綴るのはアマゾネスの国の物語。それは妄想だけれど、書いているときは夜や闇に対する不安な心を抑えられた。物語を考えているあいだだけは、臆病《おくびょう》さはなりをひそめて、勇敢な心を持てるのだ。

毎日書きつける物語は、いまでは大長編になっていた。はじめは読めたものではなかったけれど、いまでは手馴れてきている。

女性が優位のアマゾネスの国ピンダロキュロスでは、男など塵《ちり》に等しい存在だ。その国に君臨する女王イフゲネイアは、小柄な身体ながらも、野望に満ちた悪しき皇帝ヴァイオス＝テオドロスと果敢《かかん》に対峙して、常に鮮やかな手腕で圧倒してみせる。ちなみにヴァイオス＝テオドロスは、黒髪に銀色の目を持った『夜の帝王』と呼ばれる極悪非道の輩で、極めて悪どい手口で世界を闇に変えようとする、女王の憎き敵なのだ。

「姉さん、声が大きい。そのように大声を出さずとも聞こえています。それに、何を言われようとも、ぼくはリズに強要する気はありませんし、リズの意志に任せます」

「まあ！　あなたときたら。ばかげていますよ、ジェラルド。あの子が部屋に閉じこもってからの日数を指折り数えてごらんなさい。指が疲労困憊《こんぱい》して動かなくなりますよ。同じ年ごろの娘たちは、とうに社交シーズンに向けて活動しているのです。もたもたしていられるものですか。こうしているあいだにも、爵位を継ぐ嫡男は目ざとい女ぎつねどもにかすめとられているのですよ。いいこと？　あとに残るのは妻の持参金を狙う次男や三男、借金まみれの貧乏貴族、若い娘をいやらしい目で見る年かさの男やもめ、もしくは醜聞《しゅうぶん》まみれのどうしようもないごみくずのような放蕩者《ほうとうもの》など、ろくでなしばかりになってしまうの。このまま引きこもって、出し抜かれては大変です！」

「ああ、ぼくも昔は放蕩者として名を馳《は》せていましたね。懐かしいなあ」

「ジニラルド！」

ひときわ伯母の声が大きくなった。

「わたくしはまじめに話しているのです！　あなたのばかさ加減には嫌気がさします！」

「まったく、ばかげているのは姉さんでしょう。リズはまだ十五歳です。たとえ姉さんが躍起《やっき》になっても、ぼくはまだ嫁がせる気はありませんからね」

「何を言うのです。まだなどと、とんでもない。もう十五です！　それに、あの子はあとふた月後には十六歳になるのですよ？　本腰を入れないと……行かず後家にでもなったら、どうするのです！」

「ぼくは構いませんよ」

「まあ、あきれた弟だこと！　怪しげな草にうつつをぬかす娘を一生甘やかすつもり？　栄えあるミルウッド子爵家が変わり者一家として途絶えるなど冗談じゃありません！　それならあなたが結婚なさい。新たな奥方に未来の子爵を産ませて次代に繋げるのです」

「姉さん。それ以上言えばつまみ出しますよ。ぼくの子どもは生涯リズだけです。そんなに男児が欲しければ、あなたが男を捕まえて産めばよろしい」

「なんですって！」

だんだん近づいてくる伯母の声に縮こまったリズベスは、ベッドに飛び乗り、毛布のなかでうずくまる。先ほどまでは、勇ましいアマゾネスの女王イフゲネイアとして馬上で背すじをのばし、民衆に君臨していたというのに、実際のリズベスは、いもしない人に怯えて部屋に閉じこもっているような、臆病で内気な娘でしかない。彼女は外の世界を恐怖し、空想に逃げこむ毎日だ。笑顔などとうに忘れ去っている。あの日から。

毛布から顔だけ出して、固く閉じたとびらを戦々恐々として窺った。いつ開けられるかわからずに、心臓はどくどくと早鐘を打っていた。

そして、ついにそのときが、けたたましい音とともにやってきた。

「リズベス！　——うっ！」

リズベスの部屋のとびらを開けた途端、伯母は、もうもうとしたけむりにひるみ、吐き気をもよおす猛烈なハーブの臭いにのけぞった。先ほどリズベスが祭壇《オールター》の前で、カレートゥリーとアサフェティダを香炉《こうろ》で燃やしたからだった。これは、悪魔祓《ばら》いと守護の力を得るための魔法のおまじないで、アサフェティダの臭いは悪臭としか言えないひどいものだが、焼けば効果は抜群とされていた。悪魔を叩きのめしてくれるのだ。現に、アサフェティダは伯母を退《しりぞ》けようとしている。

「なんて……なんておぞましい臭いなの……年ごろの娘の部屋の臭いではありませんよ！　来なさいリズベス！」

あきれと怒りに燃えた伯母が、毛布に包まるリズベスに突進しようとしたけれど、とびらに吊されているアリッサムとエルダー、スロー、そしてカレンデュラにはばまれる。これらは悪魔を強固に撃退するためのものだった。伯母の足もとにも、エルダーの葉と実、ウッドベトニーやタマリスクが散布されており、悪魔が部屋のなかに入って来られない仕掛けになっていた。

「まあ……床にも塵が落ちてなんて汚いの！　レディがこんなに散らかして情けない。アーウェル、来てちょうだい！　直ちにこれらのごみをすべて片すのです！」

伯母が大声で老執事を呼ぶと、優秀な彼は背すじをのばして現れた。けれど子爵は、穏やかな顔つきで姉の言葉を遮った。

「アーウェル、姉に紅茶を。いや、ハーブティを淹《い》れてくれないか。そうだね、リラックス効果が著しく高いものが望ましい。すみやかに頼むよ」

「かしこまりました」

去っていく執事を唖然《あぜん》としながら見送るアントニアは、わなわなと下唇を噛みしめた。

「ジェラルド！　なんなのです！　わたくしは紅茶などいりませんよ！」

叱責されてもどこ吹く風とばかりに、子爵は飄々《ひょうひょう》と髪をかきあげた。

「紅茶ではありません、ハーブティです。姉さん、我が家のハーブティはリズが手ずから調合してくれていますからね。香り高い逸品《いっぴん》なのですよ。飲めば少しは落ち着くかと」

「お黙りなさい！　一体何のつもりなの！」

「姉さん、ここはリズの部屋です。勝手は許しませんよ」

「許すも許さないもありません！　見てみなさい、この不気味な部屋を！」

伯母が目くじらを立てるのも仕方のないことだった。かつてレースとリボンがふんだんにあしらわれ、光るビーズが散りばめられていた女の子らしい部屋は見る影もない。かわりに化石やルーン文字が刻まれた岩、ペンタクル、無骨な彫像、貝殻、大きな香炉が置かれた祭壇、そして、得体の知れない不気味な液体が浮く大釜の存在感がすさまじい。おまけにところせましと置かれたハーブに、機能だけを求めた飾り気のない作業台。そして、リズベスがうずくまる大きなベッドがあるだけの、若さや瑞々しさがみじんもない渋い色味ばかりの雑然とした部屋になっていた。令嬢の部屋というよりも、天井から垂れ下がる布や縄を見れば、まさに魔女の巣窟《そうくつ》と呼ぶにふさわしいありさまだ。

「なんて陰気《いんき》な部屋なの！　それに、この臭いときたら……空気もよどんで……ああ、嫌だ。むしずが走るわ！」

伯母は指先で鼻をつまみ、リズベスの部屋を扇であおいだ。

「あなたたちはこの凄惨《せいさん》な状態に、感じることは何もないというの？」

その問いかけに、依然として毛布のなかにいるリズベスも、腰に手を当てて立つ子爵も答えようとはしなかった。伯母はしびれを切らした。

「まったく、このような汚らしいひどい部屋……豚小屋以下です！　いいえ、豚も気を悪くするわ。これだから母親不在はだめなのです。一刻も早く再婚しないといけませんよ、ジェラルド」

「姉さん、その話題をするならつまみ出すと言ったはずです」

アントニアは扇を閉じて、切っ先を子爵に突き出した。その目は鋭くすがめられる。

「あなたはお黙りなさい。……リズベス！　わたくしの言葉をよくお聞きなさい！」

びくりと跳びはねたリズベスは、震えながら伯母を見つめるが、彼女はリズベスを見ずに話を続ける。視線は弟に向けたままだ。

「わたくしは明日、またここに現れます。午後一時に来ることにしましょう。リズベス、あなたは外出の支度をぴしりと整えて、応接間でわたくしを待つのです。断ればどうなるかわかりますね？　罰として、聞きわけのないわがままなあなたに新たな母親を用意します。もう勝手は許されないほどの、強烈な性格をした女をあなたの父親に宛てがいます。その女は嬉々としてこの館で采配《さいはい》を振るうでしょうね。まるで女王のように」

伯母は、そこでようやく弟から視線をすべらせ、いまにも泣きそうなリズベスをにらみつけた。

「女は当然、そこかしこに散らばるみすぼらしい草や木片など根絶やしにするわ。そのいかがわしい化石や岩もね。……かわいそうなわたくしの弟、ジェラルド。娘に命運を握られるなんてね。娘が断れば即、結婚ですよ？　貴族の結婚には色恋など必要ありませんもの。逃れられない既成事実など、わたくしはたやすく用意できますからね」

伯母の脅迫《きょうはく》めいた言葉を、父は一笑に付したけれど、リズベスの心には澱《おり》となって留まった。胸のうちで反響し、そのつど重圧に苦しんだ。

リズベスが明日の外出を決意したのは、窓が赤く色づきはじめたころだった。それまで大いに悩んだし、無視しようとも思いかけたが、父の枷《かせ》になるのだけは、どうしても嫌だと考えた。だが、いざ外に出ると思うと、身体はこわばり、足がすくんで動かない。リズベスは、顔を手で覆ったり、ハーブの匂いを嗅いだりしては心を落ち着けようと試みた。

リズベスの部屋を訪ねた子爵は、その様子を心配そうに見て言った。

「リズ、アントニアの戯言など放っておけばいいんだよ。気に病む必要はない」

うつむけていた顔を上げたリズベスは、もじもじと手をいじくった。

「……わたし、お父さまに好きな方ができたなら、祝福する。新しいお母さまを歓迎するわ。でも……伯母さまに無理やり宛てがわれるのなら……嫌。だからわたし……」

「リズ、私はもう二度と結婚する気はないよ。きみの母イーニッドと過ごせた時間は短かったが、彼女と一生分の恋をしたんだ。だからね、危惧《きぐ》しなくていい」

だが、リズベスは決意をこめて、きゅっとこぶしを握りしめた。

「でも、決めたの。明日、伯母さまと出かけるわ」

外は怖い。でも、引きこもったままでいられないのは、リズベスとてわかっている。

「それに……いつか外に出ないといけないって思うから……だから」

目を伏せたリズベスの視界に父の靴の先が現れ、次の瞬間、脇に手を差し入れられて、身体がぐいと持ち上がる。子爵はリズベスを高々と掲げて、にっと笑顔を見せてくる。

「おや、ずいぶんと重くなったね。大きくなった」

「お父さま、わたし……子どもみたいだわ」

「きみはまちがいなく私の子どもだ。それはそうと、決断するまでに相当勇気が必要だったただろう？　偉いね、強くなった」

おずおずとうなずけば、子爵もまたうなずいた。

「よし、明日は私も付き合うよ。きみをひとりにはしないからね。では、きみのドレスを選ぼう。作り続けているからたくさんあるよ。揃いのボンネットもね」

子爵はリズベスをかつてのように抱きかかえたまま、彼女の部屋のとなりに移動して、吊されたドレスをひとつひとつ解説しながら見せていく。目の端には、引きこもっていたあいだに寸法が合わなくなった見知らぬドレスがいくつも映り、リズベスはぎゅうと父に抱きついた。外出用の華やかなドレスばかりだ。以前のリズベスはよく外に出かけていたけれど、いまは常に家のなかにいるため、ドレスは必要としなかった。

「お父さま、ずっとドレスを用意してくれていたのね」

「うん。私はきみが大好きだから、つい仕立ててしまうんだよ。だからね、きみに着てもらえるとうれしいね。ほら、ごらん？　このドレスはどうだろう。綺麗だよ」

「わたしもお父さまが大好き。……着てみる」

リズベスはドレスとボンネットを受け取ると、ひとりで姿見と向き合った。自分のことが嫌いなリズベスは、鏡を見るのが好きではない。以前は嫌いではなかったはずなのに、自信を喪失したいまは、どうしても嫌いだと思ってしまう。

こうして姿を映すのは久しぶりだった。鏡に映る自分はずいぶん様変わりして見えた。まず、あれほど皆から褒め称えられていた母譲りのプラチナブロンドの豊かな髪は、いまでは金茶色に変化している。光が当たらないと、金色に輝かない。その事実を、リズベスはいまだに受け止められずにいる。きっと、あの日の呪いの影響だ。

長いまつげに縁取られた緑の瞳はそのままだけれど、ぺったんこの胸はつんと張りつめ、ほどよく大きくなっていた。でも、リズベスはちっともうれしいなどとは思わない。おとなの象徴を見せつけられているようで嫌だった。

ドレスに袖を通していくと、それはすんなり身体の線に沿っていた。ボタンを留めれば、後ろのリボンなどは完全ではないけれど、なんとか父に見せられるほどに整った。

「いいね。リズ、最高だ。私がきみの父親でなかったら、口説いているよ」

褒めてもらえて、リズベスの頬が紅潮した。

「明日はこれにする」

「うん。次は宝石を選ぼうか。カメオもいいね。ちょうど花のカメオがあるんだ。周りに真珠がついていてね、リズはイーニッドに似て色白だから似合うと思うよ」

「お母さまに？　……でも、髪の色は変わってしまったわ。お母さまと同じじゃない」

「髪？　同じじゃなくてもいいじゃないか。きみはきみだ。それ、貸してごらん」

子爵はうなだれるリズベスの頭にボンネットをのせると、慣れた手つきで、彼女の顎の下で綺麗にリボンを結っていく。

「確かに色は変わったが、私は見ての通りブラウンだから、きっとリズの髪は、年とともに父親の特徴が出たのだろう」

その言葉はリズベスの沈んだ心を引き上げた。

「わたしの髪……お母さまにお父さまが混じったのね」

「そうだね、ふたりが混ざった髪だね。さあ、早く宝石を選んで食事にしようか」

久しぶりに着たドレスは、肌ざわりがさらさらしていて落ち着かない。腰にひたりと生地が貼りつき、いつもより開いている胸もとも気になった。その胸の中央を彩るのは、花の彫刻のカメオだ。真珠があしらわれていることもあり、父の言葉の通りにうまく馴染んで、持ち前の肌の白さが際立った。それが何だか気恥ずかしい。

髪は、艶やかに梳いたあとに結い上げられてボンネットが固定され、まるで見知らぬ人だった。鏡のなかのリズベスは、少しだけ唇に差した薄紅の効果もあって、これまでよりも遥かにレディになっていた。とはいえまだ十五の娘だ。儚げな少女に変わりない。

「リズ、綺麗に仕上がったね。もうじき一時になる。応接間に行こうか」

部屋に迎えに来てくれた父にエスコートされ、ふたりは並んで長椅子に腰かけた。父は老執事に紅茶を申しつけ、ふたりは伯母が訪ねてくるまで、ハーブについて語り合う。リズベスが傾倒するハーブを、父だけは認めてくれていた。毎週かかさずサシェを作って父に渡せば、すぐに上着にしのばせて、「ありがとう」と頭を撫でてくれるのだ。

その日のリズベスは、父が傍にいてくれたこともあり、思ったよりも挙動不審にならずにアントニアに対面できていた。しかしながら緊張しきって汗がにじみ、ろくに応対できずに、ふがいなさに落ちこんだ。リズベスの言葉を父が代弁し、それに彼女が相づちをもって同意する。伯母の眉間にしわが刻まれるのは当然だ。

「なぜジェラルドがいちいち答えるのです。あなたには聞いていませんよ」

いら立つアントニアに、子爵は鷹揚に足を組み直して切り返す。

「ああ、失礼。今日のぼくは姉さんと話したくて、うずうずして仕方がないのです。うちを訪ねて来た以上、当主の意向に従うのは当然でしょう。多少の想定外は目をつむってもらわないと。それはそうと外出を考えていたのでは？　親として厳命しますが、今日の娘の外出許可時間は三十分です。しっかり守ってもらいますよ」

「なんですって！」

「くれぐれも厳守でお願いします。おや、そろそろ一分経ちますが」

「あなたって人は！　娘を甘やかしすぎです！」

そんなこんなで、三人は、屋敷の近くにある古い教会におもむいた。踏む土の感触や、頬を撫でる風は気持ちのいいものだけれど、リズベスは恐ろしさを拭えず、終始身をすくませていた。壮麗なバロック様式のファサードは、かつては目を輝かせて眺めていたというのに、ちらと見上げることさえしなかった。視線は地面に向いたまま。その様子を父は微笑で見守って、伯母は感情を見せずに顎を持ち上げた。

ほどなく、きっかりと三十分で帰宅を命じる子爵のひと声で、伯母はかんかんに怒ったけれど、結局折れて従った。とはいえこの日を境に、リズベスは毎日伯母と父に連れられ、教会を訪れることになった。すべてはリズベスを外の世界に慣れさせるためだった。

このきらびやかな貴族の一行は、次第に注目の的となったが、物見高い人々の前に父と伯母が壁のようにはだかって、常にリズベスを守ってくれた。特に伯母の態度ときたら、男に対して厳しいものだった。リズベスに近づく男を虫呼ばわりして蔑んだ。

ある日のこと、被った帽子の角度を正しながら、父がやにわに切り出した。

「リズ、きみの伯母さまを許してあげて。彼女は口は悪いが悪気があってのことじゃない。ただ不器用なだけなんだ。考えてみてほしい。毎日きみの外出をうながして付き合うのはなぜだと思う？　リズのことを心配しているからなんだ。以前のきみはいたずらをして、彼女に怒られてばかりいたね。いまとなっては、彼女はあのいたずらが恋しいらしい。きみに構われたいんだよ。うん。つまり彼女はリズが大好きなんだ」

「お父さま……わかっているわ。怖いけれど……わたしも伯母さまが好きだもの」

リズベスはまぶしげに父を見上げて言い足した。

「お父さまも、伯母さまが好きなのでしょう？　だからわたしに許せと言うのだわ」

「おや、鋭いね。かなり……相当面倒でうるさいけれど、裏表がなくて好きなんだ」

アントニアは、こそこそと話しているふたりを見かねて、遠くで大きな声をはり上げた。

「何をもたもたしているの！　動きが鈍い親子だこと。まるでなめくじね」

そんなふうに、ゆっくりと、同じ調子で時は流れて日を刻む。

やがてリズベスが、背すじをぴんとのばして、かつてのようにファサードを見上げられるようになったのは、彼女がちょうど十六歳になるころだった。

「おめでとう。リズベス、こちらにいらして」

「あなた、おいくつになったの？」

伯母が子爵邸に連れて来た総勢七名の見知らぬ婦人たちに次々と話しかけられて、リズベスはかちこちに固まった。艶めかしい腰つきに、色とりどりのドレスが揺らめき、真紅の唇が笑みを刻む。香水や、化粧の臭いが鼻につく。

ほどなくして、リズベスの額に汗が噴き出した。ただでさえ余裕のない頭のなかから、自分の誕生日は綺麗に抜け落ちて、リズベスは、これはどうしたことだろうと、父の姿を求めて目を泳がせた。その様子に、伯母は不愉快とばかりに、ふんと鼻息を荒くする。

「リズベス、何をしているの。しっかりと答えなさい。十六歳です、と」

リズベスの足もとがぐらついた。まるで薄氷の上に立っているようだった。

こんなはずではなかった。当初の予定では、いつも通りに父と伯母の三人で教会へ行き、何事もなく終わりを迎えるはずだった。そのあと、部屋にこもってインセンスを作るつもりでいたのに、どうしたことだろう。屋敷に人が押し寄せるなど聞いていない。

玄関ホールは、花を届けにくる人の出入りが激しくて、奇妙な光景が広がっていた。リズベスの誕生を祝うための花だが、誕生日を忘れてひっ迫している彼女は、色とりどりの花にますます混乱した。わけもわからず、人の多さに吐き気をもよおしたときだった。忙しそうに小間使いに指示を与える父を見つけた。

――お父さま！

けれど、のばしかけた手を止めた。すがりつこうにも、距離が遠すぎて届かない。

「リズベス！　せっかくお祝いしていただいているのに、何を黙っているのです」

怒りに満ちた、伯母の気むずかしい顔がある。リズベスはじりじりと後ろに下がって、逃げを打つ。が、無駄だった。運悪く壁ぎわに立っていたため、これ以上は下がれない。一方、婦人たちは距離をつめてくるし、階段では、アントニアがにらみを利かせて仁王立ちだ。退路が見えない。その上、身につけているのはいつもよりも胸もとが開いた薄いレースのドレスで心もとなく、不安が不安を呼び寄せる。まさに恐慌状態だ。

この白いドレスは、伯母がプレゼントしてくれたものだった。昨日、明日着なさいと口すっぱく命じられた。

リズベスはがたがたと小刻みに震えながら、己の身を抱きしめる。人が怖い。関わりたくない。たとえ人に見えたとしても、悪魔がひそんでいるかもしれない。ひそんでいないとは言い切れない。悪魔に——彼に、見つかっては大変だ。

夜が、闇が、やってくる。黒は危うい兆しの色。

「ジェラルドおじさま！」

突如明るい声が響きわたり、リズベスはゆるゆるとそちらを見た。華やかな笑顔を振り撒きこちらに歩んでくるのは、先日既婚者になった従姉のビーティだ。彼女は綺麗に髪を結い上げて、薔薇を配したボンネットをつけ、三年前よりも遥かにおとなになっていた。

「ひどいわおじさま。相変わらずつれないんだから。わたし、今日のこと、おじさまやリズベスからではなく、アントニアさんから聞いたのよ。ねえ、リズベスはどこにいるの？あの子ったらわたしの誘いはすべて断り続けているんですもの、心配していたの」

「ビーティ、悪かったね。心配してくれてありがとう。だがこの事態は私やリズが計画したものではないんだよ。先ほど突然はじまって、正直なところ困惑していてね。まさに青天の霹靂《へきれき》だよ。まったく、アントニアは。……リズは、そうだね」

言いながら、娘を探して目をさまよわせる子爵よりも先に、リズベスはビーティと視線がかち合った。途端、リズベスの身体はぴょんとはね、同じく鼓動も跳びはねる。

「おじさま、リズベスがいたわ！」

はつらつとした声に、リズベスはたじろいだ。ビーティは大好きな従姉だったはずなのに、彼女に対する怖さを拭えない。

ビーティは鼻先をつんと突き上げ、たむろする婦人たちをけん制しながら、まっすぐこちらに近づいた。

「リズベス、お久しぶり。とうとう十六歳ね、おめでとう！」

満面に笑みをたたえたビーティが、腕を広げてリズベスに抱きついた。リズベスは気圧されて、後ろによろめいてしまう。

「あなた、本当に悪い子。でもね、わたしはとっても寛容なの。いままでの行いはすべて許してあげる。あとでわたしを無視した理由を詳しく説明してもらうわよ？」

リズベスは、大きな塊を飲みこむようにのどを動かし、続いて声をしぼり出す。

「ごめんなさい。ビーティ……結婚したと、聞いたわ」

「そうよ。いまはね、アンダートン男爵夫人なの。おじさまは結婚式に来てくれたけど、あなたにも来てほしかったわ。招待状も出したのに」

「……ごめんなさい、わたし」

ビーティは、「いいの。許すって言ったでしょう？」とささやき、そのまま続ける。

「今日はあなたの誕生日だから、一緒に友人も連れてきたの。一度会ったことがあるからいいわよね？　あなたを直接祝いたいんですって」

はっとこわばるリズベスを尻目に、なぜか満足げにうなずいた伯母が割り入った。

「ええ。もちろんよくてよ。連れて来てちょうだい。そのためのドレスですからね」

聞くなり目をまるくしたリズベスは、自身のドレスを見下ろした。この伯母がくれた白いドレスには意図があったのだ。

ビーティの背中を見送るあいだに、リズベスのなかには得体の知れない恐怖が渦巻き、逃げてしまいたくなった。嫌な予感でいっぱいだ。だが、肩には伯母のふくふくとした手がのっているため動けない。冷や汗でたらたらと肌を濡らしていると、伯母は、リズベスの髪のほつれを指で直しながら言った。

「あなたの作法はこの際、一切期待しないわ。以前からろくに学ばず、淑女らしくないことは百も承知ですからね。でもね、挨拶だけはちゃんとなさい。あなたの取り柄は愛嬌だけです。それも失われて久しいけれど……いいですね？　最善をつくすのです」

一体誰が来るのだろう。リズベスは顔にありありと不安を浮かべてゆがませた。

やがて、ほほえむビーティとともに、ぬっと大きな黒い影が現れて、恐る恐る見やれば、そこには正装姿の栗色の巻き毛の紳士が立っていた。男、だ。

「やあ、リズベス」

耳をえぐる低い声に、リズベスはがちがちと歯を鳴らした。

「きみ……とても綺麗だ。ぼくを覚えているかな？　マンフレッド・クロッソンだよ」

男が顔じゅうに広げた笑みは、リズベスには、耐えがたいほど邪悪に見えた。その悪どい視線は、次第にリズベスの可憐に膨らむ胸に注がれ、さらに彼女に恐怖を植えつける。

「ビーティの誕生会で挨拶したよね。ずっときみに会いたいと思っていたんだ」

こちらに差し向けられた手は、一体何を求めているのだろう。……命だろうか。

「ずいぶんおとなになったね。今年、社交界にデビューだよね？　楽しみだ」

――おとな。

目の前が黒ずんで、激しい重圧を感じる。そこはかとない閉塞感が襲いくる。

血だ。闇だ。男の爪が、たちまちのびて、鋭利に尖っていく。禍々しい凶器になりかわる。こちらを見据えたまま、屈んだ男の背の影が膨らみ、あらわになった黒い羽。

暗黒だ。黒色は災いだ。

身を隠さなければ。早く、早く！

リズベスは恐怖に駆られて、ひっ、ひっ、と浅い呼吸をくり返し、ついにはなりふり構わず駆け出した。

その男が通る道には暗黒が広がった。男のまとう重厚な鎧は、すべてが漆黒で統一された。羽織る黒いマントが風を受けてひるがえる。邪悪な紋様が浮かぶそれは、さながら明けることなき闇夜のようだった。

男が跨がる黒光りする黒馬は、名もなき可憐な花を踏みにじり、男が持つ長大な長槍《サリッサ》は、幾多の人をなぎ払い、貫いては血を吸いつくす。

黒い時代の力なき民は、ただひたすら全能なる神に夜明けを祈るのみだった。

重装歩兵《ホプリタイ》を従えて、黒き男は密集陣形《ファランクス》によりアマゾネスの女王イフゲネイアを執拗に追い詰める。狂気をまとう男の銀の眼《まなこ》がぎらついた。そう、彼《か》の名は、悪しき皇帝ヴァイオス＝テオドロス——世界を闇に変えんとする男。

「バシレイオス！」

ヴァイオス＝テオドロスは、腹心を呼びつけた。現れたバシレイオスは、栗色の巻き毛の男だ。皇帝と同じく黒をまとい、即座にひざまずく。

「重装騎兵《ヘタイロイ》だ。鉄床《かなとこ》戦術をとれ」

勝手知ったるバシレイオスは、命じられるがまま、直ちに作戦にとりかかる。

それは、帝国軍の重装歩兵が密集陣形を組み、敵をひきつけ、その背後から重装騎兵により挟撃《きょうげき》し、相手を無残に壊滅させる極めて残酷な戦術だ。

「血祭りにあげよ！」

賛同する、獣のような帝国軍のおたけびが、空いっぱいにとどろいた。

男どもに鉄槌をくださんとするピンダロキュロスの誇り高き女王のもとに、いままさに、深淵の魔の手がしのび寄ろうとしていた。だが、しかし。女王の双眸が、理知の光を…

「リズベス！　何を考えているのです！」

部屋のごく近くで聞こえた伯母の大声に、机に向かっていたリズベスは跳びはねた。その拍子に羽根ペンは手から外れ、インクをまき散らして転がった。おかげで、紙にしたたためていた書は、あわれなものになり果てた。

脈打つ心臓が苦しくて、胸をわしづかみにすると、リズベスはベッドに飛び乗り、慌てて毛布に包まった。ベッドはリズベスにとって、いわば最後の砦《とりで》であり、強固な守護の魔法がかけられた安全な場所だった。ベッドの下には、クラブモス、ストロベリートゥリー、バードック、ヒソップ、フラックス、ライラック、といった、ありとあらゆる悪魔を排除する力を持つハーブがところせましと敷きつめられている。

「姉さん、その言葉はそのままあなたにお返ししますよ。何を考えているんですか」

とびらの向こうの父に、めずらしく、低く不機嫌な声だった。

「ジェラルド！　邪魔をしないでちょうだい！」

「邪魔なのはあなたです。今日のあなたには、さすがのぼくも心底あきれましたよ。何ですか、あの婦人方は。完全に彼女たちの目当てはぼくでした。あれでは、リズの誕生日を利用した、ぼくの見合いではないですか。あなたは勝手だ。非常識にもほどがある。それに、なぜ男が苦手なリズに、いきなりボーウェル卿の息子を引き合わせるのです。どうせあなたがビーティをそそのかして仕組んだのでしょう。……まったく、冗談じゃない」

「何を言うの。わたくしが動かなければ、あなたはまだ三十六歳だというのに、この先一生独身です。リズベスも男が苦手などと言っていられませんよ。今年はデビュタントになるのです。冗談じゃないというのはわたくしの台詞だわ。貴族の義務をどう捉えているのですか」

「ふん。無理に再婚しなければならないのなら、爵位など喜んで返上しますよ」

「ジェラルド！　あなたって人は、小さなころからすぐに適当なことばかり！　あなたがそうだから、リズベスも男が苦手などとのたまうのです。あなたのような父親だから、あの子は男に希望を無くすのだわ」

「聞き捨てならない。ぼくが原因で希望を無くすなど憶測で言われるいわれはありません」

「では、カートライト侯爵嫡男と懇意にしていたあの子はどこへ行ったのです！　あのまいけば、ロデリックの妻の座におさまっていたかもしれないというのに。その上突然男が苦手などと……。この三年間、近くにいた男はあなたと執事のアーウェルだけですよ！　あなたたちを参考にしたに決まっています！」

リズベスは、ロデリックの名前を聞いた途端、ぶるぶるとすくみあがり、さらに毛布のなかにもぐりこむ。恐怖にさいなまれ、ついにはぶわりと涙が溢れ出す。

「姉さん。先に言っておきますが、リズに詮索など無粋な真似は許しませんよ。彼女なりの考えのもとにいまの状況があるのです。ぼくはありのままのリズを……」

「まあ、ありのままですって？　ありのまま？　ろくでもない！　もっともらしい言葉を並べ立てて……あなたは父親失格です！　甘やかすばかりであの子をまるで成長させようとしない。おかげでできないものだらけです！　刺しゅうもできない、楽器も弾けない、楽譜も読めない、優雅な詩も書けない。歌もだめ。貴族だというのに美意識のかけらもないばかりか、常識だってないのです。引きこもって怪しげな草ばかり、みすぼらしい！　あんな草、すべて破棄して厳しく指導する必要があるのです。一刻も早く道を正さなければ。見てみなさい、栄えあるミルウッド子爵令嬢の、この目も当てられない惨状を！」

伯母は、だしぬけにリズベスの部屋のとびらをばんと大きく開け放つ。そして、開いた瞬間、吐き気をもよおすとんでもない悪臭と、周囲を霞《かす》ませる濃密なけむりにうずくまり、激しく咳きこんだ。

無理もない、悪魔に怯えきったリズベスが、悪魔祓いと守護の力を得るために、カレートゥリーとアサフェティダを香炉に放りこんだのだから。

「リズベス！　うっ……。また……なんて臭いをさせているの！　草を燃やすのは禁止したはずです！　わたくしを殺す気？」

湯気が出るほど激怒しているアントニアは、リズベスをにらみつけながらも、毛布で縮こまる彼女のまとう白く繊細な生地に着目した。まぎれもなく、自らが吟味し、贈ったあのドレスだ。伯母の唇がわななないた。

「まあ……なんてことなの！　おぞましい臭いのこの部屋で、ドレスと化粧着を混同するとは言語道断！　いますぐドレスを脱ぎなさい！　一体いくらしたと思っているの！」

そんな姉の背中を一瞥《いちべつ》した子爵は、距離を置いて控える老執事に小さく手を上げた。

「アーウェル、ハーブティを。もちろんリラックス効果が必要だ」

どうやらリズベスが調合したハーブティは、アントニアを落ち着けるには至らなかったらしい。ドレスの一件でとうとう堪忍袋《かんにん》の緒が切れた彼女は、あくる日の午後に大きなトランク三つをともない、客室のひとつに陣取った。いわく、子爵邸に滞在し、徹底的にリズベスを躾《しつ》けるとのことだった。

その日以来、アントニアは姪の一挙手一投足に目を光らせた。しかし、案の定と言うべきか、リズベスはたびたび彼女を怒らせた。何度言い聞かせても、注意をしても、悪魔を恐れてカレートゥリーとアサフェティダを香炉に入れてしまうのだ。

「あの子は病気なのではないかしら。あのような臭いのなかで平然と……」

ひとりごつと、近くにいた子爵が微笑した。

「そのうち姉さんも慣れますよ。ぼくはもうあまり気になりません」

「慣れてたまるものですか！　あなたも気にしなさい！」

長らく夫人が不在のミルウッド子爵邸では、采配を振るうのは自然とアントニアになっていた。彼女はさっそくリズベスに、厳しいと評判の四人の家庭教師を手配した。が、尋常でない人見知りの娘に教師たちは次から次へとさじを投げ、結局、二か月を経たいま、残る教師は誰ひとりおらず、その事実にアントニアはますますいら立った。

アントニアが直接リズベスに指導したのは、まずは刺しゅうだったが、口では辞めた教師たちを根性なしと辛辣にののしっていても、自分も早々に、姪に布と糸を渡すのすら諦めた。リズベスは、普段からサシェを作ることもあり縫いあわせることはできるが、刺しゅうのセンスは絶望的に皆無であった。ため息をつきたくなる信じがたい出来栄えに、立ちくらみが起きてしまうほどだった。

次は歌、次は詩、次は花と、時とともに教えるものは変わっていったが、すべてが徒労に終わっていた。アントニアが頭を抱えていると、子爵が飄々と口にした。

「姉さん、だいぶ昔になりますが、リズは一通りすべて試しているのですよ。でも少しばかり不器用なようですね。得意なものと苦手なものの差が激しい。まあ、それも個性と言えます。リズは短所を補ってあまりある長所を持っていますからね。些細なことです」

「よくもまあ……ぬけぬけと、どの口が……ばかげたことを言わないでちょうだい！　それを世間では親ばかと言うのです。些細なことなどと……わずかでも長所があれば、わたくしは頭痛などとは無縁です！　あの子ほどの欠点の宝庫を知りませんよ！」

「おや、ご存知ないようですね。リズは天才なのですよ」

アントニアは即答するのもばかばかしいとばかりに、片手で両目を覆った。

「ふん！　天才ね……。あの子はわたくしをいら立たせる天才であることだけは確かだわ。あれほど部屋の草を増やすなと言っているにもかかわらず、少しも減らずに増加する一方。今日など、怪しげな大釜で何やらぐつぐつと煮こんでいるのですよ？　ぼこぼこと嫌な音が次々と……思い出すだけで狂いそう……。何なのです、おぞましい！」

「それが、リズの天才の証明です」

「お黙りなさい！　親子揃ってこうも極めて愚かだと、気分が滅入るわ」

リズベスに対するアントニアの評は、どん底と言えるほどに低いものだった。しかし、彼女はそれでもめげずにリズベスを毎朝教会に連れて行くことだけはかかさない。その上、リズベスの誕生日に駆けつけた、ボーウェル卿の息子マンフレッド・クロッソンをたびたびリズベスに面会させて、時には教会にまで同行させた。いまではリズベスは彼を見慣れて、たどたどしくだが、挨拶だけは交わせるようになっていた。

そして、ある日アントニアは切り出した。

「ジェラルド、マンフレッドはどう？」

「どう、とは」

「リズベスの相手にです。彼はボーウェル卿の跡取りですし、いいのではないかしら」

椅子に座る子爵は、鼻で笑って脚を組む。

「姉さんは元から彼がいいと思っているのでしょう？　あからさまにリズに勧めているし、教会に誘ってまで会わせていますからね。しかし、ぼくの意見は変わりませんよ。選ぶのはリズです。男がリズを選ぶのではなく、リズが自身の目で見て考えて選ぶのです」

「は！　あの子は選べる立場にありませんよ。放っておけば、怪しく根暗に引きこもっているだけですからね。おとなの手助けが必要です。幸い、マンフレッドはリズベスを求めてくれているし、もう婚約の申し込みも先方からあったのではなくて？」

「確かにありましたが、ぼくはリズに結婚を急かすつもりはありません」

「ジェラルド！　あなた、この朗報にのらりくらりと…」

子爵は念を押すように言った。

「姉さん、覚えていてください。選択権を持つのはリズです。リズが嫁ぐと言うまで、ぼくはあの子を手放しませんよ。いくつになってもね」

リズベスの日常にマンフレッドが入りこんできてから、およそ三か月が経とうとしていたころだった。彼は一週間に一、二度は、花を片手に訪ねてくるし、時々朝の教会にも顔を出す。花に興味を持てないリズベスは、渡されても手放しでは喜べないが、彼の浮かべるやさしげな笑みから、警戒心はごくわずかだが次第にやわらいだ。彼を男としてではなく、『花の人』として認識したからだった。とはいえ怖いことには変わりない。

だが、知ってか知らでか、いじわるからか、伯母はリズベスをマンフレッドとふたりきりにさせたがる。男嫌いを治す荒療治ということらしいが、リズベスは戸惑った。そして今日も教会で、いつの間にか彼とふたりにされていた。リズベスは心のなかで父に助けを求めつつ、どうしていいのかわからずに、スカートから覗くブーツを見下ろしていた。

「リズベス、ぼくたちの出会いを覚えているかな？」

顔を上げれば精悍な顔がある。おそらくこの五つ年上の青年は、整った顔立ちだ。だが、リズベスは無意識に比べてしまうのだ。基準は心の奥に植えつけられていて離れない。

「きみはまだ十三歳だったね。ぼくはブラム・アランデルとともにいた。いまは彼、ひげを生やしているんだよ。面影がだいぶ違うんじゃないかな。今度、改めて紹介するよ」

などと言われても、リズベスはブラムの記憶がないためわからない。興味もない。

「変わったといえば、きみもだね。ずいぶん成長したし、髪の色も。……ああ、そうだ。ちょうどひと月後、ぼくの家で夜会があるんだ。つまり、きみに来てほしい」

その言葉に、リズベスは即座に首を振って拒絶する。夜会など冗談ではない。が、そんな思いもむなしく、ゆさゆさと重そうな身体を揺すってどこからともなく登場した伯母は、高らかにマンフレッドに告げた。

「もちろん参加させていただくわ！」

あんまりな決定に、リズベスは吐き気をもよおし、後ろに倒れそうになる。

「リズベス、そうと決まれば踊りの練習をしなければね。社交シーズン前の良い練習になります。いくつかわたくしも誘われている夜会がありますから、さっそくあなたも来るのです。今年こそ、いままでの殻を脱ぎ捨てて、真剣にとり組まなくてはね」

この無茶な言葉に、諸手《もろて》を挙げて賛同したのはマンフレッドだ。

「アントニアさん、もちろんぼくもお伴しますよ。リズベスをエスコートします」

「まあ、やさしくて紳士的。こんなに素敵な殿方が近くにいるだなんて……」

伯母は、青ざめているリズベスを流し見た。

「あなたは幸せ者ですよ。ねえ、リズベス」

5章　闇夜の再会

伯母の話はどだい無理があった。臆病風に吹かれ続けるリズベスは、人とろくに話ができない。そんな、部屋に閉じこもりきりの娘が、いきなり社交性が求められる夜会に行けるはずはなかった。また、リズベスは、夜会に行くと思った途端にがちがちに緊張し、体調を崩してしまうため、アントニアの再三の誘いをことごとく断った。そのとき、伯母の怒りの受け皿になったのは、父であるミルウッド子爵だ。

断るごとに、当然、伯母の怒りは増していき、五回目を数えるころには最高潮になっていた。そして、とうとう噴火を迎えたアントニアは、かっかとわめいて、リズベスと子爵にマグマをお見舞いし、マンフレッドの、くだんの夜会の参加を約束させた。そんなこんなであっという間に時は過ぎ、とうとうその夜会の日がやってきた。

朝からリズベスは調子が悪かった。心を落ち着かせるためにアマゾネスの物語を書こうとしても、ピンダロキュロスの女王イフゲネイアにヴァイオス＝テオドロス軍の悪しき黒矢が刺さり怪我をさせる始末だし、このまま書き続ければ深刻な状況に陥ってしまうため、ペンを置かざるを得なかった。精霊を呼び出すためのインセンスを作ろうにも、聖なる源泉・太古に創造された海たる大釜《コルドロン》の火加減に失敗し、がっかりするはめになる。彼女にできることといえば、たったひとつしかなくなった。リズベスはせっせと、アニス、アリッサム、エボニー、カレンデュラ、スロー、ビタースイートといったハーブを砕いて、己の身を徹底的に守るサシェ作りにとりかかる。悪魔を近づけないために。

できあがったサシェを握りしめた彼女は、とびらが二度ノックされる音を聞き、渋々隣室に移動した。化粧台にある鏡の前の椅子に座れば、小間使いの熟練した指が、リズベスの変わってしまった金茶色の髪を器用に結い上げる。頭のてっぺんでまとめられた髪は、そこから長い髪が流れるように固定され、念入りに、ドレスと同じ乳白色のリボンで編みこまれていった。所々に真珠が咲いていて、それは見事な仕上がりだ。

姿見の前に立つリズベスは、冷めた目で自身を窺った。髪もドレスも素敵だったが、心が浮き立つことはない。夜会に行くと思えばどんどん気分が落ちこんで、夜会用の長い手袋に腕が覆われると、まるで囚人になったような絶望感がこみ上げた。身体のそこかしこが、行きたくない、と叫び声をあげているようで、思わず瞳がにじんでしまう。

「リズ、綺麗に仕上がったね。おいで」

背後からやさしく声をかけられ、リズベスは、「お父さま」と、父の腕にすがりつく。

「ん？　泣かなくてもいいんだ。夜会は不安だろうが、大丈夫だよ。私が傍にいるからね。挨拶をしたら切り上げよう。ほら、これをつけてごらん」

子爵が夜会服から取り出したのは、ビロードの小さな箱だ。なかには真珠の耳飾りが入っていて、リズベスの耳が綺麗に華やいだ。

「うん、やっぱりよく似合うね。イーニッドのものなんだ。彼女がきみを守ってくれる。サシェも持っているんだろう？」

こくんとうなずけば、父はリズベスの頬を包みこみ、下を向く顔を持ち上げた。

「サシェと耳飾りで鉄壁の守りだね。今日のきみは怖いものなしだ」

「お父さまのものもあるの」

リズベスがおずおずとサシェを差し出すと、子爵は上着のなかにしまいこみ、笑った。

「ありがとう。これで私もリズのおかげで鉄壁だ。拳銃で撃たれてもはね返せるね」

窓ごしに見る赤い空は、あの日を思い出させるものだった。かちかち震えるリズベスは、不吉を感じずにはいられない。父の言葉を頭のなかで反芻し、己を奮い立たせても、すぐにしおれて沈みこむ。守りは鉄壁ではなく、はりぼてのように感じられた。

父の補助で馬車に乗れば、伯母は大変機嫌がよくて饒舌《じょうぜつ》だった。だが、切羽詰まったリズベスには彼女の声は届かない。代わりにとなりに座る父の上着の裾を握りこんだ。見上げれば視線が交わり、父の瞳が彼女を励ますように細まった。銀のステッキをひざ元に置いた父は、リズベスの背中をさすって、「大丈夫。怖くない」とささやいた。

リズベスはうなずいてみせたが、恐怖は縮むどころか膨らんだ。窓から豪奢《ごうしゃ》な建物を目の当たりにしたからだ。それは夜会の会場でもあるボーウェル卿のお屋敷で、柱の上にたたずむガーゴイルの彫像からは、いかにも悪魔がひそんでいそうな黒い気配が漂っていた。リズベスののどは、「帰りたい」という言葉をいまにもしぼり出しそうだ。

錬鉄の門をくぐりぬければ、正面玄関に馬車が列をなして待っていた。ボーウェル卿は散財がひどくて先祖の財を食いつぶしていると噂されるが、夜会の準備に手を抜こうとはしないため、貴族のあいだで人気が高く彼主催の会は常に賑わった。

正面玄関に馬車が横づけされると、否が応でも降りて会場入りするはめになる。

視界に広がる世界がぐにゃりと変形して見えた。このうねりはきっと禍々しさの現れだ。地面が液状化して、足が沈んでもおかしくないと思うほど、彼女の足はおぼつかない。

あまりの人の多さに慣れなくて、吐きそうになり、リズベスは何度も何度も立ち止まった。足もとから背すじに抜ける底冷えが、身をしくしくとさいなんだ。

途中で合流したマンフレッドが気づかって、リズベスに会場内を案内してくれたが、恐怖はちっとも晴れずに、さらに濃度を増していた。目にした色鮮やかなはずの花は、シノワズリの花瓶ごと色褪せて見え、セピア色のようだった。

彼女のなかで最も痛手だったのは、ひょんなことから父や伯母と離ればなれになったことだ。あまりに心細くて、油断すると涙がこぼれてきてしまう。

夜会は彼女にとって別世界のようだった。きらびやかさが現実味を奪い取り、すべてが虚構に見えた。シャンデリアのまばゆさも、紳士淑女の装いも、楽しげな笑い声も作りもの。自分はなぜここにいるのだろうと、疑問が渦巻き、うわの空になっていた。

リズベスは、暗い宵の窓に映る自身の姿に目をやった。不安げな顔がある。その向こう側に、けぶる景色が見えていた。いつの間にか雨がしとしとと降っていた。雨は不安を助長させて、リズベスの胸を締めつけるように苦しめた。

リズベスの横に立っていたマンフレッドは、飲みものを持ってくると告げて離れていった。ひとりぼっちになった彼女は、しのばせていたサシェを両手で握りしめ、ひざの震えをなんとかしようと考えた。けれど、会場の入口付近がざわめいた途端に、その隙間から見知った――否、知りすぎている顔をとらえてしまう。

時が、止まったようだった。実際、リズベスは思考を止めた。

しなやかなる黒い影。その暗闇から覗く、壮絶なる銀色の……その姿が胸を焼く。

混乱しつつも、彼女ははたと気がついた。今日でちょうど三年目。暗黒の、あの夜から。

『リズ、三年後……迎えに行くよ。必ず行く』

気が動転し、いまにも腰が抜けそうだった。黒い羽。夜が、闇が、やってきた。

先ほど見たあのガーゴイルは、やはり悪魔の到来を告げていたのだ。

はあ、はあ、と、息を荒らげて、渾身の力をもって逃げを打つ。けれど毛足の長いじゅうたんに何度も足をとられてしまう。それでも人をかきわけ突き進む。途中で声をかけられても、リズベスはまったくもって気づけなかった。

かつりかつりと、硬質な足音が聞こえる気がして怖かった。それは奏でられている音楽に馴染む優美なものだったが、リズベスの頭のなかに、不気味にこだまする。

早く、早く、逃げなければ。

胸が激しく上下する。息が、できない。吸っても吸っても苦しくて、楽にならずにさらに焦る。そして彼女は、とうとう力つきて柱にもたれるしかなくなった。手に持つ扇が音を立ててぱさりと落ちて転がった。が、それに気づくことなく胸をつかみ、荒ぶる鼓動をおさめようと試みる。外は地獄。底知れぬ闇だ。だから部屋から出てはいけなかったのに。

大きな花瓶の陰に倒れるようにうずくまり、彼女は祈りを捧げるようにサシェを額にあてがった。ぎゅっと目を閉じ、ハーブの魔法に、おまじないにすがりつく。

まならに、夜の帝王ヴァイオス＝テオドロスのにたつく顔が広がった。憎き敵が黒い長槍《サリッサ》で一突きすると、聖なる夢が崩れてゆく。女王が、アマゾネスの国が、ピンダロキュロスが滅びてしまう。散りぢりになった白き羽はたちまち黒になる。

嫌だ。嫌だ。黒色は災いだ。

――お父さま！　お母さま！　助けて！

リズベスは、彼の位置を把握しようと、勇気をもって恐る恐る目を開けた。すると、いつの間にかすっぽり影に包まれて、黒い腕に囲われていた。その現実を受け止められずに、汗がぶわりと噴き出した。のどがつまるが、やっとの思いで何かを飲みこんだ。

間近に、多くの色と光を取り入れた、宝石みたいな銀がある。黒く長いまつげに縁取られた、強烈で燃えるような銀色の瞳だ。言葉に、ならない。

「リズ、三年ぶりだね」

　刹那、両腕をつかまれて、身体が軽々と引き上げられた。そこには、彼の確固たる意志がある。強引すぎる意志だった。

「約束通り、会いに来たよ」

　頭がすっと白茶ける。リズベスが部屋で過ごしてきた三年間が、消えては浮かび、浮かんでは消える。女王イフゲネイアも、皇帝ヴァイオス＝テオドロスも。

　気がつけば、屈んだ彼がリズベスの手を掲げ持ち、そこにゆっくりくちづけた。

「会いたかったよ、リズ」

　記憶よりも、深みのある低い声。三年を経た彼は、紳士的な夜会服を見事に着こなしながら、中性的なうつくしさを保ち、男性的な線の強さと魅力を併せ持っていた。けれど、たとえ成長してみせても、過去の面影はそのままだ。そのままのロディだ。

　懐かしくて、せつなくて、惹きこまれそうになる。でも、下腹部への猛烈な痛みの恐怖が引き戻す。彼は、魔だ。恐ろしい黒い悪魔なのだと訴えてくる。

　顔をくしゃりとゆがめたリズベスは、首を振っておののきながら後退る。しかし、腰を這う彼の手にすかさずはばまれる。記憶よりも、大きな手だ。

　感情を見せない銀色に射貫かれて、光の加減か、それがぎらりときらめいた。

「リズ、踊ろう」

　声は断らせない強さを秘めていた。

貴族がひしめくこの大広間で、飛ぶ鳥を落とす勢いのカートライト侯爵家嫡男ロデリック・エメリー＝ガーランドにダンスに誘われて、舞い上がらない婦人はいない。それは名誉と言っても過言ではないし、実際、未婚の令嬢は皆、彼に誘われるのを待っていた。だが、ミルウッド子爵令嬢リズベス・メイブリックだけは別だった。

彼に誘われ、手を引かれている彼女の顔は蒼白で、まるで絞首刑を迎える罪人であるかのようだった。そんなリズベスを、会場内の貴婦人たちは、嫉妬と羨望の眼差しで追った。社交界における結婚市場で首位に立ちつつあるロデリックのファーストダンスの相手なのだから当然だった。彼の持つ資産と地位の高さ、おまけに優れた容姿は、あまたの婦人を磁石のように引きつけてやまない。

会場内の曲は流れるように三拍子のワルツに切り替わる。たちまちリズベスは、一層緊張させられ、背中に汗をにじませた。ワルツは踊れない。早く、できないと伝えなければ。でも、彼に怯えて萎縮しきったのどは、まったく言葉を出してくれない。

彼の身長は、リズベスが見上げるほどに高かった。過去とは違うその高さが、容赦なくリズベスを威圧する。

彼の黒いまつげが伏せられた。ロデリックはリズベスの腰に悠然と手を添えて、ダンスの姿勢を整える。リズベスは心のなかで「ひっ」と叫んでばかりいた。

そんな、緊急事態といえる真っ只中に、彼は人の気も知らないで、空気も読まずに、

「リズ、もう少し背すじをのばそうか。肩を広げて堂々と、自分を女王さまだと思って。

顎を上げて……鼻先はななめ上に。きみは、この世で一番綺麗でうつくしいから、自信をもって踊ればいい。素敵な自分を周りに見せびらかすんだ。やってみて」

などと、美辞麗句をどっさり並べて、でたらめや無茶を言う。この世で一番綺麗でうつくしいわけではないことは、嫌というほど知っている。ロデリックのひどい仕打ちに、リズベスはさらに血の気を失った。まさに悪の所業だ。

曲がはじまりの局面を迎え、彼女はさらにこわばった。無理だった。ありえない。どう考えてもワルツはだめだ。あわあわとパニックに陥るリズベスは、自身の足にもつれて、つんのめる。咄嗟に彼が支えたものの、思いっきり足をぐきりとくじいてしまう。

激痛だった。リズベスは、過保護に育てられているため、ねんざをするのは初めてだ。そもそもねんざという概念がない。悪しき痛みの恐怖が双肩《そうけん》に重くのしかかる。そのなかで、リズベスの失態を笑う声がちらほら聞こえてきた。令嬢は踊りを踊れて然るもの。良家の子女がぶざまに失敗するのは恥ずべき事態だ。その上、黒きロデリックは追い討ちをかけてくる。

「リズ、大丈夫？　まさかワルツはだめだった？　踊れない？」

リズベスは泣きそうになる。人が怖くて目立ちたくないのに、彼といてはこの上なく多くの視線を浴びてしまう。しかも、邪悪な力で足が痛い。この痛みは黒魔術の手始めだ。

流麗な曲は流れ続けていて、紳士淑女はくるくる回り、リズベスと彼のふたりを巧みに避けつつ、優雅に踊りを披露する。彼らに横目で見られて、目が合うたびに辛かった。

涙をこらえ、唇を噛みしめていると、身体がふわりと持ち上がった。彼に抱き上げられたのだ。リズベスは、呆然と至近距離にある彼を見上げた。

それをみとめた彼目当ての令嬢たちは「きゃあ」と悲鳴をあげてめいめいざわついた。

「リズ、落ちないようにぼくの首に手を回して」

リズベスは瞬きすら忘れて、放心したままでいる。

「足、痛むでしょう？　少し休もうか。連れて行くよ」


リズベスは、ぴたりとくっつく彼の胸板に居たたまれなくなり、何も言えないまま縮こまっていた。心臓はどきどきしていて、常に爆発の気配を持っている。ずっと、心のなかで「降ろして」と訴えていたけれど、彼の腕は妙な安定感があった。わけもわからない心地よさに耐えられず身をよじれば、歩く彼に、「じっとして」と諭された。

頬の火照りを感じてうつむけば、上から短い息が吹きかかる。彼が笑ったのだと気がついた。笑いごとではないというのに。

「どうしたの？　全然しゃべらないね。会うのが久しぶりだから照れているの？」

とんでもない言い草に、ますます身体がこわばった。

「リズ、ぼくは」

ふいに言葉を切った彼は、ぴたりと立ち止まった。だんまりを決めこむ彼を不思議に思って仰いでみれば、毛を逆立てる動物のように警戒していた。

「ガーランドくん、リズベスを運んでくれてありがとう。あとはぼくが引き受けるよ」

少しとげを感じる声だった。前方に立ちふさがる人影がある。先刻、飲みものを取りに行くと言って離れたマンフレッドだ。彼が、両手を広げてリズベスを受け取ろうとしたため、彼女は肩をはね上げた。男は、嫌いだ。

「結構ですよ、クロッソンさん。リズはぼくが運びます」

「断られては困るんだ。彼女をミルウッド子爵から引き受けているのはぼくだからね。それに、リズベスのパートナーはぼくだ。ガーランドくん、今夜は控えてくれないか」

火花が散りそうなふたりのやりとりに、リズベスはたじたじになっていた。しかも、このやりとりを遠巻きで見ている者がいる。扇を口もとに当てて窺う婦人たちと、片眼鏡を目にあてがう紳士たちだ。もう見世物になどなりたくない。これ以上は嫌だった。男という生き物は、厄災を連れてくる者たちなのだ。

リズベスは身体を猫のようにひねって、降りようと試みる。けれど、三年を経たおとなのロデリックはあまりにも頑丈で、すぐに抱え直された。

「違うでしょう」

声を発したのはロデリックだ。彼の視線は依然としてマンフレッドに注がれている。

「リズがパートナー？　あなたの相手は、レイチェル・ミドルトンでは？」

その名前を聞くなり、マンフレッドはあからさまに顔をゆがめた。

レイチェル・ミドルトンは、二十三歳の婦人だが、四年前に三十以上も年上の男爵と結婚し、いまは未亡人になっている。当時は資産目当ての結婚だったと噂されていた。

「……何のことだ」

「ここで詳しく話してもいいのですか？　リズの前で？　まあ、紳士の不文律《ふぶんりつ》ですから、誰もあなたを責めないでしょう。たとえ関係が、男爵の生前から続いていたとしてもね」

言葉につまったマンフレッドに、ロデリックは鋭い目つきで畳みかける。

「せめてリズに近づく前に、身綺麗にしておくべきでしたね。外国にいたぼくが調べられるくらいですから、とっくに子爵も調べていると思いますよ」

マンフレッドは、クラヴァットを正すことで焦りをごまかしたようだった。

「ガーランドくん、いまはリズベスを預けるが、あとで返してもらう」

「返す、返さないと、ぼくたちが決めることではありません。……ああ、先ほどホールでレイチェル・ミドルトンを見かけました。リズを連れて彼女とはち合わせていたら、あなたはどう対応したのか、大変興味深いですね」

「失礼する」

男女の機微《きび》に疎《うと》いリズベスでも、何となくふたりの会話を察することができていた。以前おとな同盟で学んだことは身についている。きっとレイチェル・ミドルトンはマンフレッドの愛人なのだろう。紳士は愛人を持つものらしいから。

「リズ」

呼ばれて目を向ければ、彼の、強烈ともいえる熱い視線にぶつかった。

「早めに遊学を切り上げて正解だったよ。今夜、慌ててここに来たんだよ。きみはぼくが手紙を書いても一通も返事をくれないし、贈り物をしても音沙汰なしだったから、ぼくは」

続きを言い止《さ》したロデリックは、リズベスを抱えたまま、突き当たりにある部屋の前に立ち、とびらを大きく開け放つ。薄暗いそこは客間のようだった。暖炉では火がぱちぱちと燃え、長椅子に、化粧台、書き物机が置いてある。奥には天蓋つきのベッドも。

リズベスは悲鳴をあげそうになり、それをつばごと飲みこんだ。ベッドが思い出させるのはあの夜だ。つま先から頭まで震えが貫き、全身がぶわりと粟立った。いちじくの葉だ。

「リズ、きみに話したいことがあるんだ。でも、その前に子爵を探してくるから、この部屋で待っていて。ここから出てはいけないよ？　夜会は未婚の者にとって、いわば恋人や結婚相手を探す場所だから、男は危険だ。ぼく以外、誰にも会わないで。いいね？」

長椅子に降ろされたリズベスは、自身の身体を抱きしめた。彼は、そんな彼女の頬をするりと撫でて、「きみに聞きたいことも山ほどあるんだ。すぐに戻るよ」とささやき、踵を返して去っていく。その背後に差すのは黒い影だ。

リズベスは、ちらと横目でベッドを見たのち、ぶるぶると小刻みに身体を震わせた。顎から汗が滴った。ここから逃げなければ。早く、早く。彼は悪魔なのだから。

右、左、右、と足を踏み出せば、左足になるたびに痛みが突き抜け、彼女は眉をひそめて苦しんだ。リズベスは、左足を諦めて、ずるずると足を引きずり、前に進む。

やっとの思いでとびらに到達し、外へと抜け出した。長い廊下が目前に広がってげんなりしたが、首を振り、守護を願ってポケットからサシェを取り出した。

廊下を右折したときのこと、人の影が視界に入り、リズベスは腰を抜かしそうになった。だがそれは大きな姿見に映る自身の姿で、彼女は胸を撫で下ろした。大型の鏡のなかの自分は、少し上気し、肌がうっすら色づいて、何だか奇妙に思えてしまう。胸もふっくらしていて嫌になる。諸悪の根源がこの胸にあるような気がしてきて、張りだす胸が気になった。忌々しいおとなの象徴だ。

両の胸をわしづかみにして、上からぎゅうとへこますように押しつける。ぺったんこになればいい。そんなことをしていると、背後から物音がして、慌てて鏡の後ろへすべりこんだ。見覚えのある人物だ。マンフレッドと、ひげをたくわえた青年だ。

「しかし、おまえ、なぜレイチェルを夜会に呼んだんだ。公の場で愛人など遠ざけろよ」

「呼ぶものか。逆に問い質したいくらいだ。しかもカートライト侯爵家の嫡男までいる」

「は！　ロデリックか。……おまえ、今夜は彼のせいでからっきし女から言い寄られないな。人気を総取りされてさぞかしくやしいだろう。諦めろ、今夜は女は食えない」

マンフレッドは、ひげの青年の胸ぐらを乱暴につかんだ。

「ブラム、黙れよ！　いまのぼくは、やつと比べられたくない！」

「気分がいい。人の不幸は蜜の味だ。今夜の酒は、まちがいなく格別だな」

「何だと！」

「ふん。忌々しいシャーリーンと結婚したおれのこのくたびれたざまを見てくれよ。あの女はいまではぶくぶく太って、まるで豚だ。しかも親の権力を笠に着て、きいきい偉そうに、このおれに指図するんだぜ。不幸の極みだ。おまえも少しは不幸を知れよ」

怒れるマンフレッドに、「きさまっ！」と威嚇《いかく》されても、ブラムはすまし顔をしている。

「おまえとレイチェルの関係は三年か。長いな。ひとりの女によく飽きもせずに。おまえ、ずっとリズベスちゃんを狙っているくせにへまをしすぎだ。昨夜もレイチェルとしけこんだよな？　お盛んなのにもほどがある。リズベスちゃんと婚約が成立するまで控えろよ」

「この先少しは控える。だがな、ぼくだって健康な男だ。禁欲など無理だ。それに結婚して調教が終わるまでは、リズベスにペニスを咥《くわ》えさせるわけにはいかないだろう？　それまでどれほどの期間を要するか。できるようになるまではレイチェルを使うしかない」

その卑猥な言葉に、鏡の陰にいたリズベスは縮み上がり、倒れそうになっていた。

荒くなった呼吸を必死に殺して、おののきながらも体勢を低くした。マンフレッドに見つかるわけにいかない、絶対に！　死活問題だ！

「あの小さなふっくらとした唇で……こう…けなげに奉仕されると思うと興奮するなあ」

「容姿は十分ぼく好みだからね、身体も何もかも好みに育てるさ」

「リズベスちゃん、育てがいがありそうだよな。……二年後でいい、少しだけ貸してくれよ。華奢なのにやわらかそうで、むちっとしていてかわいい」

マンフレッドは見るからに憤慨して、ブラムをひじで小突いた。

「ばか！　貸すものか。リズベスは娼婦じゃないんだぞ。ぼくのものだ！」

「貸せないのならおれも混ぜてくれればいい。三人で楽しもう。ところでおまえ、いつあの子に結婚を申しこむんだ？」

「いますぐ伝えるつもりだ。ブラム、リズベスを見かけたら教えてくれないか」

「いますぐ？　は？　断られたらどうする。……まあ、そのときは愛人の豊満な胸で泣くがいい」

「断らせないさ」

不可解そうに眉をひそめたブラムに、マンフレッドは得意げに鼻を鳴らした。

「簡単だよ。大勢の前でキスして求婚すれば、たとえ男が苦手でも、リズベスは拒めない。ぼくのものだと周知される。最悪、部屋に連れこみ、抱いてしまう手もある。いずれにせよ、彼女に対して責任を取ればいいだけさ」

「正気を疑う。皆の前で手を出すなど、野蛮な男として噂の種になるだけだ」

「だが、確実だろう？　結婚はできる。かれこれ三年も彼女を狙ってきたんだ。どうしても手に入れたいからね。結婚後、誠実に愛妻家でいれば、汚名などすぐに挽回できる。そもそも彼女をあの堅牢《けんろう》な屋敷から引っ張り出した時点で、勝負はぼくの勝ちなんだ」

ブラムは「この下種《げす》め」と声を押し殺して笑った。

「おまえ、純真な十六歳の娘に容赦《ようしゃ》がないな。無理やり結婚に持ちこむつもりとはね」

「ぼくは本気だ。うかうかしていられないんでね。今夜決めたい」

「ロデリックか」

「それもあるが、やつだけじゃない。子爵もかなり厄介だ。どれほどリズベスとの婚約を持ちかけても、笑って突っぱねられてきた。正攻法はすべて試したが無駄だった」

「鉄壁の守りというわけだ。まあ、子爵は一見穏やかでも、食えない人だと聞くからな」

マンフレッドは唇を曲げた。灯る明かりも手伝って、それは人の悪い笑みに見えた。

「紳士を捨てて、リスクを冒す価値は大いにある。彼女の持参金は桁違《けたちが》いだからね」

「そんな子爵の掌中《しょうちゅう》の珠《たま》に、ペニスをしゃぶらせようなんて、おまえ、悪魔だな」

「何とでも言え。あれがないとセックスではないさ。早くみっちり調教しないとね」

切り立つ崖に立っているような心境で、ぞっとしながら会話を聞いていたリズベスは、ますます男に恐怖した。前に広がる闇は濃く、あまりの衝撃に足が床に貼りつきそうだ。しかし、この屋敷はボーウェル卿の……マンフレッドの家なのだ。もたついてなどいられない。一刻も早く出て逃げきらなければ、死に等しいほど、大変なことになる。

リズベスは、立ち去っていくマンフレッドとブラムの背中を震えながらも見送った。彼らが角を曲がったと同時に、決死の覚悟のリズベスは、ねんざをしているとは思えぬ速さで、逆方向に歩き出す。足は限界だけれど、身に迫る危機が彼女を突き動かしていた。

ちょうどアーチ状のテラスが目に入り、そこから外に出ようと考えた。ちらほらと立ち話をする人もいたが、姿を見られても構わない。彼らも話に夢中で、リズベスを気に留めることはなかった。

痛む足とすくむ足を叱咤《しった》して、大きな窓に近づいた。開けば湿りを帯びた夜気が頬を撫で、ぞわりと毛が逆立つ。出てすぐに後ろ手にとびらを閉めて、息をついた。雨は不気味に静かに降りしきり、視界がますます黒ずんでいく。リズベスは、濡れるのも構わずに、石造りの手すりに手をついた。眼下の世界は濃密な暗闇だ。深淵への恐れを強く感じたけれど、留まるも進むも地獄であれば、進むほうがましだと思う。

スカートをつまみあげ、まずは手すりに座って覚悟した。方向を変え、片足を外に投げ出せば、下から強く風が吹き上げた。怖い、と身ぶるいしたけれど、時間が惜しかった。だって、このままでは恐ろしいものを咥えさせられてしまう。渦巻く思いをかなぐり捨てて、飛び降りようと身を乗り出した。

「リズ！」

突然、後ろから腰に腕を回されて、ふわりと身体が持ち上げられた。わけもわからぬまもみくちゃにされ、混乱のなかで見えたのは、黒い髪を乱した彼だった。息を切らしたロデリックだ。

「何をしているの！　ここ、三階だよ！」

ロデリックの勢いに気圧されて、リズベスは緑の瞳を大きく開いたままだ。

「危ないじゃないか！　いま、ぼくが間に合っていなかったら……ぞっとする！」

彼とぴたりとくっつく胸は、早鐘を打っていた。彼も速い。ふたりの鼓動が重なった。

「わかってる？　落ちていたら怪我じゃ済まない。そんなことになれば、ぼくは生きていけない！」

さらに言い募ろうとする彼の肩に、大きな手がのせられた。リズベスの父親、子爵だ。

「ロデリックくん、ありがとう。きみがいなければ大変なことになっていた」

子爵の息もあがっている。その唇が、混乱にあるリズベスに向けて弧を描く。笑みだ。

「リズ……おいで。どうしたんだい？　私にいまの行動の訳を教えてくれるね？」

リズベスは、父を見た途端顔をゆがめて、のばされた手を見つめ、抱き上げられると同時にがばりとしがみついた。そのさまを、ロデリックは愕然としながら見ている。

「もう大丈夫だ。リズ、怖くないよ。ほら、怖くない」

子爵はリズベスの背中を撫でて、震える彼女を落ち着ける。それはふたりの日常なのだが、他人から見れば異様な光景だ。雨がけぶるなか、凜々しく立つ子爵の腕から、ドレスがドレープを描いて優美に流れ落ちていて、燕尾服の黒とドレスの白のコントラストが見事で絵画のようだった。父親に寄り添うリズベスの、おとなと子どもの狭間にある繊細なうつくしさ。そして、成熟した子爵の美貌が、まとう服の色味も相まってより絵的な美を作り上げている。リズベスの行動はあまりにも子どもじみていて嘲りを受けるもののはずなのに、誰もそうはしなかった。その場の目撃者たちは、幻想的なふたりに釘づけだった。

「お父さま……帰りたい……」

「そうだね、お暇《いとま》しよう」

リズベスがうんとうなずいたのち、子爵は視線をすべらせ、ロデリックに目配せをした。

「すまないロデリックくん。リズがこの状態でね。話があると言っていたが、聞けそうにない。……そうだね、三日後の午後二時はどうだろう。うちに来てくれるかな」

「はい、もちろん伺います」

「ありがとう。では、よい夜を。ほら、リズもロデリックくんに挨拶をしなさい」

リズベスはロデリックに恐々と目をやった。途端、強い銀の瞳とかち合う。その瞳はそらすことができない威圧感を持っていた。彼が、怖い。かけようとしていた言葉は、奥の奥までひっこんで、かわりに出たのは、警戒心満載の動物的なうなり声だった。

微妙な空気の流れを察し、子爵はすかさずほほえみながら取りなした。

「ロデリックくん。すまない、リズはきみが久しぶりで、恥ずかしがっているんだよ」

その言葉に会釈をしたロデリックは、再びリズベスを見据えた。銀色の瞳は何も語らず、彼の思いは測れない。リズベスは父の胸に顔をうずめて目を閉じた。恐怖はみじんも拭えない。身体がぶるぶる震える。彼が、怖い。夜に溶けこむ闇色の彼が怖かった。


「まあ！　よくいらしたわね、三年ぶりかしら？　ちょうどメイズ・オブ・オナーを作らせましたの、召しあがる？　リズベスが好きなファッジもありますのよ？　届いたばかりのよいお紅茶もありますわ。すぐにラプサン・スーチョンを淹れさせますわね」

夜会から三日が経ち、ロデリックが約束の時間を守って到着すると、たまたま玄関ホールにいたアントニアが歓喜の声をはり上げた。彼女はいつにもまして上機嫌だ。その声で彼の来訪に気づいた子爵は姉を一瞥し、「姉さんは黙っていてください」とにべもなく告げた。が、そんな言葉で引き下がるようなアントニアではなかった。

「ジェラルド、あなたにはうんざりだわ。まだ虫の居所が悪いのね？　気分屋は大変迷惑です。振り回されるわたくしの身にもなりなさい。あなたの器量が…」

子爵は眉間にしわを寄せ、すかさず遮った。

「うんざりしているのはぼくですよ。ぼくにも機嫌の悪いときはあります。だいたい気分屋といえば姉さんの代名詞。今日はまだ奇跡的に癇癪《かんしゃく》を起こしていないからといって、自分を優位などと考え、ぼくを諭すとはおこがましい行為です」

「何ですって！」

かんかんなアントニアのおさまりのつかない小言をいなして、子爵は彼をうながした。

「少々雌鶏《めんどり》がご機嫌ななめでね。騒ぎ立てているが放っておこう。では行こうか」

ロデリックは姉弟のやりとりに面食らうどころか、含みのある笑みを向けた。

「ぼくは賑やかなほうが好きですから、アントニアさんもぜひご同席を」

「……は。ロデリックくん、正気かい？　どうなっても知らないよ？」

応接間での子爵は、甘いたれ目がちな目をつり上げ、いかめしく足を組み、こめかみに指を置いている。まさに不機嫌をそのまま体現していて、時折息を吐き捨てた。それは、うるさい姉の小言が継続しているからに他ならず、彼らのやりとりをロデリックは涼しい顔で聞いていた。ロデリックが切り出したのは、そんなふたりが疲れを見せてからだった。

「ところでおふたりは、ぼくとリズが親友だということをご存知でしょうか」

「もちろんですよ。あなたたちは毎日と言っていいほど、共に遊んでいましたもの」

「では、話が早いです。リズと会わせてくださいませんか？　ぼくは三年前に、彼女と約束をしているのです。真っ先に会いに行くと」

ゆったりとした彼の言葉に、子爵は気のない表情を見せたが、アントニアが食いついた。

「それがロデリック、いくら親友のあなたでもリズベスに会うのはむずかしいと思いますわ。あの子、三日前から部屋に閉じこもったきり出てきませんの。引っ張り出そうとしてもだめ。わたくしたち、お手上げなのよ」

「どうしてです？　ぼくの知るリズは部屋に閉じこもるような女の子ではありませんよ」

子爵は、説明しようとする姉を止めたが、アントニアは黙らなかった。

「あらロデリック、あなたは知らないのね。リズベスはすっかり内気な性格に変わってしまいましたの。三年前からずっとよ。笑わないし、無口だし、身だしなみにも気をつかわないし……その上常に草を愛でて、あろうことか、時々怪しく話しかけている始末。すっかり別人よ。しかもこの三年間、屋敷にこもりきり。当然友人などいませんわ。やっと最近、外に出られるようになり、わずかに改善してきたかと思えば、いまはさらに悪化して、ずっと毛布をかぶってぶるぶると震えていますの。以前のあの子はまぼろしね」

ぺらぺらと愚痴を並べ立てたあとに、はたとアントニアは青ざめた。思わず姪の恥部を晒してしまい、ロデリックに幻滅されたと考えた。名門貴族のカートライト侯爵家と縁続きになるチャンスを前に、これはまずい状態だ。

「あら、おほほほ……ロデリック、当然リズベスにも長所はありますのよ？」

取りなそうとしたアントニアは、気まずさを隠せず、扇を開き、顔を扇いでごまかした。

「そうね、あの子の長所は……ええ、そう。長所はね、……静かでつつましやかなところですわ」

子爵はぎっと姉をにらみつけた。

「ふん、姉さんの目はふしあなですね。リズはぼくの自慢で理想の娘です。静かでつつましやか？　冗談じゃない。そんなくだらないものがリズの長所なわけがないでしょう」

「まあ！　ふしあななものですか。相変わらず愚かな親ばか思考の弟ですこと。だいたいあなたは娘を知らなすぎです！　レディのレの字も遥かに遠いこのありさま……。昨日など、また得体の知れないものをぐつぐつ煮こんで……ああ、おぞましい……」

「姉さん、リズの行動にけちをつけるのは許しませんよ。彼女には考えがあるのです」

「何が考えなものですか！　考えなしに決まっているわ！」

言い合うふたりに、ロデリックは分け入った。

「ところで三日前の夜会で、リズは飛び降りようとしていましたが、部屋から出ないのはそのときの出来事が原因でしょうか。一体、彼女に何があったのですか？」

アントニアはついと顎を持ち上げた。

「その原因は……そうね、ジェラルド。言ってちょうだい。わたくしもぜひ知りたいわ」

子爵は苦々しい顔をして、横に控えていた老執事にコーヒーを三つ申しつけた。そのあと、ふたりに向き直る。

「あまり、口にするのもはばかられるが。……大変言いにくいことだ」

言葉の通り言いにくそうに、子爵は語り出した。それはリズベスから聞き出した話――つまり、マンフレッドによる男性器を咥えさせようという身の毛もよだつ企みだ。

ロデリックは感情を表さずに淡々と聞いていたが、アントニアは真っ赤な顔で、下唇を噛みしめた。ぷるぷると震える。

「んまあ……………ペニス……」

「姉さん、一応あなたは婦人なのですから、それは口にして良い言葉ではありませんよ」

「なんて破廉恥《はれんち》な！　ペニスを咥えさせるなど言語道断！　許せませんわ！」

いまにもマンフレッドのもとに行きかねないアントニアを、子爵は手で制した。

「姉さん、落ち着いてください。ハーブティを持ってこさせましょう」

「ああ、かわいそうなリズベス。ペニスを咥えるようなふしだらな娘だと思われてしまうなんて……。あんなに内気だというのに、どう見ればそのように見えるというのです。わたくし、なぜあなたが夜会以降、マンフレッドに門前払いを食らわせるのか不思議で首を傾げていましたけれど。ええ、たいしたものだわ！　見直しましたよジェラルド。水も一緒に撒いておやりなさい！　野蛮な輩は、ずぶぬれになってしまえばよいのです」

「首を傾げるなどと、そんな生やさしいものではありませんでしたよ。姉さん、あなたはぼくがマンフレッドを追い返すたびに、口汚く罵倒《ばとう》していたではありませんか」

「そのようなつまらないことはどうでもいいのです。早くリズベスを慰めなくては」

じっと黙っていたロデリックは、伏せていたまつげを上げた。現れた瞳が、色をのせて輝いた。

「子爵、アントニアさん。いまからリズに会わせていただけませんか。ぼくとリズは、彼女が九歳のころより親友です。ぼくであれば、彼女を慰められるかもしれない。外の良さを教えられるかもしれない。ぼくだからこそ力になれることがあると思うのです」


ロデリックは、『親友』の言葉がどれほど効果を持つのか知っていた。

このロデリック・エメリー＝ガーランドという名の青年は、幼少期より物事を逐一計算の上で行っていた。達観し、慎重に考えなければ何ひとつ自由にならない環境で生きてきたからだ。彼の両親は、絵に描いたような貴族であり、ひとり息子ですら彼らの手駒のひとつであった。だが、実のところロデリックは傲岸不遜な面を持ち、素直に言いなりになる性格ではない。よって、言葉巧みに裏から手を回して人を動かし、希望を叶えていくようになる。方法は穏やかなものだった。すべてが聞きわけのよい仮面の下で行われた。己の信念に基づいて、相手を従わせ、これまで不本意な結果に終わったことはない。

ロデリックは己のたたずまい、ほほえみ、視線の動き、言葉がどのように周りに作用し、影響するかを把握していた。その上彼は、現状を理解し、人を操るすべに長けている。現に、彼はアントニアを巻きこんで、子爵を見事望み通りに動かした。子爵ひとりであれば、自身の希望は叶わないだろうと知っていたからだ。

そんな彼が、唯一読めない人物がいる。リズベスだ。初めて出会ったころから彼女は何ひとつ己の自由にならない。培《つちか》われた計算力は、まったく通用しなかった。彼女には素でぶつかるしかなく、それが彼には新鮮で、また、彼女に夢中になる理由だった。彼はリズベスを手に入れる労を惜しまず、日々努力をしていた。生まれたときから決まっていた婚約を破棄に持ちこみ、親に与えられた試練を見事乗り越えた。言いつけられた本当の遊学期間は四年だったが、優秀な成績をおさめて、たったの三年で終わらせた。それは、貴族の娘が通常十六歳から婚期を迎えるからだった。ロデリックは、リズベスを誰にも渡す気はないのだ。昔から。

そう、今日の彼の目的は、〝リズベスに会う〟ただ一点のみに絞られていた。

「ロデリックくん、よく聞いてほしい」

何も知らない子爵は、コーヒーをひと口啜って、彼と向き合った。本来子爵は、鋭く物事を見通す力を持つが、強烈で気性の荒いアントニアを挟むとそちらに気を取られてどうにも鈍くなってしまう。彼女がいなければ、ロデリックの思惑に気づけただろうが、あとの祭りだ。話はすでに、リズベスとロデリックが会う前提で進められている。

アントニアがメイズ・オブ・オナーとファッジを受け取りに行ったいま、応接間は静寂に包まれていた。楡《にれ》の木に留まる鳥が鳴いたのち、子爵は続きを口にした。

「親友のきみだからリズの現状を見せるが、会って、思うところはあっても、決して彼女に指図したりしないで、そのまま受け止め、そっとしてあげてほしい。いまはあの子の感情をゆさぶりたくはないのでね。きみには、以前のきみのような対応を望むよ」

ロデリックは「はい」と答え、聞きわけのよい綺麗な笑みを浮かべた。

「うん、私はきみを信頼しているから娘に会わせる気になったんだ。では、行こうか」

子爵の案内のもと、ふたりはリズベスの部屋へと歩き出す。子爵邸は、落ち着きを持つ内装ながらも、調度品は材質からして価値ある上質なものばかり。配置も影まで計算されていた。まるで、抜け目のない子爵の本質を表すかのようだった。

ロデリックは仄暗い影を宿して子爵の背中を見つめた。子爵は九年前に最愛の妻を亡くして以来、娘とふたりで生きている。その愛は、現在すべて娘ひとりに注がれている。おそらくリズベスが閉じこもるようになってから、子爵に変化が起きたのだろう。夜会での彼女と子爵を見て確信した。あれは、三年前とは違う異質な愛だった。

まだ三十六歳の子爵は、年齢よりも若く見られる端整な顔立ちに、少し長めの髪がより美を引き立てている。十七歳のロデリックから見ても、ひどく魅力のある人物だ。極上仕立ての深緑の上着に純白のクラヴァット、褐色の細身のズボンが長い脚をしわなく包みこむ。全身を通して気品を感じさせる隙のない装いだ。

子爵邸の玄関ホールに飾られている子爵と亡き妻イーニッドの肖像画は、そのままイーニッドがリズベスに重なるほどに、ふたりはよく似た容姿をしている。だからこそ怖いのだ。子爵とリズベスは似ていない。彼女は母の容姿を引き継いだ。愛らしい性格は壊されることなく、子爵手ずから今日まで大切に育てあげられた。まちがいなく、リズベスは子爵の好みそのものだろう。彼女の父親に恐れを抱くのはばかげたことだと頭で思うが、同時にリズベスを自身の手から奪うのは、子爵としか思えない。

「ロデリックくん」

とびらの前で足を止めた子爵は振り返り、ロデリックを窺った。

「知っているよね、リズの部屋はここだよ。きみがノックし、彼女に声をかけてほしい」

にわかに緊張を覚えたロデリックは、ひとつ深呼吸をする。リズベスがどう変わったのかは知らないが、夜会での彼女を思えば、少しは想像がついた。

こぶしを握り、とびらを二度、続けざまにノックした。

「リズ、ぼくだよ。わかる？　ロディだ」

すると、部屋のなかからがたがたと音がして、慌てている様子が伝わってきた。三年ぶりに見た夜会での彼女はずいぶんうつくしくて、その変わりように驚いたが、この慌てぶりは、かつての彼女でうれしくなる。

「ねえ、リズ。入ってもいい？」

だが、待てど暮らせど返事がない。子爵を見れば、うなずきが返される。

「とびらを開けてごらん」

ロデリックは、言われるがままとびらを開けた。

途端、猛烈な吐き気をもよおす臭いに襲われ、鼻や頭に鋭い痛みを感じ、あまりの衝撃に耐えられずによろめいた。しかも、もうもうとしたけむりも立ちこめており、何が何だかわからずにロデリックは立ち尽くした。彼は、ポケットからローンのハンカチを取り出そうとして、しかし、すぐさま子爵に止められた。

「ロデリックくん、だめだハンカチは。以前の私と同じ轍《てつ》を踏むことになる」

子爵の声はひそめられている。ロデリックもならって声をひそめた。

「……どういうことです？　なかのリズは無事なのですか？」

「無事も無事だよ。リズが焚《た》いているからね。これは香だと思ってくれればいい」

「香？　とても香とは思えない代物です。ちょっと……これは耐えられない……」

ロデリックが手の甲を鼻に押し当てると、子爵は首を横に振る。

「それもだめだ、いたって平然としながら耐えなければ。リズは、なぜか悪魔の存在を固く信じていてね、彼女が言うには、この臭いは悪魔を撃退するものらしい」

「悪魔？　それどころか、人をも撃退しますよ」

「そう言いたい気持ちもわかるが。アントニアはね、この臭いをひどく嫌がり、必ずハンカチを当てている。おかげで、リズから悪魔かもしれないと疑念をもたれているんだ。だからね、いまだにリズとろくに会話を交わせていない。以前私もハンカチを当ててしまい、疑われた上に、怖がられてしまったんだ」

「子爵が？　なぜ父親のあなたを怖がるのです」

「リズはたとえ近しい者でも、臭いにひるめば悪魔に乗っ取られているかもしれないと思うようなんだ。だからね、ロデリックくん。もとどおりに打ち解けて話したければ、まずは悪魔ではないとリズに証明しなければならない。この試練に耐えた者だけに、リズは心を開く。この屋敷内では、私以外に執事と小間使いの一名だけが該当する」

子爵は、ちらとリズベスの部屋を見やった。

「少しけむりがおさまってきたね。頃合いだろう。いいかい？　部屋のなかには、さまざまな仕掛けや物が用意されているが、気に留めずにリズのもとまで一気に進むんだ。特に足もとに撒かれている葉っぱや実や灰はあまり見ないように。踏んでもかまわない。これも、悪魔に関するものなんだ。リズはベッドにいるから、怖がらせないようにゆっくりと近づいて。慣れたところで、さりげなく窓を開けるといい。臭いがましになる」

ロデリックは信じられない思いでそれを聞いていた。以前の快活な彼女からは想像できない。一体どうしてしまったのだろう。けれど、ロデリックの返事はひとつしかない。

「はい。やってみます。でもどうしてこんなことに……」

「三年くらい前になるね。突然、悪魔を恐れてしまったよ。なぜなのかはわからないが」

「ぼくも悪魔など初耳です。リズの口からも聞いたことがありません」

「謎だね。ロデリックくん、しばらくリズと話してみてくれないか。力になれそうなら、なってあげてほしい。あとで様子を見にくるから、それまで頼むよ」

かつてのリズベスの部屋は、ハーブに合わせて白と黄色を基調とした空間に、レースとリボンがふんだんにあしらわれたかわいらしい部屋だった。明かり取りの窓から差しこむ日差しはなかを照らし、彼女の髪に、それは綺麗に光をまとわせた。だがいまは——三年ぶりに見る彼女の部屋は、過去が白なら黒だった。天井に張りめぐらされた分厚い布や縄は光を遮断し、大釜では鮮やかな緑のとろみのある液が煮えて、ぼこっぼこっと豪快に気泡を発生させている。大きな香炉で火がくすぶり、けむりが強烈な臭いをのせて、もわもわ白く漂った。霞む向こうに見えるのは、存在感のある妖しい祭壇と、ベッドで毛布を頭から被り、ぶるぶる震える彼女の姿だ。それらは過去の面影をみじんも残していなかった。

ロデリックは強靭《きょうじん》な精神を持ち合わせているため、何が起きても心を隠し、抑制していられる。人の上に立つ侯爵嫡男として感情をあらわにしないのは当然だったし、そう育てられてきた。が、臭いだけは別だった。生まれながらにして高貴な彼は、こんな事態に遭遇したのは初めてだ。せり上がる胃液を必死に飲みこみ、多少目がうるんだけれど、それでもぐっとこらえる。

歩む足が何かをぱきぱき踏んでいた。元来彼は綺麗好きであり、室内がざらつく経験がないため、汗が出るほど気になるが、子爵の言葉を念頭に、こちらもなんとか耐え抜いた。

彼女を見れば、周りに羽根ペンと白紙の紙、インクが散乱していることから、おそらく手紙をしたためていたのだと窺えた。その事実は彼をじくじく悩ませ、苦しめる。彼は、彼女に手紙を送り続けたが、無情にも一度たりとも返事をもらっていないのだから。

「リズ」

呼びかければ、リズベスは盛大にびくりと跳びはねた。もぞもぞと、毛布をさらに被ろうとする。だが、相手は思いどおりに事を操るロデリックだ。彼はさりげなく毛布をたぐり寄せ、リズベスの隠れ蓑《みの》を奪い取る。

「足を痛めていたでしょう。どうかな、痛い？」

全身があらわになったリズベスは、髪を乱しに乱していて、しわしわな飾り気のない簡素な服を身につけていた。綺麗な瞳がにじんで見えた。しずくがみるみる膨らんで、いまにも涙をこぼしそうだ。

「泣かないで……ぼくだよ、どうしたの？」

リズベスの頬を伝う涙を指で散らしつつ、ロデリックは毛布を脇へと遠ざけた。しかし、彼女の目は毛布にじっと釘づけだ。まるで翼をもがれた鳥が、己の羽根をせつなく見つめるかのように。

「リズ。ほら、こっち。ぼくを見て」

彼はリズベスがこちらを向くように、小さな顎を持って固定する。

こんなときでも、やはり彼は男だ。視線は自然に彼女の顔から首を通って鎖骨に向かい、大きくなった張りのある胸にたどり着く。夜会のときに見たのと同様、魅惑的な膨らみが、扇動《せんどう》的に目に映る。もしも臭いに邪魔されていなければ。三年間、焦がれ続けた彼女の胸だ。だが、鼻ではなく口で息をしているいまの彼には、胸を愛でるのは至難の業《わざ》だし、多大な危険を孕んでいる。ざっと多方面から計算しても、どう想定しても、無理だった。

「ねえ、リズ」

彼はリズベスの傍に腰かけた。ベッドがぎしりと音を出す。

その行為はさらに彼女を緊張させてしまい、リズベスは、ひっ、と息を荒らげて後退る。

「リズ、怖がらないで……ほら。ぼくだよ、怖くない」

うっとりと笑いかけたが、彼女はかちこちに固まった。

ロデリックはとびらに目を向け、子爵の位置を確認する。子爵はご丁寧にもとびらを閉めて去っていた。密閉されて、臭いの逃げ道が気にはなったが、彼は自分の衝動《しょうどう》が、もう抑えられないところにあると感じていた。

顔を近づけ、彼女にくちづけようと思ったときだ。

「……どうして……」

か細い声に行為を止めた。

「ん？　どうしたの？」

「悪魔……なのに」

長く反り返るまつげが、悲しげに下ろされる。

「効かない」

彼はリズベスの面ざしを分析しながら、自分はいま探られているのだと理解した。悪魔ではないと言うのはたやすいが、証明しようにも空想の世界に根拠はない。彼女自身に悟らせなければ、すべてが徒労で無意味だろう。

身を乗り出した彼は、彼女の唇めがけて、己の口を押し当てた。その蕩けるようなやわらかさに息をつく。七年前から彼女とたくさんキスをした。何度も重ねて熱をわけあった。正確な回数を言うことなど不可能だ。が、初めてのくちづけだけは、鮮明に記憶に残っている。緊張しすぎて心臓が止まりそうになったからだ。震えたことも、汗をかいてしまったことも、一挙手一投足が、昨日のことのようによみがえる。

「ねえリズ、思い出して。いつもこうして、ぼくたちはキスしていたよ」

わずかに離して、またつける。彼女を取り戻したい一心で、キスに慣れさせようとする。最初はがちがちにこわばっていたリズベスだったけれど、だんだん力が抜けていく。かつてのように彼の上着をぎゅうと握ってきて、そのさまを見たロデリックは彼女を抱きしめ、自身の身体を密着させた。

しかし、そろそろ危機だった。臭いの面で、ロデリックに限界が訪れた。

リズベスは、状況がうまく把握できずに、混乱しきったままだった。

それは、アマゾネスの国・ピンダロキュロスの女王イフゲネイアと、悪しき黒い男ヴァイオス＝テオドロスの英知をかけた交戦中に、「リズ、ぼくだよ。わかる？　ロディだ」の声とともにはじまった。走らせていたペンを中断し、大事な物語を奪われまいと隠して、ベッドに入ってうずくまる。先ほどまでは、女王として勇ましく皇帝を蹴散らそうと弓に矢をつがえていたのに、その手はいまやあわれに震え、サシェを握りこむことしかできない。ぎゅっと目を閉じ、必死の思いで守護の願いを乞うていた。

だが、しかし。無情にもとびらは開かれた。

漆黒の髪、しなやかな身体に細身の黒の装いだ。うつくしい顔の、闇をまとう彼がいた。あろうことか悪魔である彼は、とびらに吊した悪魔除け——アリッサムとエルダー、スロー、カレンデュラを華麗にかわし、エルダーの葉と実、ウッドベトニーやタマリスクが散布された床を優雅に乗り越え、カレートゥリーとアサフェティダの浄化の幕をものともせずに歩み寄る。その上、厳重なるルーン文字の結界と化石およびペンタクルを軽々とあしらい、最後の砦——この上なく強固な守護の魔法がかけられたベッドに平気な顔で、流れるように腰かけた。下にびっしり敷きつめたクラブモス、ストロベリー・トゥリー、ソロモンシール、バードック、ヒソップ、フラックス、ライラックたちは、悪魔を祓うどころか、ロデリックの前ではただの植物と化していた。

彼は魔の存在だ。わかっていても、彼の声は心地よく耳をくすぐった。サシェを手放し、この手でぎゅっと抱きつきたくなってしまうのは、彼が魅力を武器にして心をからめとるからだ。たとえ甘い笑みを向けられても、やさしくされても、好きだと感じても、決して心を許してはだめな人。だって、悪魔なのだから。

リズベスが気づいたときには唇に熱が満ちていた。しびれるような陶酔感が襲い来る。

くちづけだ。甘い甘いキスだった。恐れに支配されるどころか、身体のそこかしこが歓喜した。九つのころより、彼とのキスが大好きだから、それは心と身体に染みている。もっと、もっとと求めてしまう。それが、リズベスは怖かった。抗おうなどとは思えない。たやすく彼の指示に従う自分を止められない。

「ねえ、リズ。アントニアさんがきみの好きなメイズ・オブ・オナーとファッジを用意してくれているよ。移動しようか。一緒に食べよう？」

メイズ・オブ・オナーは、チーズを使ったフィリングをパイで包んだケーキで、ファッジは砂糖とミルクとバターを練って作られるキャンディだ。ふたつとも大好物のお菓子だが、いまは食べたくない。けれどそう思っていても彼に抱き上げられて、いつの間にか部屋から連れ出され、廊下の椅子に座った彼のひざの上にいた。そこで、またまつげを伏せた彼が近づいてきて、今度は激しく唇をむさぼられる。

廊下でなんて、とんでもないのに。息が、苦しい。

「リズ、好き」

ささやいた彼はさらにキスに没頭する。長い長いキスだった。リズベスは、それでもキスがうれしいのだから重症だ。暗黒から逃れるすべはない。

「んまあ！　なんてことなの！」

突然伯母の叫びが響きわたり、リズベスは、びっくりして跳びはねた。しかし、ロデリックは動じない。このとき、彼が不穏に目を光らせていたなど、誰も知る由はない。

「あなたたち、何をしているのっ。まああ、大変だわ！　ジェラルド……接吻よ！」

伯母の、注意というよりも喜んでいるような声。リズベスは動揺し、じたばたとロデリックから離れようとするけれど、がっしり彼に固定されて、くちづけは終わらない。腰も肩も動かない。回された腕でがんじがらめにされていた。リズベスは、彼がどういうつもりなのかわからずに、頭のなかが白くなる。

キスは子爵が手ずからふたりを引き剝がすまで続けられた。剝がれた途端、リズベスは父のほうへ行こうとしたけれど、ロデリックに動きを封じられ、そのまま彼の腕のなかだ。

「……きみ。やってくれたね、私の娘に」

子爵の声は怒りに満ちていた。それを、彼は意に介さずに真っ向から受け止める。

「ええ。後悔はしていません」

「今日のことは不問にするが、二度と…」

「ジェラルド！　不問だなんてとんでもありませんわ！　この事態は責任問題です！」

弟を遮ったアントニアは、胸で手を組み、にんまりと笑みを浮かべた。彼女は気性が荒くとも、ロマンス小説を愛してやまないロマンチシストだ。

「姉さん！　あなたは関係ない。邪魔です。向こうへ行ってください！」

「関係ありますわ。わたくしはリズベスの伯母です！」

「たかが伯母がしゃしゃり出るのもいい加減にしてください！　リズはまだ十六です！」

「いい加減にするのはあなたのほうです！　わたくしはしかと……ええ、しっかりと見届

けましたわ。これは夢などではないのです。それに、リズベスは立派なおとなです！」

威圧をそなえた子爵を軽々と受け流し、アントニアは続ける。

「あのような情熱的な接吻。ああ……あなたたちふたりは親友ではなく恋人でしたのね」

緑の瞳を見開くリズベスの前で、ロデリックはうなずいた。

「ええ。ぼくはそう考えて、彼女と付き合っています」

「まあ……。いつからですの？」

うっとりとほほえむ彼は、愛おしそうにリズベスの金茶色の髪をするりと撫でた。

「七年前から」

「んまあっ、素敵だわ！　ジェラルド、お聞きになりまして？　七年も育まれた恋ですわ！　すぐにデレックに馬を走らせなければ。わたくしの亡き夫の弟デレックは主教ですの。頼めば特別許可証が手に入ります。あなたがた、可能な限り早く結婚なさい！」

絶句した子爵とリズベスを尻目に、アントニアはロデリックに言った。

「ロデリック、あなた、お披露目前のうら若き乙女に接吻したのです。責任をとる覚悟がないなどと言わせませんわよ？　あなたはもう十七歳なのですから」

リズベスを抱えたまま立ち上がったロデリックは、真摯な面ざしで言った。

「もちろん覚悟はあります。昔から、妻にするのはリズだと心に決めていました。許していただけるのなら、明日にでも結婚します」

アントニアは頬を赤らめ、意気揚々と、高らかに叫び声を上げた。

「アーウェル！　シャンペンを用意なさい！　いま、すぐに！」

一週間後、世の中の未婚の婦女子は、その日の新聞を目にするなり落胆した。失意のあまり、気を失う者もいたという。カートライト侯爵嫡男ロデリック・エメリー＝ガーランドとミルウッド子爵令嬢リズベス・メイブリックの結婚が、でかでかと発表されたからである。婚約をすっ飛ばして結婚というのは高位の貴族にしてはめずらしく、噂が噂を呼んで醜聞と騒がれたが、ロデリックは機転を利かせて、持ち前の品行方正なたたずまいと声明で、見事やましい噂を吹き消した。というのも、ミルウッド子爵が、噂をどうにかしなければ、娘を一歩たりとも屋敷から出さないと宣言したからだ。

「ロデリックくん、はっきり言おう。私は腹を立てている。きみにも、アントニアにも」

ミルウッド子爵邸の応接間にて、子爵はぞんざいに足を組む。彼は、あの日注がれたシャンペンに口をつけなかった。忌々しくて、グラスを持つ気も起きなかったらしい。

「考えてもみたまえ、キスで結婚に持ちこむとは、下劣極まりない行為だ」

向かい合うロデリックは、皮肉げに唇の端を持ち上げた。彼とて、少し子爵に腹を立てている。実はこの一週間、リズベスに会わせてもらえていないのだ。すげなく門前払いにされていた。それは、ロデリックの矜持を大いに傷つけた。

「ですが子爵、あのときキスをしなければ、ぼくはリズを得られなかったでしょう？　あなたはぼくが正式に求婚しても突っぱねたはずです。ぼくだけでなく、誰が相手でも。まだ十六歳とおっしゃっていましたが、あなたにとってリズの歳は関係ないのでは？」

髪をかきあげた子爵は、いかめしい顔から一転、薄ら笑いを浮かべた。

「察しがいいね。私は娘を手放す気はなかった」

「知っています。ぼくがもしもあなたなら、手放さないと思うから」

「だったら結婚を取りやめてくれてもいいんだよ。醜聞など問題ない。大歓迎だ」

「ご冗談を。たとえこの国が滅びても、予定通りにつつがなく結婚しますよ」

ロデリックは、老執事が淹れたハーブティの香りを優雅に楽しみ、ひと口飲んだ。

「これはリズの調合ですか？　すばらしいですね」

リズベスを褒められて、子爵の機嫌は一気によくなった。

「わかるかい？　リズは天才なんだ。あの子はばかだと思われがちだが断じて違う」

子爵は鼻先を上げ、彼を見下ろした。機嫌はましになっても怒りはおさまらないらしい。

「……きみ、離婚はできなくても、別居はできるからね」

ロデリックはあまりな言われように、思わず眉をひそめた。

「リズには、いつでもうちに帰る道がある。それを忘れないでくれ」

「子爵、お言葉ですが、ぼくはリズを離しませんよ」

「きみの意志は関係ない。きみが夫として不可であれば返してもらう。必ずね」

ふたりは貴族らしく、淡々と、冷静に、感情を一切みせることなくほほえみ合った。

6章　悪魔と結婚

リズベスは、見知らぬ部屋の片すみでひざを抱えて座っていた。顔をうずめてがたがた震え、歯もかちかちと鳴っている。

暖炉でぱちりと火が爆ぜて、こわごわそちらへ目を向けた。炎は心を穏やかにしてくれる。そう伝えられているが、リズベスにはまったく効き目はみられない。

己の身体から香るシャボンと薔薇の芳香が、リズベスに重くのしかかる。先ほど現れた黒き小間使い数人に裸にされて、すみずみまで身体を磨かれ、いまに至っている。あろうことか、着用している化粧着は、透けていて裸も同然だ。それが一層恐怖をあおる。

豊かなレースのカーテンから見える窓の外は、すべてが等しく真っ黒だ。黒いなかでちらちらと星が宝石みたいに瞬くが、いまのリズベスにはただの闇に見えていた。

暗闇だ。ここは、深淵すぎる深淵だ。魔の巣窟だ。帰りたい。帰れない。

なぜならリズベスは、今日、ロデリックと結婚し、彼の妻になったのだから。

今朝、まだ夜も明けきらないうちに、リズベスはロデリックに連れられ、子爵邸をあとにした。父は「大丈夫、家に帰りたいと言えばロデリックくんはすぐに帰してくれるよ。だからいつでも帰っておいで。ね、ロデリックくん」と送り出してくれたが、リズベスは侯爵家の馬車が出立してから、ものの二分で家に帰りたくなっていた。意を決して伝えようとロデリックを振り仰ぐと「もう離さないよ」と耳打ちされて、恐慌状態に陥った。しかもこちらを見つめる彼は惚れぼれするほどうつくしく、また、蕩けるようなやさしい目つきをしていて、勝手にリズベスの胸をどきどきさせる。まさに悪魔じみていた。

馬車のなかでは、たくさんのキスが降ってきた。目にも頬にも唇にも。あの魔の大激痛が起こらないとも限らないからびくびくしたけれど、でも、やっぱりキスは気持ちがよくて、嫌だとは思わない。彼が怖いはずなのに、ふたつの思いがせめぎ合っていた。

菩提樹《ぼだいじゅ》が視界を遮っていたため、石造りのうつくしい屋敷が見えたのは、道がゆったりと弧を描いてからだった。侯爵家は王政復古の様相を色濃く残したルネサンス様式の建物だ。開廊《ロッジア》に配された意匠を凝らした柱の上には、ガーゴイルがいじわるそうに鎮座《ちんざ》していて、リズベスは、知らずに黒きロデリックにしがみつく。

「ん、どうしたの？」

察した彼は、「ガーゴイルかな？」と口にする。そして「怖くないよ、あれはね、悪魔じゃなくて雨どい。口から水を排出するんだ」と教えてくれたが、疑念が残る。悪魔の気配はおさまらない。むしろ強くなった気がして、リズベスの肌はぶるりと粟立った。

車寄せに馬車が近づき、ほどなく静かに停車した。彼女はロデリックに抱えられて降り立つ。歴史を感じさせる侯爵邸は、大きな子爵邸の倍近くあり、リズベスの胸が押しつぶされそうなほどの迫力を持っていた。朝焼けを背景に、建物すべてが巨大な影に覆われて、リズベスは黒々とした悪しき館に腰を抜かしかけていた。その闇の気配に呼応したのか、遠くで二羽の鴉《からす》が不気味に競って鳴いている。

ロデリックが正面玄関の前に立つと、大きなとびらが魔法のようにゆっくり開く。彼はリズベスを抱いたまま、優美に足を踏み入れた。

「おかえりなさいませ」

まるで石像のように人間味を感じない、無駄な動きのない執事だ。無表情な顔に陰影が際立っている。しわひとつない、ぴしりとした黒の装いだ。吸血鬼がいたのなら、きっと彼のような容姿をしているに違いない。その奥のホールにずらりと居並ぶ召し使いたちにも目を瞠る。侯爵家の黒のお仕着せは洗練されてはいるものの、彼らに禍々しさを付け足している。それが四十人ほど連なるから威圧される。完全に面食らったリズベスは、心臓を縮こませながらおののいた。前に立つ執事と彼らが合わされば、まるで黒き蝙蝠《こうもり》をたくさん従わせた闇夜の吸血鬼そのものだ。悪の巣窟、恐怖の館だ。

「皆、リズをひと目見ようと待っていたんだよ。きみはぼくの妻だから」

リズベスのとなりでは、禍々しい彼らの主がほほえんでいる。

夜の、闇の、幕開けだ。

この日のリズベスは、朝のめくるめく暗黒ですでに恐慌をきたしていて、余裕がまるでなかったばかりか頭のなかは闇の濃霧が立ちこめて、しまいには、多くの出来事はうろ覚え、もしくは覚えていない事態に陥っていた。だが、ロデリックと誓いを立てて結婚したことは知っているし、恐ろしく凝った衣装を身につけたことも、ロデリックの両親に会ったことも記憶している。それに、小規模なパーティが開かれていたのも把握している。

ひどく無口で内気なリズベスは、びくびくと怯え続けていたため、若くうつくしいだけの愚鈍な娘として知れ渡った。才色兼備な侯爵嫡男ロデリックが、ばかな娘を宛てがわれたと気の毒がられたほどで、当然ながら、カートライト侯爵夫妻やその親類には、良い印象は持たれるはずがなかった。しかし、決して彼女が矢面に立たされることはない。ロデリックが前面に立ち、リズベスを守ったのもあるが、ミルウッド子爵家の持つ力も強く作用した。子爵家は古くから続くオールドカースル伯爵の流れを汲む家柄で、おまけに領地でのワインの生産が至極好調なため、もともと潤沢《じゅんたく》な資産がさらに倍増しになり、周囲はその影響力を決して無視できないのだ。その上、彼女の持参金も桁違いのものだった。ゆえにリズベスは、邪魔されることなく思う存分、好きなだけ呆然として、無口に徹し、ぶるぶる震えることができていた。

悪魔の恐怖にひとり追い詰められていた彼女は、貴族のつとめを思い出す力は皆無といえた。それでもロデリックは満足げな顔をして、うっとりと彼女を見つめる。

「リズ、そろそろぼくたちは行こうか。きみを独り占めしたいから」

リズベスは、何かをささやかれた瞬間、抱き上げられていた。彼は、大股で移動する。

侯爵邸内は、いたるところが精緻《せいち》な白い寄せ木細工と木製パネルで装飾されていて、金に糸目をつけない高貴なシャンデリアが、きらびやかに、幻想的に室内を照らしていた。広い階段には大きなステンドグラスが配されていて、色鮮やかな西日をゆったり降らせ、さながらひとつの芸術作品のようだった。その階段を上がるロデリックは、いつかのように光を背負っていて、リズベスは懐かしさとせつなさがないまぜになり、気づけば彼に見惚れていた。しかし、我に返ればかたかた震え、それからまたうっとりしたり、そうかと思えば、怯えたりと忙しく、必要以上に気を張った。そんなリズベスの額に、彼はたまにキスを仕掛けてくるから大変だ。

彼はリズベスを抱き上げたまま、階段を上りきり、右に進んで西翼へ向かった。やがて大きくとびらを開け放てば、広く、風通しの良い寝室にたどり着く。そこはクリーム色とレモン色を基調としたうつくしい内装の、かわいらしい部屋だった。新しくしつらえたと思わせる匂いがふわりと漂っている。

「ここはリズの寝室。それでね、あのとびら」

ロデリックは顎で部屋の奥にあるとびらを示した。

「あれはぼくの寝室に続いているんだ。ぼくたちは夫婦だから、行き来は自由だよ」

リズベスは身を硬くして、緑の目をけわしくした。とびらには、どこにも差し錠がついていない。鍵がないなんて……と、蒼白《そうはく》になっていると、彼はリズベスをベッドに降ろして、となりに座った。

「リズ、ぼくたちは結婚したんだよ。ぼくが夫できみが妻」

リズベスがぎこちなくうなずくと、彼もまた「よかった」とつぶやきながらうなずいた。

「きみは夫婦って、どういうものか知っているかな？」

知らないので首を振ると、彼の銀の目がぎらりとした光を帯びた気がした。

「ぼくがよく知っているから、すべて教えてあげるね。だから、ぼくに任せてくれる？」

彼はリズベスの手を、指を絡めて握りこむ。彼特有のほほえみを前にしては、リズベスは黙って聞く道しか残されていない。

「ねえリズ、この部屋にいまから小間使いが来るから、支度をしようか。ぼくは移動するけど、終わったころにまた来るよ」

それは、すぐにはじまった。リズベスは、ノックとともに入室した黒き小間使いたちに磨かれて、ドレスを奪われ、化粧着をまとわされてうなだれた。奪われたドレスにサシェをうっかり入れっぱなしにしていたのだ。大切な守護のおまじないを失った。守りは消えて丸腰だ。これでは、闇にはかなわない。

ひざを抱えてわなないていると、奥の寝室のとびらから、ガウンを着たロデリックが悪びれる様子もなく現れた。彼も湯を使ったのだろう、黒い髪が濡れていて、それが色気となってにじみ出ている。

リズベスの震えはより一層激しくなった。泣きたくなるのは怖さからか、それともせつなさからなのか。しかし、黒き彼は待ってはくれない。謎の笑みを浮かべて歩み寄ってくる。すくみあがったリズベスののどが、きゅうと縮まっているあいだに、さらに彼は距離をつめてきて、おもむろにひざまずき、リズベスの目と鼻の先でささやいた。

「リズ、初夜だよ。ぼくたちのはじまり」

伏せられた黒いまつげが自分のまつげと触れ合いそうだ。熱い吐息が吹きかかる。

「やっと一緒にいられるね。これから、ずっと」

くすぐる声はやさしい。でも、怖い。

「ぼくはこの先、うんと努力して、一生、きみを幸せにしていくよ」

彼の手が近づいて、金茶色の頭にのせられる。さも、子どもに言い聞かせるみたいに。

「でも、夜は……努力のご褒美がほしいんだ。夜ごとぼくに身をゆだねて。……いい？」

リズベスが答えられずにまごついていると、脇に手を入れられて、その場にすっくと立たされた。熱をもつ銀の瞳にとらわれる。

「三年、長かった。成長したきみを見せて？　全部見たい」

逃げなければ。早く、早く。

でも、どうしていいのかわからない。心臓は、いまにも身体から飛び出しそうだ。

顎に手がかかり、引き上げられたと同時に、屈んだ彼が近づいてきて、唇同士が重なった。少し長めのキスだった。けれどいつもと——過去と、どこかが違うくちづけだ。薄く口を開けた彼にぺろりと舐められ、もぐもぐされて、咄嗟に首をすくめれば、彼の唇が追ってきた。強引さを感じさせないやさしさで、舌で口を割られて、ゆっくり彼が侵入する。リズベスの緑の瞳がこぼれんばかりに開かれた。

そこにあるはずのない、あってはならない彼の舌が、リズベスの口内を這いまわった。歯の位置をひとつずつ確かめるようになぞり、上顎や、下顎を舐めまわし、ついには舌に絡められ、じゅっと吸われてさらわれる。いま初めて、舌がこんなにも肉厚なのだと気がついた。彼が近い。近すぎる。水音を立て、彼がリズベスの唾液も息も食べている。

むさぼられ、キスが深まりをみせるなか、リズベスは身体に風を感じてこわばった。彼が薄い化粧着に手をかけ、リボンをゆっくり解いていたのだ。わずかな衣ずれとともに、軽やかに、床に何かが落ちる音。声を出そうにも、くちゅくちゅと音を立ててキスをしているいまは不可能だ。それに、深いくちづけは、リズベスの奥底に火を灯す。疼《うず》きが広がり、抵抗するどころか、すべてを彼に任せてしまう。これが、魔というものなのだろう。守護の力を失ったいま、リズベスは悪魔への供物《くもつ》と化している。

やがて、かつてのように胸に彼の手が置かれて、リズベスの毛が逆立った。どんなに怖いと思っても、どきどきしても、彼による官能が身体に染みついている。無意識に刺激を期待している。

「リズ、覚えている？　きみは前に胸を気にして言ったんだ。自分は男じゃないかって。でも、ぼくはうんと大きくなるって言ったよ」

彼は胸の曲線をすうとなぞって、頂につく突起をふにふにいじくった。リズベスの好き

な場所だ。

「ここ、触れられるのが好きだったよね。きみは、もっと触ってって言ってた。どう？　大きくなったいまでも好きかな？　感じる？」

爪を立て、先端をこりこり引っ掻かれて、すぐにそれは淫らにしこっていく。

「あ」

「かわいい声。もっと聞きたい。久しぶりに気持ちよくなろうか」

彼に抱き上げられたとき、リズベスはすでに一糸まとわぬ姿になっていて、思わず顔が赤くなる。そのままベッドに寝かされ、シーツの冷たさが肌を焼く。

ガウンを手早く脱いだ彼が覆い被さった。裸だ。

悲鳴をあげそうになったが、すかさず彼がくちづけで蓋をした。

「やわらかい。リズ、ぼくはきみをずっと夢見ていたんだ。夢見ていたから耐えられた」

彼はそう言うが、リズベスのほうは、もう耐えられそうもない。肌と肌が合わさって、そのぬくもりと感触で、三年前のあの夜に完全に引き戻される。

脚のあいだに彼がさりげなく身を置いていた。太ももに、硬いものが当たっているような気がして気が気でない。否、気がする、ではなく当たっている。いちじくの――

脳裏によみがえる巨大すぎる馬の男根。そして、あの夜の激しい痛み。

直後、リズベスの悲痛な叫びが侯爵邸にとどろいた。

「きみ、結婚早々に何をしに来たの。私はまだ怒っているんだよ。リズなら歓迎するが、はっきり言ってきみを歓迎したいと思わない。門前払いにしたいところだ」

「歓迎してもらわなければ困りますよ、お義父《とう》さん」

「お義父さん？　ふん！　よしてくれ」

途方に暮れたロデリックがミルウッド子爵邸を訪れたのは、結婚してから二日後のことだった。リズベスがあまりにも彼を恐れて、がたがた震える上に食事もとらないのが心配で、非常に渋々ながら子爵に相談することに決めたのだ。だが、書斎に通され、顔を合わせるなり不敵に腕を組む子爵に、「別居かな。リズを返してくれるよね？」と、心をえぐる言葉をお見舞いされて、ロデリックは怒りを抑えこむのに苦労した。

それでも、リズベスに近寄ろうとすると脱兎《だっと》のごとく逃げられるいまは八方塞がりで、不本意でも子爵に頼るしかなく、極力平静を心がけて現状を彼に説明する。

一通り話を聞いた子爵は、ブランデーの入ったグラスを傾け、彼を嘲った。

「は！　リズが懐かないって？　当然じゃないか。無理やり結婚しておいて、どの口が」

どこか得意げな子爵にむかむかしたロデリックは、反論しようとしたけれど、うまく言い表せずにのみこんだ。目を伏せて、固くこぶしを握りしめる。

「だが、食事をとらないのは心配だね。……まあ、無理もない。きみの屋敷にはハーブがないからね。いまの内気なリズはハーブのおまじないに頼りきりなんだ。ないから情緒が不安定になる。そこでだ。ロデリックくん、提案するが、聞く気はあるかい？」

「もちろんです。おっしゃってください」

子爵はグラスをテーブルに置くと、人差し指を立てた。相変わらず得意げだ。

「では言おう。侯爵邸にリズ専用の部屋を作るんだ。誰にも邪魔されない部屋がいい」

「部屋は十分空いていますので、いくつでも可能です」

「ひとつでいい。その部屋に、うちにあるリズのハーブを一式、そのまま運ぶんだ。もちろん祭壇《オールター》や香炉もすべて。あの子がのびのびとくつろげる空間が必要だからね」

香炉と聞いて、ロデリックは嫌な臭いを思い出し、げんなりと顔をくもらせた。

「香炉もですか……。あの、緑の液体が入った大釜も？」

「当然すべてだよ。ちなみに大釜ではないからね、『聖なる源泉・太古に創造された海たる大釜《コルドロン》』だ。あれがリズには最も重要でね、大釜のためにすべてのハーブがあると言っても過言ではない」

「え、聖なる……何ですって？」

「聖なる源泉・太古に創造された海たる大釜《コルドロン》だ。あれは精霊に関するものだからね、リズのこだわりと思い入れが強いんだ。あの子は気にしていないようにみせても、ただの大釜扱いされると気を悪くする。だから覚えておくといい」

ロデリックは頭のなかに書きつけながら、ふと疑問に感じたことを口にした。

「子爵、お聞きしたいのですが。以前、悪魔を撃退する臭いに耐えて、悪魔でないと証明できれば彼女は心を開くとおっしゃっていましたよね。ぼくは見事に耐えたのですが…」

話の途中にもかかわらず、子爵は鼻をふんと鳴らして、一笑に付した。

「甘いな。きみがリズの前で耐えたのは、ただの一度きりだろう。まったく話にならない。それで済めば、うちの屋敷の小間使いたちは皆、いまごろリズに大いに懐かれているよ。いいかい、いま現在リズが心を開いている小間使いは、たったひとりだけだ」

ロデリックは涼しげな顔をしているが、内心穏やかではない。絶句している。

「きみ、リズが香炉を焚いているときを見計らって近づくんだ。回数をこなせば、そのうちあの子の態度も変わる。あの子は悪魔に対して相当疑り深いんだよ。懐かれたいのなら平気なさまを見せつけるしかない。残り香ではなく、けむりがあるうちに。いいね？」

青ざめたロデリックは、めまいを覚えて、片手で両目をぴしゃりと覆った。

「回数をこなすとは…………どれほど耐えればいいのでしょうか……」

「それはリズ次第だね。私は三回だったが、執事のアーウェルは十九回、小間使いは二十五回だったと記憶している」

愕然としながら力なく手を下ろした彼は、「うそでしょう……？」とつぶやいた。

リズベスが見る世界は暗黒だ。すべてが黒ずんで見えていた。三年前の、あの日から。

濃密な黒はどろりと波打ち、あらゆるものを染め上げる。その闇に輝くのは銀の目だ。ぎらりと光を反射する。どこに悪魔がひそんでいるのかわからない。すべての人が悪魔に見える。特に男に関しては、もれなく黒い翼を持っている。油断してはだめなのだ。精霊が汚される。白き羽が黒になってしまう。

ここは闇が深くて身動きできない。ハーブがなくて、守護の願いが叶わない。サシェが作れないから部屋から一歩も出られない。アマゾネスの物語が書けないから不安は消えない。イフゲネイアはまぼろしだ。勇敢な心はまぼろしだ。悪しき皇帝ヴァイオス＝テオドロスの高笑いが聞こえる……

リズベスは宛てがわれた寝室で、今日も毛布をかぶってぶるぶる震えていた。怖くてたまらず動けない。とびらの向こう側には、悪魔ばかりか、無表情な吸血鬼と、配下の蝙蝠たちがたむろしているのだ。その上、毎夜彼がやってくる。黒き闇の向こうから。宝石みたいな銀の瞳に覗かれる。どきどきする。キスされる。魅せられる。自分が自分でなくなって、変化する。求めてしまう。それが、怖い。彼が怖い。

長いまつげを伏せて眠る彼は、悪魔ではなく人ではないかと錯覚する。意を決して触れればあたたかい。朝、目覚めた彼にくちづけされれば、心地が良くて好きだと感じる。

でも、彼は夜だ。闇だ。悪夢をもたらす悪魔だ。

どんなに笑顔がうつくしくても、たとえどんなに、やさしくても。


内気すぎるリズベスが、ベッドの上で毛布をかぶっていると、だしぬけにロデリックが奥のとびらからやってきた。彼は、夫の権利と言って予告なく登場するから、常に彼女をびっくりさせる。怯えて遠ざかろうとにじり下がれば、彼の腕に囲われる。目をまるくすれば、やさしげなほほえみが返された。逃げ道はなさそうだ。

「リズ、きみに見せたいものがあるんだ」

何を企んでいるのだろうと、リズベスは眉をひそめた。

「きっと喜んでくれると思う。自信があるんだ。行こう?」

どこへ連れて行こうというのか。有無を言わさず、彼に抱え上げられる。彼はやわらかな物腰でも、いつだって少し強引だ。

廊下に出ると、黒き小間使いたちと立て続けにすれ違い、蝙蝠がばさばさと羽ばたくさまがよぎって、たちまち怖くなる。息をつめ、思わず彼の上着を握りしめれば、気づいた彼に頭を撫でられ、リズベスはぴしりと石のように固まった。けれど、何とも言えない甘酸っぱい思いがせり上がり、胸がぎゅうと締めつけられる。彼が歩くたびに伝わる振動に居たたまれなくなり、動悸が激しさを増していく。

しばらく進むと、角の部屋に行き当たった。立ち止まった彼は、「ここだよ」と耳もとでささやく。彼の腕から丁寧に床に下ろされ、じゅうたんに足がついたところで、リズベスは彼を見上げる。すると、銀色の瞳が細まった。

「リズ、ドアを開けてみて」

恐る恐る目をすがめて、少しだけ開いたとびらの隙間からなかを覗きこむ。途端、リズベスの瞳が輝き、顔がぱっと華やいだ。子爵邸にあるはずの、恋しい必需品が完璧に配置されている。ハーブも、作業台も、祭壇《オールター》も、香炉も、そして聖なる源泉・太古に創造された海たる大釜《コルドロン》も置かれている。天井を覆っていた布も、アマゾネスの物語を入れていた木箱だってある。あまりのうれしさに、ひざが震えて、立っているのが精一杯になった。みるみるうちに視界がにじんで、頬に熱いものが滴った。

きゅっと唇を引き結んでいると、にっこり笑う彼に顔を覗かれる。

「リズ、うれしい？」

ポケットからハンカチを取り出した彼は、リズベスの涙に、そっとそれをすべらせた。

「この部屋はリズのものだよ。きみだけの部屋。だから、誰も来ない。……ううん、ぼくはきみの夫だから来てしまうけど、いいよね？」

感極まって部屋を見回しながら、リズベスは呆然としたままうなずいた。

「でも約束。きみが眠るのはここじゃない。寝室だよ。ぼくたちは夫婦だから一緒に眠るんだ。もしここできみが寝たとしても寝室に連れて行くからね。わかった？」

リズベスがもう一度うなずきで応えれば、彼も「うん」と首を動かした。

「ねえリズ、ぼくはきみにこの部屋をプレゼントしたね。だから、ぼくもきみから何かをもらいたいな」

たちまち眉を上げて目を大きくした彼女に、ロデリックは言い足した。

「頬にキスでいいよ。それでぼくは幸せだから。……して？」

屈んだ彼の顔が近づくから、リズベスはまごまごした。けれど、意を決してぎゅっと目を閉じると、すべらかな頬に思いきり口をすぼめて押しつける。

恥ずかしくなったリズベスは、急いで部屋のなかに駆けこんで、警戒する猫さながら、祭壇の後ろに隠れて彼を窺った。

「キスをありがとう、リズ。うれしい。ぼくは書斎に行くよ。あとで迎えに来るからね」

ロデリックによってとびらが閉められると、リズベスは、どっさりと積み上がるハーブにぼふりと身を横たえた。顔が、とても熱かった。

それからというもの、ハーブに勇気づけられたリズベスは、ようやくまともに食事をとれるようになっていた。なんとかがんばり、ロデリックと向き合っても震えることが少なくなった。というのも、カレートゥリーとアサフェティダを香炉に入れて悪魔祓いをしていると、見計らったようになぜか必ずロデリックがやってきて、臭いをものともせずに、余裕をみせてキスを仕掛けてくるからだ。逃げを打っても、抵抗むなしくがっしり広い胸に抱《いだ》かれる。リズベスは、彼は悪魔なのにどうして平気なのだろうと思ったけれど、少しずつ、だが着実に、夫ロデリックに慣れていった。

ハーブのある部屋でのキスは、唇の表面同士をふにふにつける軽いものだけれど、寝室で施されるキスは、結婚して初めて受けた、口のなかを探られる長く深いたぐいのキスだった。リズベスは、それを仕掛けられるたび、息つぎがうまくできずあわや窒息寸前まで陥ることも多々あった。そういうときは、これは悪魔のなせる業《わざ》なのだと彼女はひとりで納得した。

二週間ほど経ったある日のことだ。毎夜、リズベスの寝室にやってきて、ベッドにしのびこみ、彼女を抱きしめて眠っていたロデリックだが、今夜はいつもと趣《おもむき》を変えることにしたようだ。彼はうつらうつらしているリズベスを抱き起こした。

「リズ、またあのハーブティを飲んだの？　ふらふらだよ？」

彼の言う通り、リズベスは毎晩カモミールとリンデン、ネトル、マロウを調合した、眠りを誘うハーブティを飲んでいる。気を張り続けているため、飲まないと眠れないのだ。

ロデリックは、彼女の金茶色の髪に顔を近づけ、ふわりと唇を押し当てた。

「また、ぼくにいたずらされちゃうね……」

リズベスは、意味がわからず、長いまつげをふさふさと動かした。

「……ねえリズ。ぼくの言葉を覚えているかな？　夫婦がどういうものか教えてあげるって言ったよね。あれ、今夜からはじめたいんだ。リズが初夜みたいに、叫ばなくていいようにするから……ね、いいよね……うなずいて？」

言われるがまま、リズベスは「うん」とうなずいた。そのままかくんと首を落とす。もう、眠すぎて彼の言葉がうまく拾えない。

「ありがとう。大好きだよ、リズ」

彼の形の良い唇が、綺麗に弧を描き、リズベスの唇に運ばれる。ぷちゅりと重なった。

「夫婦はね、夜は肌を重ねるものなんだ。だから、今日から裸で寝よう？　脱がせるね」

ロデリックの手がリズベスにのび、化粧着のリボンをゆっくり解いた。

「三年、待ったよ。……もう限界」

この二週間、リズベスを毎晩腕に囲い続けていたロデリックは知っていた。ハーブティを飲んだ日の彼女は眠りが深くなり、朝になるまで目覚めないのだ。

ロデリックは一週間前から、寝入った彼女に淫らに触れていた。きっかけは、もぞもぞと寝返りを打つリズベスの胸がはだけたことだ。触れて、舐めて堪能し、けれど胸だけでは飽き足らず、脚を開かせ、秘密の箇所に顔をうずめて愛撫した。そのとき知ったのが、ぬるぬるとした液が泉のように湧くことと、リズベスも自分と同じく達《い》くことだ。反応した彼女は甘い息を漏らして激しく喘いでいたけれど、最後まで目を開けることはなく朝を迎えた。それからは起きないと確信し、毎晩リズベスを乱れさせてはいたずらをしている。

とはいえロデリックは、初夜に思いきり叫ばれたことがトラウマになっていた。またあんなふうに拒絶されたらと思うと、心臓がきしみを上げて痛くなる。だから、寝ているあいだにいたずらと称して、密かに触れるだけだった。しかしながら彼は若く、精力みなぎる青年だ。三年前に極上の快楽を知ってしまった彼は、彼女の傍で平常心ではいられない。ちょうど今日は、彼女の部屋のおぞましい悪臭に耐えて、十回目の節目に当たる日でもある。臭いをこらえてキスをしながら、彼はこの夜のことを固く決意したのだ。

そう、彼は一見貴公子然としていて、実際、リズベスに対しては穏やかな人間だが、何らかの褒美がなければ紳士でいられないほど、ぎりぎりまで追い詰められていた。

リズベスから薄い化粧着をすべり落とすと、真珠のような光をまとう肌が現れた。眠る彼女の目は閉じられて、艶を帯びた長い金茶色の髪は白い肩に流れ落ち、毛先は成長を見せた胸をつついている。

ロデリックは情欲に濡れた瞳でその膨らみを凝視した。あのころよりも確かに大きくなって艶めかしいが、初々しく壊れそうな儚さも持っている。彼は腰の奥底で、どろりとした熱が渦巻き、じわじわとせり上がってくるのを感じた。

「……リズ、好きだよ。愛らしいきみがずっと大好きだった」

少し開いた彼女のやわらかな唇に唇を合わせて、身体を倒し、そのままベッドに横たえる。なかに舌を差し入れてむさぼれば、ハーブとはちみつが混ざり合うような味がした。

彼は自身のガウンのひもを解き、しなやかな身体をあらわにすると、彼女にぴたりと押し当てる。そのきめ細やかな白肌を、肌をすり合わせて味わいながら、えも言われぬやわらかさとぬくもりに、とぎれとぎれに息をつく。すでに彼の欲望は硬くなっていて、そそり立つ先端は濡れていた。

もう一度唇にくちづけて、顎、首すじ、鎖骨にもキスをする。舌を這わせて徐々に下り、胸にたどり着く。じゅっと白肌を吸えば、赤い花が綺麗に咲いた。ひどく満足した彼は、続けていくつも己の跡を残していく。

――ぼくのもの。

ロデリックの愛撫に応えるように、リズベスの胸の先はつんと張りつめて主張する。雪の上に咲く花びらのような薄桃色の乳頭を、彼は赤い舌で堪能した。肉厚の舌の動きに合わせて、小さな粒がふにふにと刺激され、やわらかさを失い、硬くしこった。

彼は尖った粒に吸いつき、舌先で転がした。片方の乳首を指のあいだに挟んでゆっくり揉みながら、もう一方を甘噛みする。それは、薄桃色が熟れるまで続けられた。

「……あ」

彼女の甘い喘ぎに、ロデリックの背すじを何かが這い上がる。

リズベスは、再会してからほとんど声を出さないが、眠っているいま、快感を得れば、素直に声で表してくれる。それが、聞きたい。声をずっと聞いていたい。

もっと、もっと、とねだるように、ちゅうと音を立てて吸いつき、乳首をいじめる。そのあいだに、彼はなめらかな太ももを楽しみ、するりと撫であげ、奥の秘めたあわいに指をしのばせた。ぬるりとした粘液に、彼はうっとりと微笑する。

「リズ、ここ。気持ちよくなろうね……一緒に」

ロデリックはリズベスにキスを降らせながら、徐々に下に身をすべらせる。これ以上開けないくらいに脚を開かせて、じっと彼女の繊細な、それでいて淫靡な花びらを見つめた。薄い薔薇色の花に、蜜のような液がろうそくの灯りに照らされて、きらきらと輝いた。

太ももを抱えて脚のあいだに顔を寄せ、花びらに舌を入れれば、潮の香りに似た濃密な匂いが立ちこめる。それはますます彼を猛らせた。下から上へ、ぴちゃぴちゃと襞をなぞりあげ、あたたかな液体を啜り、普段は秘された粘膜を存分に舐めまわして味わう。秘裂の上の蕾にはとりわけ執着した。唇に含んで吸いつき、尖らせた舌で転がせば、びくんとはねたリズベスが可憐な胸を突き出して、甘やかに叫んだ。

ロデリックは舌で包むものをさらにむさぼり、容赦なく刺激する。指を膣に挿入し、快感の芽の裏側をじくじくと押して追い詰める。それらは、この一週間で彼女の快い反応を見ながら学習したことだ。

彼女の液が、とろりと手を伝い、しずくとなってこぼれる。

彼は、リズベスの痙攣を感じて愉悦を覚えた。

あと、少し……

さらに舌先に力をこめて、彼女の尖りを激しく愛撫する。

「あ！　……っあ、あ」

リズベスは艶めかしく腰を上下させ、背を弓なりに反らして、足をぴんとつっぱった。とめどなく溢れる愛液に、彼は彼女が達したのだと理解した。彼は毎夜、彼女から噴き出るこの液を啜るまでは手を休めない。

いつもはこれで終わらせるけれど、今夜の彼はやめる気はなかった。

身を起こして彼女を見下ろせば、まぶたを閉じてはいるものの、官能の熱で頬が桜色に染まっている。半開きの唇はむさぼりたくなるほど扇情的で、荒い息で揺れる胸にも狂おしいほどそそられる。彼女の何もかもが、彼を惹きつけ、昂《たかぶ》らせてやまない。

「リズ……」

彼は欲望の根もとに手を添えて、リズベスの濡れそぼつ入口にあてがった。どれほどこの瞬間に焦がれ続けてきただろう。彼女のそこは、過去、ロデリックを受け入れてから誰も侵入したことがないとひと目でわかるほど、ぴたりと閉じられていた。

濡れる先端に、さらにくちゅくちゅと彼女の液をまとわせる。ふたりの体液が混じり合うさまに、彼はこの上なく興奮した。ただでさえ膨らみきった猛りが、さらに嵩《かさ》を増したような気がした。

「入れるね」

先をぐっとめりこませれば、リズベスは、三年前と同じく驚くほどの狭さで、みちみちと彼を締めつける。瞬間、強烈な快感がロデリックを貫いた。

「あ……リズ……。……っ」

ゆっくり、ゆっくり、腹の底から息をして、奥を目指して腰を進める。彼の額には玉の汗が浮き、こめかみを伝ってぽたりと彼女に落ちていく。彼女の細い腰をつかむ手は、あまりの喜悦に震えていた。

一方、リズベスの表情は苦悶に満ちていた。だが、ロデリックは彼女としか経験を持たないため、快感をふたりで共有していると信じて疑わない。いまも、昔も。

「気持ち、いいね……リズ」

しかしながら前回とは違い、リズベスは挿入前に快楽で濡れていた。彼の先走りと混ざり合うことでなめらかになっていて、ほどなくロデリックの先とリズベスの奥がぴたりと合わさった。

「……っ、すごい……」

やわらかくあたたかな肉の襞に包まれて、少し動いただけでも達しそうな気配に、彼は目を閉じた。深呼吸をくり返し、官能を落ち着ける。感覚だけでも身体をしびれさせるほどの刺激があるのに、視覚的にも壮絶だった。無垢な少女に根もとまで深々と刺さる欲情しきった太い楔《くさび》は、卑猥すぎる光景だ。七年も愛し続けた彼女は、いわば彼の天使でありおひめさま。そのリズベスを己が汚している背徳感が身を焼いた。

「ぼくの……リズ。ぼくのもの。……は」

たちまち劣情に支配され、ロデリックは本能のおもむくままに動き出す。

リズベスの奥深くを蹂躙《じゅうりん》し、浅いところまで引き戻し、間《ま》を置かずに突き入れる。ぐちゅぐちゅと淫猥な音がさらに彼を煽り立て、行為に没頭させる。律動するたび湧きあがる凶暴な三年分の欲望を彼は抑えることができないでいた――否、抑えようとはしなかった。

部屋は、彼の荒い息づかいとベッドがぎしぎしきしむ音、彼女の吐息に満ちている。

やがてロデリックは、獣のようなうめき声をあげて、リズベスのなかに吐精した。

だが彼は、たとえ萎《な》えてもまだまだ彼女がほしくて足りなくて、やめる気などみじんもない。三年前もそうだった。もっと繋がりたくて、ひとつになりたくて、共に高みに昇りたくて、彼女を離さなかった。彼はしばらくとまって、再び力を硬くみなぎらせると、ゆ

るゆると彼女をゆさぶり抽送をはじめた。

はあ、はあ、と荒い息の合間に、眠る彼女に語りかける。

「リズ、ぼくは……どうしようもなく、愛しているよ。…………きみは？」


朝、リズベスは、あたたかな重みと、ずくずく身体の奥を突く官能にさいなまれ、引きずられるように目を開けた。そして、瞠目するはめになる。ベッドの上で、裸のロデリックが上に被さり、リズベスの両胸を卑猥につかんで、先をちゅくちゅく吸っていたからだ。びくりと身体をこわばらせると、気づいた彼が朝日にきらめく銀の瞳をこちらに向けた。

「リズ、おはよう」

陽に負けないまぶしい笑みだった。なぜか汗まみれの彼は、ゆっくりと艶っぽく、濡れた黒髪をかきあげた。放たれるこの強烈な色気は、まさに魔性の証だろう。

やはり怖いと思うけれど、でも、彼にいじられる胸の先が気持ちよくて、たちまち恐れが泡と消える。

彼はリズベスを見つめながら舌で尖りを転がすと、猫のように目を細めてささやいた。

「ぼくのかわいい奥さんから、おはようを返してもらえないなんて悲しいな」

昨日までは、ただ静かに抱きしめられていただけなのに、今朝の彼は明らかに変化をみせている。リズベスは、与えられる快楽に酔い、そのなかでわけがわからず混乱した。とりあえず挨拶は返すべきだろうと、唇を開く。

「………おは、よう……」

「ありがとう。ねえ、リズ。まだぼくが怖い？」

一瞬、うなずきかけたリズベスだったが、いまだに続く淫靡な刺激にさいなまれながらも考えた。当然、怖い。彼は闇の悪魔だ。でも、侯爵邸で一緒にいても平気なのは彼だけだ。彼がいないとさみしく思う。それに、結婚したいま、彼はリズベスの夫だ。

リズベスはひとしきり悩み、結果、怖がらないようがんばろうと心に決めた。

五分後、リズベスが首を横に振って応えると、彼は「返事が遅いよ」と言って笑った。

「今日はね、きみを遺跡に連れて行きたいと思ってる。だからね、外に出よう？」

リズベスはぴしりと固まった。外は、怖い。きっと、何かが起きてしまうから。

「きみと一緒にあの景色が見たいんだ。いまの季節は風が気持ちよくて綺麗だよ。それにね、人がいる場所を避けるから怖くない。ね？　ぼくたちふたりだけ」

リズベスは遺跡が好きだ。けれど……

「行こう？　ずっとぼくが守るから。ね、決まり。朝食後に出発するよ」

強引な彼の決定に、リズベスは目を白黒させた。

「ぼくの趣味になるけれど、きみに乗馬服を作ってあるんだ。似合うと思って、半年前に遊学先で買っていたんだよ。ほら、リズ」

ロデリックに身体を起こされると、めまいを覚えてやけに気だるいような気がした。おまけに、下腹部からどろどろと何かが溢れ出てきて、リズベスは鋭く息を吸いこんだ。

まったくわけがわからずに、けれど、はたと気がついた。自分の股間部分が全体的に濡れてべとべとだ。シーツが湿り気を帯びている。いや、びしょびしょだ。さっと青ざめた彼女は毛布をたぐり寄せ、頭から被ってまるまった。

「え？　リズ、いきなりどうしたの？　……どうして隠れるの？　ね、リズ」

上のほうから彼の声がする。毛布ごと抱きしめられているのも感じる。

構わないでほしかった。こんなこと、八歳以来初めてだ。十六歳にもなって、信じられない、おぞましい出来事だ。恥ずかしくて、くやしくて、リズベスはぐすぐすと涙をこぼした。消えてしまいたくなった。こんな自分は、いなくなればいい。

「ねえ、リズ。もしかして、怒っているの？」

心配そうな彼の声に、リズベスは何のことだかわからず、すんと洟を啜った。

「わたし…………ごめんなさい」

消え入りそうなかすれ声が出た。

「ん？　どうしてきみが謝るの？」

「だって……わたし、…………してしまったの」

「ん？　何をしたって？」

言いたくないけれど、彼は頑として動かない様子だから、言わねばならない。

「…………粗相を、してしまったの……」

「え？　――ああ。リズ、違うんだ」

いきなり毛布を奪われて、リズベスの裸が彼に晒される。リズベスは、りんごのように真っ赤になって、ぶるぶると身体を震わせた。濡れたシーツを誰にも見られたくないのに。

「……見ないで……」

「違うよ、きみは粗相なんてしていない」

彼は、頬をわずかに染めて、首を傾げてはにかんだ。

「どうしてきみは、こんなにも、ぼくを夢中にさせるんだろう」

彼はそのままリズベスを抱き上げた。

「困ったな、いっぱいしたのに、またしたくなっちゃった。……ねえリズ、濡れているのはね、夫婦の営みのせいなんだ。だから、きみのおしっこなんかじゃないんだよ」

「やめて！　おしっこだなんて、言わないで！」

リズベスは、彼のひざの上で目をむいた。その物言いは、図らずもかつての彼女のもので、刹那、目をうるませた彼は、リズベスの頬を手で包み、その唇にやさしくキスをした。

リズベスは、ロデリックを怖がらないためにも、彼のよいところをたくさん見つけようと考えた。

まずは……ロデリックはやさしい。毎朝キスをしてリズベスを起こしてくれる彼は、目覚めてすぐに水差しから水を入れて渡してくれる。服を着るときは、リズベスがリボン結びが下手くそなのを知っているのか、さりげなくリボンを綺麗な蝶《ちょう》結びにしてくれる。髪を梳き、本を手本に結い上げて、服に合わせた色のリボンで、素敵に飾ってくれる。部屋から出るときには、リズベスの動きに合わせて、流れるようにとびらを開いてくれる。歩調を合わせて歩いてくれる。食事の際は、朝食室までエスコートしてくれるから、たとえ吸血鬼や蝙蝠たちに出くわそうとも、怖さはやわらいだ。テーブルにつく際には、椅子を引いて座らせてくれて、運ばれた料理もお皿に少量ずつ綺麗に取り分けてくれる。食後は、黒き給仕からコーヒーもしくは紅茶を受け取り、リズベスのもとに運んでくれる。兎にも角にもリズベスに人を近づけないよう配慮して、遠ざけてくれている。まさに至れりつくせりだ。

リズベスは、ロデリックの横顔を見つめる。まずはまつげの長さを思い知る。宝石みたいな銀の瞳を、黒い髪と眉、それからまつげが引き立てている。額、鼻梁、唇、顎の優美な輪郭は、惚れぼれするほど綺麗で見惚れる。彼は整いすぎている。同時に、少し落ちこんだ。彼は容姿も所作も、非の打ちどころがなく完璧な人だから、自分の不完全さを思い知らされるのだ。リズベスは欠点だらけだ。片や、彼には欠点はない。強いて言えば、朝に現れる寝ぐせがそうなのかもしれない。が、そんなものはかわいいだけで、すぐに長所になりかわる。自分には、あまりにも不釣り合いな存在だ。けれどなぜか夫婦なのだから、この世は不思議と神秘に満ちている。

見られていることに気づいたのだろう。ふいに彼の顔がこちらを向いた。

「ん、リズ、どうしたの?」

リズベスは、ぷいと咄嗟に顔を背けてしまう。笑顔の彼が、あまりにもまぶしかったから。とくとくと、胸の高鳴りがおさまらない。

彼がリズベスにくれた乗馬服は、ラピスラズリのような色味で、とてもうつくしいものだった。青い生地から計算されつくした白いレースが覗いて、一見クールでも、ほのかに甘みが加えられている。そこに、子どもっぽい容姿のリズベスが加われば、何とも言えない絶妙なさじ加減で、気品をまとう娘が生まれるだろう。つまり、たとえリズベスでもさまになるのだ。彼の服を選ぶセンスは抜群だ。彼自身のまとう黒い乗馬服も、彼の魅力を思う存分引き立てて、たとえ黒々として禍々しく、闇を感じられても素敵なのだ。

ロデリックがリズベスに揃いの青い帽子を被せてくれて、綺麗にリボンを結んでくれたから、彼女はまた彼のいいところを見つけた。

「そろそろ行こうか」

しなやかな体軀の彼は、一見すらりとして見えても力がある。贅肉はなく、あるのはほどよく鍛えられた筋肉だ。リズベスを軽々抱き上げ、黒い馬に乗せると、彼は颯爽《さっそう》と後ろに跨がり、走らせる。

蹄鉄の音が響くなか、風が後ろへ駆けていく。いつもさわやかな彼は、まるで黒き風だと思う。ハーブの部屋でも、寝室でも、彼は神出鬼没だ。暇なのかと思えば、侯爵家の多岐にわたる責務を果たしているようだった。勉強だって続けている。一度、彼の寝室に連れて行かれたことがあったけれど、さまざまなむずかしい本がうずたかく積まれていて驚いた。彼は常に努力して、しっかり結果を出している。日々、そつなく業務をこなし、リズベスのおまじないのときにも顔を出す。そしてけむりのなかでキスをして、風のように去っていく。不思議な人だ。

「どうしたの？　さっきからぼうっとしているね」

そんなことを考えているうちに、いつの間にか遺跡にたどり着いていた。

「怖くないでしょう？」

リズベスの顔を覗きこむ彼の顔がほころんだ。形のいい手がのびてくる。その手に従いたいと思わせる動きだ。少し筋ばって、異性を感じさせる大きな手。

「ほら、リズおいで」

うなずけば、先に馬から下りていた彼が完璧なエスコートで下ろしてくれた。深呼吸をひとつする。鼻腔を抜ける空気がおいしくて、もう一度。

そうしていると、笑みをたたえたロデリックに手を引かれ、風化がみられる塀の傍まで連れて行かれた。彼はそのまま腰を下ろすと、リズベスを脚のあいだに座らせる。すぐにおなかに手が回されて、背中に彼のぬくもりを感じた。

見えた景色は懐かしくて、すばらしかった。アーチ状に積み上げられたレンガの向こうに見えるのは、緑が茂るなだらかな丘陵地に、古い塔。リズベスたちが住んでいる貴族が集まる地区があり、川が流れている。奥にあるのは新市街だ。ぐるりと見回せば、ぽつぽつと立つ昔の城、絶対に迷うと恐れられている深い森、そして、空を映した湖がある。

世界が、広い。

「伝記によると、ここにはかつて小さな国があり、城があったんだ。ぼくたちと同じように王もこうして景色を眺めていたんだと思う。でも、敵に攻められ国は滅びて、もとから存在しなかったように、時とともに人々の記憶から消えていったんだ。歴史は戦いのくり返し。勝者が作り上げている。でも人が争おうと、どうなろうと、変わらずこの地はあるんだよ。人は数十年しか生きられないけれど、その短いなかで前の世代を引き継ぎ、もしくは破棄し、時には戦い、または守って脈々と次代に繋げている。それはいまのぼくとリズも一緒。ぼくたちも歴史の一部で、ぼくたちを通して、未来に繋がるんだ」

おなかにある彼の腕の力が、ぎゅうと強まった。

「ぼくたちのあいだに生まれる息子や娘がおとなになって、将来、子をなして、またその子どもが親となり、ずっと続いていくんだ。つまり、ぼくたちの血はひとつになり、ずっと生き続けていくんだよ。ぼくたちは離れない。たとえ国が変わっても、永遠にね」

リズベスの首すじに、彼がそっとくちづける。

「そう思えば思うほど、ぼくはきみとの出会いをかけがえのないものだと思い知るよ。きみに出会えなければ、ぼくはただ義務のために交わり、子をなさなければならなかった。だから、きみとの行為は尊いし、すばらしい。ずっと繋がっていたいと思うんだ」

首にしっとりと舌が這い、くすぐったいけれど、嫌ではなかったからじっとしていた。

「リズ、あそこを見て」

彼の指差すほうを見れば、整然とした緑が見えた。

「あれ、きみのお父上の新たなぶどう畑だよ」

「……お父さまの」

「うん。エイトキン卿から領地を買ったって。子爵の手腕には惚れぼれするよ。その彼のひとり娘が、ぼくの愛する人で妻だ。ねえリズ、だからね、ぼくたちの息子のひとりが彼の跡を継ぐんだよ。優秀な子爵のもとに預けて、傍で学ばせたいと思っているんだ」

——早く次代を作って、彼をリズから離さないとね……

最後の言葉がよく聞こえなくて、振り返れば、彼の端整な顔が近づき、リズベスの唇にやわらかなものがくっついた。そのくちづけはすかさず深くなる。

抱きかかえられ、彼と向かい合うと、陽を浴びた彼の瞳に自身の顔が映りこむ。

「リズ。あれをしようか」

彼が、少しいじわるく笑う。

「あ」

いつかのように、ボタンを外して服の前をくつろげられて、ふるりとまろびでた胸の先をくにくにと遊ばれる。ぞわりと下腹の奥深くがざわめいた。

「懐かしいよね。この地で、きみにこうして触れたんだ。そのぼくが……きみの夫」

彼の口が、リズベスの胸の尖りをほおばった。ちゅく、ちゅくと音がする。

もっと触ってほしくて、いっぱいしてほしくて、リズベスは胸を突き出した。

「かわいい、リズ。少しずつでいいから……ぼくに慣れて。いっぱい感じて」

快さにのどを反らせば、果てしなく広い、青く澄んだ空が見えた。

リズベスは、そういえば自分は空が好きだったなと思った。


その日から本格的に、リズベスによるロデリックのよいところ探しがはじまった。

柱の陰から覗き見ていると、いままで彼から目をそらしていた分、たくさんのよい一面が見えてくる。どきどきするし、やさしくされるたびに感謝の気持ちが降り積もる。

彼は、頃合いを見計っているように、一緒にいたがってくれたから、よいところ探しはずいぶんはかどって、さらに隠れた彼を発見できた。彼はまじめだ。そして、やっぱり頭がいい。おまけに合理的。けれど、やさしい。ひと言で表せば、すばらしい。

ロデリックが図書室に向かうときは、必ずリズベスを連れて行ってくれる。彼が調べものをしていたり、勉強しているあいだ、彼女は手当たり次第に本を読みふける。外国の本の場合は、文字はまったく読めないけれど、描かれている絵を楽しんだし、アマゾネス物語に役立ちそうな戦術を勉強したりした。つまり充実したひとときだ。

リズベスがハーブの部屋にこもっていると、入室した彼がベッドに寝そべり、本を読んでいることもある。とりわけ彼は、聖なる源泉・太古に創造された海たる大釜《コルドロン》の中身に興味を持っているようだった。祭壇《オールター》に、ペンタクルやルーン文字も知りたがる。いつもの習慣で、カレートゥリーとアサフェティダを香炉で燃やしていると、「それは何？」と聞かれたので教えてあげた。

晴れた夜は、彼はテラスに誘ってくれて、「上を見て」という言葉に従い仰げば、そこは満天の星だ。リズベスは、長いあいだ星を忘れていたことに気がついた。一体自分は、何をしていたのだろう。そんな思いでうつむくと、彼はリズベスの顎を持ち上げ、星を指差し、星座の成り立ちの物語を説明してくれた。闇夜に浮かぶ瞬く星はとても綺麗で、夜空を素直に好きだと思えた。気づけば夜も、闇も、怖くなくなっていた。

日々を重ねるうちに、リズベスは彼のよいところを探さなくなった。探さなくても溢れていて、すぐに見つけられるからだ。それにともない、アマゾネスの物語を書けなくなっていた。もう、悪しき皇帝ヴァイオス＝テオドロスを憎いなどと思えなかった。女王イフゲネイアはなりをひそめるどころか、いまやリズベスは、物語を書いたことを、恥ずかしいと思うようになっていた。彼に申し訳なくて、消えてなくなりたくなるほどに。

白い羽は白いまま、黒には染まらない。悪魔の彼は、ただただやさしいだけだった。はちみつ色の髪の勇敢なイフゲネイアは、肉づきのよい馬から地に下り、白鳥の羽があしらわれた兜と半月型の盾を捨て、無骨な長槍を手放した。残されたのは、ただのちっぽけで、愚かな臆病者の娘だ。


「きみ、わかっているのかな。私は怒っているんだよ」

ロデリックが子爵邸を訪ねると、腕を組んだ子爵がしかめ面で言い放つ。「程度はどれほどですか」と問えば、「激怒だ」とぴしゃりと返される。

長椅子に座る子爵は、言葉通りにいらいらしているのだろう、雑に額に手を当てた。彼は最愛の娘と二か月会えていないため、禁断症状が出ているようだ。娘のリズベスにはとうに症状が出ており、時々父や家を恋しがってぐずるから、ロデリックはそのつどなだめるのに苦労している。困ったことに、この父娘はこれまで片時も離れた経験を持たないため、親離れ子離れがまったくできていないのだ。

ロデリックはさっそく持参した包みを開けて、リズベスから渡されたサシェと、ごわごわした麻の布で包まれたものを取り出した。それは貴族にふさわしくない、不恰好なものだった。

「ロデリックくん、毎週荷物を届けてくれるのはありがたいが、それはリズからだよね。どうしてリズではなくきみひとりでここに来るのかな。連れて来るべきだよね」

「ぼくはリズの夫ですから、ぼくが届けるのは当然です。リズはいま、侯爵家のしきたりを学んでいて忙しいので……郷に入れば郷に従えと言うでしょう？　ぼくの家は少々堅苦しい決まりがあるものですから、時間がかかっているのです」

それはうそだ。侯爵邸ではロデリックが矢面に立つため、リズベスは誰からも干渉されずにのびのびしている。彼は「結婚後、妻は一年間実家に帰ってはいけない決まりがあるんだよ。がんばろうね」と、彼女にうそを教えて励ましていた。今日もサシェを届けたがるリズベスをなんとか言いくるめてここに来たのだ。彼女を子爵邸に連れて来ようものなら、帰らないと言いはじめるのは火を見るより明らかだ。

そう、ロデリックは、彼女が自身の子をおなかに宿すまで油断できないと考えている。彼女の心を占める割合が、子爵よりも自分のほうが大きくなるまではだめなのだ。

「ところで子爵、折り入ってご相談があるのですが」

ロデリックは「何？」と問う子爵に、ごわつく布とサシェを手渡しながら切り出した。

「結婚して二か月経つのですが……リズはまだ心を開いてくれていない気がするのです」

小ばかにしたように鼻で笑った子爵は、上着からスナッフボックスを取り出して、嗅ぎたばこをつまんで鼻腔に近づけると、ロデリックをにらみつけた。

「きみ、教えたのに怠けているわけじゃないよね？　どれほどリズの焚く香に耐えたの」

「五十一回です」

聞くなり唖然とした子爵は、しゃれた銀の小箱を取り落としそうになった。

「それはまた……すごい回数だね。こう言っては何だが、別居を考えるべきではないかな」

「まさか。別居など、たとえ戦火にまみれても、国が滅びてもありえません。ぼくは、嫌われていない自信があります。ただ、心を開いてくれていない気がするだけです」

子爵は後ろに控える老執事にコーヒーをふたつ申しつけ、ロデリックに向き直る。

「で、きみは悩んでいるというわけだ。ところで、どうしてリズが心を開いていないと思うのかな。あの子に逃げられたり避けられたりしているわけではないだろう？」

ロデリックは内心どきりとせずにはいられない。この一か月ほど、リズベスがやたらにロデリックを避けるのだ。柱の陰から見られたり、視線は合うのに、いざ話しかけると毛布に隠れたりハーブの部屋に逃げこんだり、しどろもどろになったり、わけがわからない。嫌われたかと思いきや、傍にぴたりとくっついているときもある。キスはできたり、できなかったりだ。これまでになかった状態で、対処法がわからない。

「その……リズが何を考えているのかわからないんです。三年前まではすべて教えてくれていたのですが、いまはさっぱり……」

「は。きみ、リズが何を考えているのか知りたいというの？　それは傲慢《ごうまん》じゃないかな」

「でも、彼女は口数が少ないですし、塞ぎこんでいるときもあります。侯爵邸で頼れるのは夫であるぼくだけですから、心配で……力になりたいと思うんです」

ロデリックは知っている。子爵は、リズベスのための行動に対して、とても協力的であることを。案の定、いま子爵は身を乗り出してまで親身になってくれている。

「うん、そうだね。こんなことを言うべきではないし、あまり気は進まないが。リズはね、三年前から紙に何かをしたためているようなんだよ。彼女に頼まれて紙を大量に用意したからね。私は日記ではないかと踏んでいるが……悪魔を恐れる理由が書かれているかもしれないね。きみに関することも書いてあるかもしれない。きみのところにリズの荷物がすべてあるから、探してみてはどうだろう」

リズベスの荷物は、膨大な量のハーブを含むこともあり、異常なほどに多かった。大きめの客室が一室まるまる埋まったほどだ。あのなかから探すのかと思うと、さすがに気が重くなる。落ちこんでいると、コーヒーを銀のトレイにのせた老執事が入室してきた。執事は熟練した手つきで給仕する。ロデリックは、せっかくだからとそれをひと口啜った。

「ところでぼくが届けたリズの荷物ですが、サシェはわかりますが、その布のものは？」

「ああ、これ？　――そうだね」

子爵はサシェを上着にしのばせ、テーブルに置いてある麻の布に触れた。

「きみも知ってもいいだろう。リズの夫だし、じきに協力も必要になるかもしれない」

「何のことでしょう」

「包みを開いてごらん」

ロデリックは、言われるがままごわごわな生地に手をかけた。開くと、さらに幾重にも布が巻きつけられており、解くのに苦労させられた。尋ねたことを後悔してしまったほどだ。やがてくしゃくしゃな紙が現れて、その紙も開いていき……瞬間、彼は固まった。

それは奇抜すぎてありえないものだった。これは、どこからどう見ても、人の……

ロデリックは、ずきずきと頭痛を覚えた。言いにくいことだし、彼女に嫌われたくはないけれど、きつく注意しなければならないと思った。なぜなら手もとにあるのは、色、形、硬さから見て確実に、ぞっとするほど精巧な、男の――どっしりとした、大きなあれなのだから。想像を絶する物体に、頭のなかが白くなる。

「きみ、自覚している？　きみはすばらしい娘と結婚したんだ。あの子は天才だ」

子爵は事もなげに言ってのけた。だが、ロデリックは衝撃のあまりうまく返事ができない。

「…………ええ、自覚しています。……ぼくは、リズを愛していますから」

「そういう意味じゃない。きみはあの子を、幼くて、少しばかりばかな子だと思っているだろう？　そこが気に入っているのかもね。絵に描いたような貴族の家に生まれたきみにとってあの子は新鮮なんだろう。型にはまらない子だからね」

さすがのロデリックも、いまだに立ち直れないところにいる。リズベスは何を思って不気味なこれを子爵に届けようとしていたのか、さっぱりだ。

「きみにリズの秘密を教えよう。まずは……そうだね。うちのワインに入れるハーブを選んでいるのは彼女だし、世界一香り高いうちの銘柄『イーニッド』のハーブティは、すべてリズの調合だよ。評判は上々で、親としてうれしい限りだ。でも、それだけじゃない」

子爵はロデリックの前にある奇怪な物体を指差した。

「それ、割ってみて。そっとね」

ロデリックは青ざめて耳を疑った。だが、子爵はふざけているわけではなさそうだ。

ロデリックは恐る恐る猛ったそれを両手で持ち上げると、長い躊躇のあとで意を決してふたつに折り曲げた。瞬時に、よい匂いが漂った。

彼は鼻をすんと鳴らした。嗅ぎ覚えがある匂いだ。割るまでは無臭だったのに、割った途端に遠いあの日の香りがした。十歳のころ、初めてリズベスとキスした日に嗅いだ匂いだ。果物のように甘くて軽やかで、花よりも可憐、それでいて透明感を持った、気品のある不思議な香りだ。確か彼女は、精霊を呼び寄せる香りだと言っていた。

「――インセンス?」

子爵は唇を笑みの形にゆがませ、鷹揚に足を組んだ。

「さすがは元親友だね。そう、インセンス。リズが聖なる源泉・太古に創造された海たる大釜《コルドロン》で作り出しているものだよ」

ロデリックがぐつぐつと煮える謎の緑の液体を思い出していると、子爵は「返して」と言って、彼からインセンスを取り上げた。

「実は私には姉の他にも妹がいてね、亡父の反対を押しきり、商人と結婚したのだが……きみはアリンガム商会で扱っている香水『プネブマ』を知っているだろうか」

ロデリックはうなずいた。プネブマはいま、最も手に入らないと言われている貴重な香水だ。初々しい可憐な香りから妖艶な成熟した香りへと、つけてからさまざまな匂いに変化して、その変化の数は七回と謳われる。それは魔法と称えられ、国内外の王侯貴族が金を出し惜しみしないため、高騰してばかげた価格になっている。彼の母、カートライト侯爵夫人も、手に入れようと躍起になっているほどだ。

「実はね、あれはリズしか作れない。リズなしでは成り立たない香水なんだ。本人は、香水を作っているとは思っていないけどね。そして、あの子が作っているという事実は私と執事しか知らない。ああ、きみもいま知ったよね。あの子を危険な目に遭わせたくないから内緒だよ。当然、リズ本人にもね。プネブマの調香師を雇いたくて、必死になって探している者たちがいるんだよ」

「このインセンスがプネブマになるのですか？」

「そう、プネブマのもとだよ。インセンスを加工して製品化しているんだ」

子爵は、割れてふたつになった物体を手に持った。

「これひとつでプネブマがふたつできる。リズはインセンスを気まぐれで作るから、プネブマは数が少ないんだよ」

応接間に漂う芳香に、ロデリックはふと疑問を覚えた。

「いま、その貴重なインセンスを割ってしまいましたがいいのですか？」

「問題ないよ、見ていてごらん。割った箇所をこうしてくっつければ……」

子爵は、その物体をそれぞれ左右の手に持ち、慎重に凹凸を合わせた。すると、ぴたりとくっついたようだった。子爵はそれを見せつけるようにごろりとテーブルに転がしたが、先ほどまでは割れていたにもかかわらず、すでに元のひとつの塊になっていた。

「継ぎ目もなくもとどおりだ。不思議と香りも外に漏れないんだよ。嗅いでみるかい？」

「……いいえ」

ロデリックは、とてもじゃないがその物体に顔を近づける気にはなれなくて断った。

「リズの天才たる所以はね、この不可思議な物体のこともあるが、同じ材料を使ったとしても、決して誰にも作り出せないところにあるんだよ。最終形態に持ちこむどころか、途中経過さえ倣《なら》えない。この香りはね、リズにしか無理だ。錬金術でも極めているのか、本当に魔法を使えるのか、神のご加護があるのか、あの子は不思議な子なんだ」

子爵は丁寧にインセンスを包み直して、宝物のようにひざの上に置いた。

「リズが精霊に会おうとしていることはきみも知っているよね。インセンスは精霊を呼び寄せる香りなわけだから。では、彼女が精霊に会いたい理由を知っているかな？」

ロデリックが首を横に振ると、子爵は小さくうなずいた。

「リズが精霊に会いたいのは、亡くなった母親に会いたいからなんだ。あの子は精霊に会えれば、母親に会わせてくれると信じて疑わないんだよ。つまりインセンスはね、リズが母親を恋しく思う気持ちそのものだ。イーニッドへの純粋な愛がつまっている。あの子はインセンスをおまじないの儀式で使っているが、精霊を呼ぶ効果が得られないとわかると、すぐに破棄してしまうから、捨てるくらいならと、譲ってもらっているんだよ」

子爵は話を止めて、コーヒーの香りを楽しみ、ゆっくりとカップに口をつけた。

「このインセンスを嗅ぐと幸せな気分になれると思わないかい？　誰かを愛する思いというのはやさしさをまとうんだ。少なくとも私はそう思う。だから、リズに香水にして渡そうと思ったのだが、彼女は興味を示してくれなくてね。あまりにもいい香りだから、夫を亡くしたばかりの夫人を慰めるつもりで譲ったんだよ。すると、なぜか王族の目に留まって、客が殺到したのがはじまりなんだ。以来、妹に任せているが、アリンガム商会が乗り出してからは、次第に高級化してしまって、いまではひとり歩きしているんだよ。巷《ちまた》では、プネブマの調香師は天才と言われている。当然だよ、リズは天才だからね」

ロデリックは話を聞きながら、無性にリズベスを抱きしめたくなった。母を想い、一生懸命インセンスを作る姿が、作ってきた姿が、容易に想像できた。しかし、問題はこのふざけた見た目だ。

「ですが、どうしてインセンスはペニスみたいなんでしょうね。リズなりに形の理由があるのでしょうか。……まあ、匂いも発生しませんから狙われるはずもなく、また、決して触れようなどとは思われず、正体を想像できない点では、大変理にかなっていると言えますが」

眉間にしわを寄せた子爵は、猛烈にしかめ面をした。

「きみは話の腰を折る天才だね。もっと他に言えることがあるだろう。下品にもペニスなどと……大変失敬で非常識だ。二度と言わないでくれたまえ。リズが気を悪くする」

馬を駆り、帰路についたロデリックは、侯爵邸の石造りのアーチを越えたところで、召し使いに挨拶されて目配せしたが、次の瞬間、一気に怒りを爆発させた。すれ違った荷馬車が見覚えのあるものを運んでいたからだ。それは、山盛りのハーブや祭壇、岩など、リズベスの愛用品だった。彼はすかさず方向転換し、荷馬車を追った。

「待て！　何をしている！」

ロデリックの大きな怒鳴り声が空気を震わせた。馬を操る男がびくりと肩をはね上げ、慌てて停止する。ロデリックは乗馬鞭で男を指し示し、銀の瞳で鋭く射った。

「その荷物をどうするつもりだ！」

「……あの……処分せよと……」

「誰に命じられた」

「あの、あの……」

ばん！　と車体を思いきり鞭で叩いたロデリックは、しどろもどろな男に詰め寄った。

「誰に命じられたと聞いている！　言わねばおまえを鞭で打つ！」

普段感情の起伏を見せない彼が怒っているのだから、怖さは倍増しだ。ましてや、この侯爵家の嫡男は、侯爵夫妻とは違い善良な人物で、召し使いを見下したり手を上げたことなどない。そんな彼の壮絶な迫力に、ひいっと震え上がった男は、声を上ずらせた。

「奥さまです。レディ・ロザリンド……」

ロデリックは小声で母に悪態をつくと、男に向けて高圧的に顎をしゃくった。

「それらをすぐに戻せ。おまえが責任をもってすべて欠かさずにかき集めるんだ。ハーブの葉、一枚でも失ってみろ、ただじゃおかない。皆にもそう伝えるんだ。行け！」

自身の乗る黒馬の腹を踵でつついたロデリックは、驚きの速さで屋敷を目指した。

まさか、母親が侯爵邸に戻ってきているとは思わなかった。この領地のことは、父母ともに田舎だと蔑んで、毛嫌いしているから油断していた。

ロデリックの母親ロザリンドは、絶世の美女という呼び声を利用して好き勝手に生きている人で、普段はここから三十マイルほど離れた都の王宮に入り浸る毎日だ。ロデリックは母親に構われた記憶がないため、親愛の情など一切持っていない。家族であっても他人同然、父についても然りだ。母と同じく王都にいる父は、貴族院議員だが、愛人と放蕩三《ざん》昧《まい》で息子を顧みたことがない。両親ともに体裁だけは異様に取り繕うが、揃いも揃って昔から互いについて無関心なため、ロデリックには家族は希薄な存在だった。ただ侯爵家の嫡男という責任と、迷惑な重荷を勝手に押しつけられてきただけだ。

そんな彼にようやくできた家族と呼べる人がリズベスだ。その彼女をないがしろにし、荷物を勝手にどこかへやろうとしたのだ。怒りは頂点を越えていた。

玄関ポーチで、通りがかりの召し使いに馬を押しつけると、ロデリックはがっしりとした樫のとびらを乱暴に開け、傍に寄ってきた無表情の執事を一瞥した。

「フランシス、母が来ているだろう。どこにいる」

「西翼にいらっしゃいます」

ロデリックは不作法ながら大きく舌打ちをした。西翼には夫婦の寝室があり、そして、リズベスの部屋がある。大股で階段を数段飛ばして上りつつ、部屋へと急ぐ。

近づくと、女のヒステリックで耳障りな声が聞こえた。

部屋を覗いた途端、目の前が赤くなる。

見えた光景は、頭の血管がちぎれそうなものだった。叩かれたのだろう、リズベスの両頬は真っ赤になっていて、彼女は部屋の隅で縮こまってぐすぐす泣いていた。高圧的かつ一方的にリズベスを責め立てているのは、母ロザリンドだ。部屋は半分ほど荷物が運び出されていたが、幸い、聖なる源泉・太古に創造された海たる大釜《コルドロン》は無事だった。湯気が出ているところから見て、熱くて触れられなかったのだろう。

ロデリックは、インセンスを抜きにしても、リズベスの、母イーニッドへの想いは尊いものだと感じていたし、また、守ってみせると誓いを立てた。

「何をしているんだ！」

くるりと振り向いた母は、ロデリックを見ると、艶然たる笑みをたたえた。ロデリックが帰国して以来、母は何かと自分に媚びてくる。よからぬことを企んでいるに違いない。

「まあロデリック、そのような大声を出すなんてはしたないですわ。ちょうどあなたに話したいことがありますの。お茶を淹れさせますわ。ふたりで飲みましょう」

黒髪が映える流行りのボンネット、ドレス、一分の隙もなく一級品をまとう母は、科《しな》を作って歩み寄ってくる。優れた美貌と体軀で、年齢を感じさせないたたずまいだ。

だが、それをロデリックは忌々しいと感じていた。彼は、この母によく似た自身の容姿を道具として利用はするが、嫌悪もしている。

ロデリックは、厳冬を感じさせる冷ややかさで母を蔑んだ。

「大声でわめいていた人にとやかく言われたくはない。この事態を説明してもらいます」

彼は、こちらにのばされた母の磨き抜かれた手を無視し、リズベスのもとへ駆け寄った。しゃがんで、華奢な彼女を抱きしめる。ぶるぶるとした震えが身体に伝わった。

「リズ、怖かったね。もう大丈夫……ぼくがいるから。きみを守れなくてごめん」

最初は反応を示さなかったリズベスだが、やがてむせびながら黒い肩に顔をうずめて、広い背中に手を回した。ぎゅうと上着をつかまれて、彼はさらに強く彼女を抱きしめた。

「ロデリック、おやめなさい。その愚かな娘は、この世のものとは思えない下品で卑《いや》しい臭いを発生させて、歴史あるこの屋敷に猛毒をまき散らし、すべてを死に至らしめようとしていたのです。けむりで燻《いぶ》そうともしていましたわ。ああ、汚らわしい！」

赤い醜悪な唇がうごめくさまを、彼は凍てつく瞳でみとめた。

「この部屋のもとのありさまは、ひどく陰気で悪しき魔女の部屋そのものでしたわ。時代が時代なら魔女狩りの対象です。禍々しくてぞっとしますわ。悪魔崇拝でもしているのではないかしら。黒ミサと思しき祭壇がありましたもの。わたくしが片付けさせなければどうなっていたことか……。そのような出来損ないの娘、つまみ出して家に帰しておしまいなさい。直ちに弁護士たちに指示をして、婚姻無効の申請手続きをとるのです。栄えある侯爵家の嫡男であるわたくしの息子にふさわしくありませんわ」

「帰るのはあなたのほうだ、レディ・ロザリンド。あなたの指示は一切受けない。ぼくはあなたを母親だと思ったことなどない。ぼくの家族はリズだけだ」

耳を疑う言葉に、ロザリンドは、ロデリックと同じ銀の瞳を見開いた。

「何を言うの、ロデリック！」

「あなたも父も、先祖伝来の資産を食いつぶしてばかりだ。無限に資産があると思いこむそのめでたい頭にはほとほとあきれる。実質、いま侯爵領を取り仕切っているのはぼくだ。この屋敷も。いまや父はぼくの言いなりだ。あの人は責任ある立場にまったく向かない人だからね。何だったら、あなたが勝手に作らせている膨大なドレスをすべてキャンセルしようか。宝石の発注をすべて取り消してもいい。ぼくにはその力も権利もある。そうされたくなければ、ぼくのリズに二度と口出しをするな！　部屋から出て行け！」

わななかいて、かっと顔を染めた母に、ロデリックはさらに追い討ちをかけた。

「あなたに『プネブマ』の香りをまとう資格などない！　購入を阻止する。絶対に！」

これ以上開けないほど目を大きく開けた母は、唇をひん曲げ、鼻息荒く踵を返した。

とびらが音を立てて閉じられると、彼はリズベスの頬に触れ、彼女の顔を窺った。

閑散とした部屋のなか、窓からリズベスに光が降ってきて、金茶色の髪が黄金色にきらきら輝いた。髪がうつくしく肌が白い分、頬の赤みが痛々しく際立った。まちがいなく、何度も何度も叩かれたはずだ。引っかかれたような傷もある。

「ごめん……リズ、痛かったね」

ロデリックは、とめどなく溢れるリズベスの涙を唇で受け止め、やさしく吸った。

その後のリズベスは、「帰りたい」「怖い」「お父さま」と泣いてばかりだったので、ロデリックの息は止まりそうだった。彼女の口から出るのは夫である自分のことではなく、父親のことばかりだ。少しずつ、関係に手応えが見えはじめていたのに、これでは後退、もしくは振り出しに戻ったと言える。落胆せずにはいられない。

彼は子爵を恨めしく思うと同時に、頭のなかで母親に罵詈雑言を浴びせた。それでも冷静を心がけ、リズベスがうわ言のように「帰りたい」「怖い」「お父さま」と言うたび、「きみの帰るところはここ」「怖くない」「お父さまはいないんだ、ぼくを呼んで」と、辛抱強く言い聞かせた。そのことが功を奏したのか、リズベスの言葉は二日でやみ、代わりに自分を、念願の『ロディ』と呼ばせることに成功し、うれしくなって跳びはねた。

彼女の頰の腫れがようやく引いたのは、三日後のことだった。彼は直ちに指示を出し、今回の騒動の原因究明につとめた。つまり、どうして母親にこのことが知られたのかということだ。まずは、雇い入れたばかりの小間使いが、掃除のためにリズベスの部屋に勝手に入り、悪臭と、もくもくしたけむりにおののき、慌てて執事に報告した。その声を、たまたま母が聞きつけて、自らリズベスの部屋におもむき、事件が起きたということだった。

ロデリックは、西翼に人が近づくのを禁じていたし、掃除などを行う小間使いも自ら選定していたため、主人の言いつけを守らないとは何事だと、別邸のひとつに追いやった。そして、母については王都から出てこないように言いつけ、今後屋敷への立ち入りを禁じ、当面の資金の停止を宣言した。侯爵邸に来た目的が、リズベスと別れさせるためだったのだからとても許せることではない。ロデリックの世界の中心にいるのは、十歳のころよりリズベスだけだ。別れは死に匹敵する。

リズベスは母の一件がトラウマになったのだろう、彼が寝室に連れてきてからというもの、怯えて部屋から一歩も出なくなった。毛布に包まり、ぶるぶるしている。食事室や図書室に行くのも拒絶する。ハーブの部屋にもこもらない。そんなリズベスが心配で、彼は彼女の寝室に書き物机を移動させ、日中は、書斎ではなくそこで作業をすることにした。

唯一リズベスが見たがるのは、テラスから見上げる星空だ。彼女は星が好きなようだった。彼は、近々遺跡に連れて行こうと考えた。広がる夜空を彼女はきっと喜ぶだろう。

ロデリックは、かいがいしくリズベスの世話をした。食事や紅茶、レモネード、好きそうな本、そして手当たり次第にハーブを運んで、毛布にうずくまる彼女の近くに並べておいた。忙しい合間をぬって、できるかぎり努力した。やがて十日も過ぎれば、彼女は時折サシェを作り、おずおずとこちらに差し出し、彼にプレゼントしてくれるようになった。

リズベスが月の障りになったときには、痛がるだけでなく、なぜか極度に怯える彼女のおなかに手を当てて、温めながら寄り添った。心を許してくれたのだろうか、ロデリックが長椅子に座っていると、いつの間にかとなりに来ているときもある。おなかに手を当ててやると、彼女は気持ちよさそうにまぶたを閉じてまどろんだ。

彼は時々ハーブの部屋に入り、子爵が教えてくれたリズベスの日記の捜索も忘れない。少しずつ、かつ着実に作業は進められていた。この三年間でベールに包まれ、見えなくなった彼女をどうしても知りたくて、その思いが彼を突き動かしていた。

夜は、眠れない彼女のために睡眠をうながすハーブティを用意した。リズベス自身が調合しているだけあって、彼女は朝まで目覚めない。ロデリックにもわけてくれようとする彼女をかわして、彼は毎夜、彼女が寝入るのを待っていた。

リズベスが知らないうちに、ふたりは数えきれないほど身体を重ねている。彼は、彼女の反応を見ながら、より深くリズベスを暴き出す。すぐに艶めかしい声が聞こえてきて、彼女の声に飢えている彼は、より大きく声を引き出そうと試みた。

愛撫は濃厚かつ丁寧に行われ、部屋は卑猥な音で満たされる。彼はリズベスの身体だけは、詳しく知ることができていた。たとえば、どこが感じやすいか、どうすれば達するか。嬌声と、ベッドのきしむ音。リズベスは、速く腰を動かすよりも、ゆっくり奥深くにまで差しこんでかきまぜたり揺すったりするほうが、より淫らに反応した。彼は、まずリズベスの絶頂を何度も引き出してから、自身の快楽を彼女に求めるようにした。

このころのリズベスは、眠っていても、くねくねと彼に合わせて腰を振るようになっていた。入れたままでじっとして彼女の動きに身を任せていると、リズベスは自ら刺激を求めて彼の先端で奥をこすり、快感に震えるときもままあった。そのたび彼を締めつけて搾《しぼ》り取ろうとするから、彼の下腹は一層昂った。そのときの彼女ときたら、肌が粟立つくらいに淫靡で、艶やかなうつくしい獣を見ているようだった。彼は我を忘れて彼女をすみずみまでむさぼった。

彼は、精を放つたびにリズベスのおなかをさすってくちづけた。早く子どもがほしかった。そうすれば彼女のすべてを手に入れられる気がするから。

ロデリックがひどく安心したのは、彼の付き添いのもと、リズベスが、聖なる源泉・太古に創造された海たる大釜《コルドロン》から、相変わらず写実的でほかほかなインセンスをようやく生み出したときだった。彼女の脇に手を差し入れて抱き上げ、思わずくるくる回って喜んだ。立ち直ってくれたのだ。リズベスは、びっくりして目をまるくしていたけれど、次第に顔をほころばせた。三年ぶりに見た笑顔だ。

リズベスの綺麗な緑の瞳は、以前と違う甘やかな色を含んで、ロデリックの顔を映していた。その目をずっと見ていたい――願いをこめて、彼は彼女にくちづける。

そんな日々が続いたある日のこと。リズベスが寝室で昼寝をしている隙に、ハーブの部屋を探索していた彼は、どっさり溢れるハーブに埋もれた古い木箱を発見した。それは粘着質なもので厳重に閉じられていて、開けるのにそれはそれは苦労したけれど、意地になってこじ開けた。なかには紙の束がいくつも入っていて、比較的綺麗に並べられていた。彼は一番古そうに見える右はじの束を引き抜くと、その一枚目を手に取った。一度見たら忘れられないほど特徴のあるリズベスの文字が、ぐにぐにと連なっている。

ロデリックは微笑しながら文面に目を通しはじめるが、やがてその面ざしは一変した。

7章　想いの行方

鼻腔をくすぐる空気はひんやりしていて澄んでいた。リズベスは、ゆっくりまぶたを持ち上げる。辺りは真っ暗闇で何も見えず、吹きつける風がここが外なのだと教えてくれた。しかし、寒さは感じない。背中はぽかぽかあたたかく、身体は毛布に包まれており、身じろぎすれば、後ろからぎゅうと抱きしめられて、「リズ、起きた？」と声がした。

「………起きた」

「うん。眠っているきみを連れ出したんだ。ここはね、あの遺跡だよ。見上げてみて？」

言われるがまま空を仰いで瞠目した。息をのむ。黒を幾重にも塗り重ねたような深い夜空一面に、ぶわりと広がる無数の星がきらきらと目前に迫ってくる。それらはいまにもこぼれ落ちてきそうなほどで、鮮烈に目に焼きついた。「素敵」や「綺麗」などでは言いつくせない星空だ。静謐《せいひつ》で厳《おごそ》かな光景はリズベスの胸を打ち、身体に染み入り貫いた。

「リズにこれを見せたかったんだ。一緒に見上げたいって」

わけもなく視界がにじみ、涙が溢れてきて、リズベスは毛布にそっと顔をうずめた。

「以前、つらくなると、ぼくはここで空を見上げていたんだ。見ているとね、つらい気持ちがひどくちっぽけに思えてきて……まだやれる、なんてことない、自分は道の途中じゃないかって、がんばれた。きみとふたりでこの星空を見上げれば、どう感じるのかなって思っていたけれど、ひとりよりも、やっぱりふたりのほうがいいね。感慨《かんがい》深いよ」

彼は夜空に向かって手をのばした。

「こうすると触れられそうだと錯覚《さっかく》する。でも無理だ。星を得るよりも現実の困難を解決するほうが簡単。確実に結果が見えるからね。ここはそうやって、己を奮い立たせる場所だった。でも、いまは星に触れたいなどと思わないよ。ただ夜空をすばらしいと感じる。きみがいるだけで見える景色や感じることが変わるんだ。とても、穏やかになれるよ」

リズベスは、耳もとで彼の吐息を聞きながら目を閉じた。

この胸いっぱいに広がる想いをどう表すべきだろう？

懐かしくて、それでいて新しい。せつなくて苦しい。そっと、彼の胸に背をもたせかければ、鼓動が重なる。このままずっとこうしていたいと思った。

「ねえリズ。この先……ずっと、ふたりでこうして夜空を見上げたいな」

リズベスは、彼の存在を強く意識しながらうなずいた。一回では足りない気がして、もう一度。身体に渦巻くこの想いがすべて、残らず彼に届けばいい。そんなふうに考えた。

屋敷に戻った彼は、リズベスの耳に唇を寄せ、ほのかに色をのせてささやいた。

「リズ、ぼくを呼んで」

「……ロディ」

彼に乞われて名前を呼ぶと、心からうれしそうな笑顔が向けられ、きゅうと胸が締めつけられた。続いて視界いっぱいに彼の顔が広がって、黒いまつげが下ろされる。ぬくもりのあるキスが降ってくる。リズベスは、身体がほかほかしてきて元気になった。彼の笑った顔が好き。たとえ悪魔だとしても、黒い羽は感じない。闇は綺麗さっぱり晴れていた。

彼のひざにのせられるのが好きだから、目が合えばそれを期待する。のせてくれたら、少し得意げになり、ほら、やっぱりのせられたと満足する。彼を身体で感じながら、リズベスは顎をついと持ち上げた。恐ろしさは感じず、背すじをのばして前を向く。

侯爵邸は相変わらず怖いが、彼が手を繋いでいてくれたら平気になった。となりに彼がいてくれたら、どこへだって歩いていけた。吸血鬼や蝙蝠が来ても大丈夫だ。彼が「フランシス、ここはいいから」と軽くあしらってくれたから。

リズベスは、そんなロデリックともっと一緒にいたいと思い、彼の姿を目で追って、声をかけてくれるのを待っていた。しかし、変化が訪れた。急に忙しくなった彼は、書斎にこもったり出かけることが多くなり、日が経つにつれ、顔を合わせるのは夜遅くと朝だけになったのだ。

どうしてしまったのだろう。わけを聞きたくても聞けない。聞いてしまっては何かが壊れてしまいそうで、不安が黒い雲のように押し寄せてくる。

リズベスは、毎夜飲むハーブティをやめようと思った。眠らなければ彼ともっと一緒にいられるし、ふたりで星を見上げられるからだ。けれど、ロデリックにやんわりと「飲んだほうがいいんじゃないかな。ぼくはそう思う」と諭され、勝手にハーブティを淹れられるから、不本意ながらぐっすり朝まで眠る毎日だ。その上目覚めれば、なぜか倦怠《けんたい》感に襲われて、あまり彼との時間が持てない。うつらうつらしていると、気づけば彼は馬でどこかへ出かけてしまう。実質一日に二時間ほどしか一緒にいられないからさみしい。

リズベスは、ロデリックともっと時間が持てますようにと願い、アジアンタム、ゲンチアナ、コリアンダー、タマリンド、リバーワートでサシェを作って身につけた。これらのハーブのパワーを増すために、レモンバーベナも忘れない。こうしておけば、きっと願いは叶うから、ふたりでいる場面を想像してはわくわくした。リズベスが作るサシェは、悪魔を寄せつけない守護のおまじないから、彼を傍に引き寄せるものへと変化していった。

しかしながら、彼は変わらず忙しそうで、日中、リズベスのもとには来なかった。

ひたすら彼を待つリズベスは、日を追うごとにどんどん心が弱くなる。もっと一緒にいたくて、彼の顔色をちらちら窺った。そして、意を決して、願いをこめたリバーワートの葉っぱを彼のポケットに一枚しのばせた。彼にもっと自分のことを想っていてほしかった。そうすれば、きっと一緒にいてくれるから。だが、ハーブの魔法は思うような効き目はなく、そればかりか、彼がハンカチを取り出した拍子に、葉っぱがひらひらと床に落ちてしまい、リズベスは強い失意を覚えてうなだれた。床にぽつんとむなしく残るリバーワートは、自身のあわれな未来を示しているかのようだった。

リズベスは、姿の見えないロデリックに、ロディ、ロディと呼びかけて、笑顔の彼を想像しては頬を染め、そして、その直後にうつむいた。彼が足りない。全然足りない。

そんな、ある日のことだった。リズベスはつらい宣告をされた。

「リズ、ぼくは明日からしばらく都に行かなければならないんだ。待っていてくれる？」

銀の瞳は「できるよね？」と言い聞かせてきているような気がした。

だとしたら、リズベスには答えはひとつしか残されない。聞きわけのよい子でいなければ、きっと、彼に愛想を尽かされる。泣きそうになるのを必死にこらえた。

「はい。……いってらっしゃい、ロディ」

リズベスは、ポケットのなかのサシェを握りしめ、自分に大丈夫と言い聞かせた。

帽子を被り、手袋をして出立の支度を終えたロデリックは、リズベスの頬にちゅっとキスをして、それから唇を合わせた。「早めに戻ってくるからね」と言ってくれたが、帰宅の日は教えてくれず、彼女は訝《いぶか》しむと同時に落ちこんだ。どうして王都に行くの、どうして一緒に連れて行ってくれないの、と聞けたらどんなにいいだろう。でも、怖くて聞けない。なぜこんなに怖いと思うのか、リズベスにもわからない。考えれば考えるほど、こんがらがって、不安が迫り、押しつぶされそうになる。ずっと一緒にいたいのに。

涙がこぼれないよう上を向き、必死に我慢をしていると、ロデリックは玄関ホールから出る際に、あろうことか「フランシス、リズを頼むよ。守ってほしい」などと、石像のように無表情な吸血鬼に言い残すから、リズベスは固まった。灰色がかった髪に琥珀色の剣呑な目を持つ壮年の執事は、どこからどう見ても危険だ。

「かしこまりました」

執事の皮を被った吸血鬼の、低く落ち着きのある悪しき声にリズベスは凍りつく。

「リズ、フランシスに何でも言って。人を手配してくれるよ。夜は彼がハーブティを用意するから飲むんだよ。約束。きみの習慣だから変えないほうがいいんだ。わかった？」

うっとりと笑む彼を恨みそうになる。

「ぼくが留守のあいだ、レディ・アントニア・クローリーに滞在してもらえるように手配したんだ。あとでここに来てくれるから、さみしくないよ。じゃあ、行ってくるね」

さっと青ざめたリズベスは、まつげをはね上げた。アントニアは好きだけれど、この先、きっと毎日怒られる。きっと夜会にも強制的に参加させられる。父がいないから、伯母を止められる人はいない。まちがいなく暴走するだろう。彼女は口から生まれたような人だ。

リズベスは、「行かないで、ロディ！」と内心叫びながら、黒い外套《がいとう》をなびかせる彼のすんなりとしたうつくしい姿を見送った。

やがてロデリックを乗せた快速型の馬車が菩提樹に隠れてしまうと、リズベスは、目の前が真っ暗闇になるほどの絶望に襲われ、くずおれそうになっていた。そのなかで、突如ひらめきのように熱い想いがほとばしり、身体中を支配する。

——ロディ……

リズベスの緑の瞳はみるみるにじんで、頬に、ぽたりとしずくが伝う。

恋しい。恋しい。

ほほえんでくれた。抱きしめてくれた。キスしてくれた。その手はいつもあたたかい。

――どうしよう。

彼が好き！　大好き！　愛してる！

どうしていまのいままで、この気持ちに思い当たらなかったのか。ロデリックへの溢れる想いに押しつぶされそうで、リズベスは胸をぎゅうときつくつかむ。

ひとたび気づいてしまえば大変だ。いまからでも彼を追いかけてすがりつきたくて、でもできずに、心の行き場がなくてリズベスは震えた。

「リズベスさま」

吸血鬼の声に現実に引き戻されるも、リズベスは立ち尽くしたままだった。

リズベスが涙をこぼしてしょんぼりとうなだれると、吸血鬼は「レモネードがお好きだと伺っております。お持ちいたしましょう」と告げてきた。もしかして黒きこの人はやさしい人なのかもしれないと、吸血鬼を振り仰げば、その背後にある柱の上に鎮座し、こちらを凝視しているガーゴイルと目が合った。たちまちリズベスは、ここが恐ろしい悪魔の館だったと思い出す。ぶるぶると恐怖で身体がわななないた。ロデリックを欠いたいま、晴れたかと思っていた闇が、濃厚に、音もなく広がった。

悪魔の館と思ってしまうと、すべてがおぞましい魔に見える。玄関ホールの精巧なシャンデリアのきらめきすら不吉だ。重厚な壁に置かれたガラハッドの凛々しい石像も、おどろおどろしく目に映る。リズベスは、這《ほ》う這《ほ》うの体《てい》で、寝室を目指さざるを得なかった。途中で腰が抜けたため、背後に控えていた吸血鬼に救われた。

それから数時間後のことだ。どっさりとハーブが置かれたリズベスの部屋にて。

「んまあっ！　リズベス！」

案の定、アントニアの怒声が侯爵邸内にとどろいた。伯母はハンカチを口もとに宛てがい、毛布に包まるリズベスを射殺《いころ》さんばかりにねめつけた。

今日の伯母は、いつにもまして羽根が多いボンネットをつけていて、怒れる彼女に合わせて羽根がふぁさふぁさと揺れ動く。

「あなたときたら！　嫁ぎ先にまで……なんて臭いをさせているのです！」

悪魔を撃退しなくてはと、いつもの半量なら怒られまいと判断し、カレートゥリーとアサフェティダをこっそり焚いていたリズベスは、まさか見つけられてしまうとは夢にも思わず、がたがた身を震わせた。

伯母はけむりと臭いがなくなるのを仁王立ちで見届けて、薄まった途端、部屋からリズベスを引きずり出そうとやってきた。驚いたリズベスは、慌てて祭壇《オールター》のほうへ逃げこむが、追ってきたアントニアは祭壇の上を見るなり絶句した。ろうそくが十二本、円を描くように立てられていて、その内側にペンタクルとアミュレット、タリスマン、さらにその内側には、インセンスが堂々と据えられていたからだ。リズベスは、精霊を呼び出す儀式をしようとしていた。

「んまあ……なんてこと。こ……こんな……、リズベス――――っ！」

絶叫に近かった。伯母は、怒髪天《どはってん》をつく形相で、リズベスを締め上げた。

どうして怒られているのかさっぱりわからず途方に暮れて、けれど、迫力に気圧されたリズベスは、あまりの怖さに、顔をくしゃくしゃにして泣いた。

「…………ごめんなさい…………」

「なんて破廉恥な！　一体何を考えているのです！　下劣の極み。ここまで常識を知らないなどと、ああ……ぞっとする！　あなたはミルウッド子爵家の恥さらしだわっ！」

伯母は、目の前のインセンスを、ペンタクルやタリスマンごと扇ではじき飛ばした。それらは床にごろんと転がる。

「おぞましい！　ふざけた行動もたいがいになさい！　このわたくしが責任を持って、あなたのそのがたがたに崩れて乱れきった品性を叩き直してあげます！　来なさい！」

湯気が出るほどかっかしているアントニアは、縮み上がるリズベスを有無を言わさず馬車に押しこみ、執事フランシスが厳しく止めるのも構わず、強引に発車させた。

リズベスは、馬車のなかでもアントニアに責め立てられて涙に暮れたが、見慣れた景色が流れてくると、密かに喜びを感じはじめた。車窓から見えるのは子爵家の屋敷だ。

乗りこむ際には気づかなかったが、御者《ぎょしゃ》は、子爵家で古くから仕える下男、馬丁のジョンだった。リズベスが屋敷の玄関ポーチに着くと、子爵家の面々――老執事のアーウェルも、召し使いたちもリズベスを諸手を挙げて歓迎してくれた。そして、最も歓迎してくれたのは、やはり父親ミルウッド子爵だ。

「リズ！　よく来たね、おかえり。ずっと会いたかったんだよ。ほら、おいで」

両腕を広げる子爵に、リズベスは思いっきりぴょんと飛びついた。

「お父さまっ！　……わたしも会いたかった」

ひしと抱き合い、リズベスが子爵の頬にくちづけるのをみとめて、アントニアはいらいらと馬車の壁を扇で打つ。ばん！　と大きな音がしたが、父娘は会話に夢中で気づかない。それが、アントニアをさらに噴火に導いた。

「ばかなっ！　わたくしは侯爵邸での評判を気にして、リズベスを連れ帰ったのです！　あなたたちをご機嫌にするために引き合わせたのではありません！　離れなさい！」

「姉さん、何をわめいているのです」

「何ですってジェラルド！　これ以上娘を甘やかすのは許しませんよ！」

「ヒステリーはよろしくない。耳障りで大変見苦しいですからね。百害あって一利なし。ハーブティでも飲んで、少しは落ち着いてください。見えないものも見えてくる」

「こざかしい……お黙りなさい！　落ち着いてなどいられるものですか！　発見したのがわたくしだからよかったものの、この娘は前代未聞すぎるとんでもないことをやらかしたのです。あのありさまが侯爵家側に知られようものなら……ああ、恐ろしい！」

正直なところ、アントニアがリズベスを子爵邸に連れ帰ったのは誤算と言えた。子爵がのらりくらりとアントニアの叱責をかわして、娘を甘やかすのはもはや不文律。その上、かつての快活さをわずかに取り戻しているリズベスは、こしゃくにも父の後ろに隠れてこちらを窺い、身を守ろうとするから、アントニアの血管はどうにかなりそうだった。

召し使いたちも、お嬢さまの帰還を知ると、指示されなくともリズベスの大好物のメイズ・オブ・オナーとファッジを作りはじめるから話にならない。三年引きこもっていたとはいえ、彼らは愛らしい人形のようなお嬢さまが大好きなのだ。子爵家は、リズベスにひどくやさしくできている。これでは罰どころかご褒美だ。

アントニアは、怒りにまかせてボンネットのリボンを外すと、地面にそれを叩きつけた。

「あなたたちは、救いようのない愚か者です！　リズベス、来なさい！」

子爵邸の客間から見上げた夜空は綺麗だけれど、侯爵邸のテラスから見た星よりも、物足りなく感じた。となりに彼がいないからかもしれない。そう思った途端に彼に会いたくなって、その思いを消そうとリズベスは首を振る。彼は今日出かけたばかりなのに、もう会いたいと思うのは早すぎる。リズベスは、いまごろロデリックは王都に着いているころだろうかと考えながら、欠けている月を眺めた。

あれから伯母にこっぴどく叱られたあと、侯爵家より使いの者が来たようだった。リズベスは戻ろうとしたけれど、父に「いまはロデリックくんがいないんだろう？　ここにいるといい」とほほえまれて、いまに至る。彼女も内心留まりたかったからほっとした。

リズベスは、小さなファッジを口に放り、懐かしい甘さを堪能した。ロデリックはよくメイズ・オブ・オナーとファッジを用意してくれるが、子爵家の味にはかなわない。侯爵家のものは上品すぎて、少々気取った味なのだ。さすがうちだわ、と、得意になった彼女は、彼はまだこれを一度も食べたことがないから、おみやげにしようと思った。

おいしいねと笑う彼を夢想しながら、リズベスは顔をほころばせた。

「……ロディ、好き。大好き」

一日が終わり、次の日が来て、またその日も終わりを迎えた。ベッドに入ったリズベスは、彼のことを考えた。ずっとロディのことを考えていたいし、そうしていようと目を閉じたとき、ふいに、遊学中の彼が手紙をくれていたことを思い出した。彼からの手紙は恐怖の対象だったけれど、いまではそんな気持ちは残らずすっきり消えていた。

あくる朝早々に、アントニアからがみがみとお説教されたリズベスは、気を取り直して老執事を探して屋敷内を歩いた。三年間閉じこもっていたことがうそのように、すれ違う小間使いに挨拶できたし、しゃんと背すじをのばしていられた。

ようやく見つけた老執事は、玄関ホールで父に帽子と外套を手渡していた。近づいたリズベスは、父の頰にいってらっしゃいのキスをして、老執事とともに大きな背中を見送ると、執事を見上げて、その黒い裾をくいくい引っぱった。

「ねえアーウェル、ロディの手紙はどこにあるの？」

「屋根裏部屋にございます。ラタフィアとともにお持ちいたしましょう」

　リズベスはううんと首を振る。執事の仕事は多岐にわたり忙しいのを知っている。小間使いたちだってひまではない。ひまなのは、リズベスだけだ。

「いいの、自分で取りに行く」

　けれど、ものの三十分で彼女は後悔するはめになる。埃《ほこり》だらけの薄暗い部屋のなかで、何度もくしゃみをし、いくつかの大きなトランクと格闘したため、亡きおばあさまの前世紀の重いドレスを出してしまった。お母さまのドレスも、お皿も、時計も、お父さまの幼少期の服も。アントニアや、エロイーズ叔母さまの若いころのドレスも、どっさりだ。

　――どうしよう。ロディの手紙を探したいだけなのに……

　どうやらリズベスに探索は不向きらしい。屋根裏部屋の惨状にうなだれていると、老執事と小間使いのハンナが現れて、手際よく手伝ってくれた。他にも二名の小間使いが片付けに来てくれた。そうして二時間後、リズベスはロデリックの手紙を手にすることができたのだった。

　分厚い束を両手で持って、どこで読もうかとほくほくしながら裏階段を降りると、うれしさが溢れてきて元気になった。廊下に出る角をスキップしながら勢いよく曲がれば、歩いていたアントニアに危うくぶつかりそうになり、リズベスは跳びはねた。

「リズベス！　あなた、子どものように廊下を走るとは何事です！　おしとやかにしなさいとあれほど……まあ、埃だらけじゃないの！　髪までも……レディが情けない！」

　有無を言わさず、リズベスはアントニアに手を引かれ、ドレスを着替えさせられた。

化粧台に座る自分は、伯母の手でレディのようになっていく。リズベスは首を傾げずにはいられない。髪型も凝っているし、おしゃれをしすぎているようだ。

「今日は午後からあなたの友人たちが来るのよ。ミルウッド子爵家とカートライト侯爵家の恥にならないようにふるまいなさい。いいわね？」

いきなりだ。リズベスは戸惑った。もう、自分はひとりぼっちで友人はいない。

「……伯母さま、どなたが来るの？」

「ベアトリス・アドリントンとキャロリン・ビセット、それからエーヴリル・マップレトンにハリエット・オグデン。彼女たちは全員未婚です。いいこと、リズベス。あなただけが夫を持つ身なのです。しかも誰もが羨む名高いロデリック。終始おしとやかに、寡黙《かもく》を心がけなさい。いいこと、決して品位を損なうばかげた話をしてはなりませんよ」

挙げられた名前は全員、かつての『おとな同盟』の仲間たちだ。しかし、まだリズベスは人と会う勇気が持てない。侯爵家の召し使いたちですら怖いのに。

「伯母さま…………会わなきゃだめ？」

「ふん！　何をばかげたことを。あなたはゆくゆくは侯爵夫人として采配を振るう身です。人に慣れるよい機会をみすみす潰すのは許しません。会いなさい！」

アントニアは、小さくなってびくびくするリズベスを見て、眉間に指を押し当てた。

「またびくびくと。最高の相手と結婚をしておきながら情けない。先が思いやられるわ」

重い足を叱咤して、リズベスはやっとの思いで庭園の四阿にたどり着く。アントニアは傍にはいてくれないようで、四マイル離れた湯治場《とうじ》に行くと言い残して去っていた。残されたリズベスはくじけそうだったけれど、老執事が来客を告げたときに覚悟を決めた。

三年ぶりに見たおとな同盟の面々は、遠目に見ても名前にふさわしく、そこそこおとなになっていた。だが、彼女たちもリズベスに対して同じ感想を持ったのかもしれない。四人の少女たちの視線は、かつてぺったんこだったリズベスの胸に釘づけだ。

「……お久しぶりね、リズベス」

まず口を開いたのが、テーブルの中央の席に座るベアトリス・アドリントンだった。

リズベスが彼女に応えようとすると、ベアトリスのとなりのキャロリンが割り入った。

「リズベス、身体は大丈夫なの？　アントニアさんから聞いたわ。わたしたちね、あなたがおとな同盟の会合に呼んでもまったく参加しないから、白状すると、うんと怒っていたの。絶交よ、なんて言っていたわ。だって、考えてみて？　秘密結社として裏切り行為よ。でも、あなたは病気で静養していたのね。聞いていたらお見舞いに行ったのに。あなたにどう謝ればいいのかしら。三年も怒っていたんだもの。わたし、恥ずかしい」

わけがわからなかったけれど、伯母が話をうまく作ったのだと次第に理解していった。

「キャロリンは謝りたいみたいだけれど、わたしは謝らないわよ、リズベス」

つんと鼻先を持ち上げて、ベアトリスは言った。

「だってあなた、わたしのロデリックさまと結婚しちゃったんですもの」

頬を膨らませているベアトリスに、エーヴリルとハリエットが「ばかねベッキーったら」と扇を口もとに当てて笑うから、ベアトリスは唇をへの字に曲げた。

「いやだわ、どうして笑うの」

「あら、ベッキーはロデリックさまに十五回も想いを伝えてすべて断られているじゃないの。普通は一度か二度で諦めるわ。なのに、わたしのだなんて言うんですもの」

ベアトリスは思いもよらないひどい発言をしたエーヴリルをにらんだ。

「しつこいとでも言いたいの？　愚かね、諦めてはおしまいなのよ。貴婦人たるもの、結婚までが戦いなの。妥協は一流とは言えない行為よ」

「それも一理あるけれど。……ねえ、リズベス」

ゴシップ好きのハリエットが、片眉を上げてリズベスに目配せをした。

「ベッキーったら、遊学中のロデリックさまを訪ねてまで告白したのよ。その執念は目を瞠るものがあるわ。あなた、妻としてどう思う？　やきもちをやいちゃう？」

「は！　ばかねハリエット、考えなしにもほどがあるわ。リズベスの立場でベッキーにやきもちをやくはずがないじゃない。妻なのだから盤石《ばんじゃく》だもの、余裕だわ」

人馴れしていないリズベスが会話に置いてきぼりのなか、小間使いのハンナが紅茶を淹れはじめ、それぞれの令嬢のもとにセットした。少女たちはこの紅茶を大変喜んだ。リズベスの家の紅茶がおいしいことを皆、知っているのだ。ミルウッド子爵家はアリンガム商会と密接に繋がっていてよいものが入るので、どれも一級品揃いなのだ。

　ベアトリスは、出されたファッジと紅茶を楽しみながら、リズベスの手に触れた。

「でもね、わたしはリズベスを許すわ。だってあなた、ジェラルドさまの娘なんですもの。もしかすると、わたし、あなたの母になるかもしれない。いいえ、なるわ。わたしね、ロデリックさまを諦めて、初めてジェラルドさまの魅力に気がついたの。どうしていままで気づかなかったのかしら。とても素敵でクールで……それでいてセクシーだわ」

「やだ、ずるいわベッキー！　わたしのいま一番の想い人なのよ！」

　きゃあきゃあと言い合いをするベアトリスとハリエットに、リズベスは目をまるくする。彼女たちは、何とお父さまを狙っているらしい。かつてのビーティのように。

　そんななか、ひとり黙っていたキャロリンが、リズベスに耳打ちをするように言った。

「ねえ、リズベス。わたしね、折り入ってあなたに聞きたいことがあるの」

　リズベスが首をひねると、話がはじまる。

「わたしたちは今年の社交シーズンでデビューするの。じきに王都に行くわ。全員美人だから、殿方は放っておかないはずよ。きっと皆、結婚することになるわ。でね、そこで問題になるのが男性のサイズなの。長くわたしたちの議題にのぼりながらも、謎とされてきたわ。でも、あなたが再びメンバーに返り咲いたんですもの。端的に言うと大きさを教えてほしいの。それを知るのは既婚者のリズベスだけ。おとな同盟としてぜひ聞きたいわ」

　キャロリンの言葉に、一同が食いつき、リズベスは八つの目に注目されることになる。

「聞きたいわ……」

ごくりとつばをのむ者もいる。だが、当のリズベスは、無邪気に目を瞬かせた。

「男性のサイズって何のことなの？　大きさって……よくわからないわ」

「とぼけないで！　知っているはずよ！」

なぜか、かっかとしはじめたエーヴリルは、持参した木製の文房具箱から紙とインク壺、羽根ペンを取り出した。彼女は、おとな同盟の書記官なのだ。エーヴリルはペンをインク壺にどぼんとつけると、さらさらと人型のシルエットを描いた。そして、股間の部分をまるで囲んだ。二重まるだ。

「ここのことよ！」

いちじくの葉だ。まさか聞かれるとは思わず、リズベスはたじろいだ。しかも羽根ペンまで手渡されてしまった。これは描いていいものなのだろうか。はしたない気がする。

だが、八つの目からは逃げられそうもなかった。覚悟を決めるしかない。

リズベスが、迷いながらもエーヴリルの絵の上にペン先を置いたとき、インクがぶわりとにじんだ。しかしながらそれは、下品にも、おなかにまで続く剛毛な下生えみたいに広がって、少女たちは「……おとなだわ……」と、どよめいた。

固唾を飲んで見守られるなか、リズベスは、そこに巨大な突起の絵を描いた。三年前、とてつもなく痛かったから、憎しみをこめてとても大きなものにした。実は、リズベスは人のいちじくの葉を見たことがないのだ。知識は馬のグロテスクなものどまりであった。

「きっと、こんな感じだと思うわ」

少女たちは凍りついた。なかでも最も顔色を失っているのは、ベアトリスだった。

「うそでしょう……？　こんなもの……聞いてないわよ。裂けてしまうわ……」

おとな同盟の面々を知らずに恐怖に陥れたばかりか、図らずも、トラウマを色濃く植えつけ、皆をほのかに男嫌いに変えてしまったリズベスは、彼女たちの見送りをして、そのあと、書斎にやってきた。胸に抱えるのは、屋根裏部屋から出したロデリックの手紙だ。

部屋の中央にでんと据えられたマホガニーの机に陣取ると、ペーパーナイフですべての封をせっせと開けて、終われば再びそれらを抱え、今度は母親の部屋に移動する。

手紙は全部で百二十二通もあって、リズベスは、どんなことが書いてあるのだろうとわくわくしながら、ゴブラン織りのソファに腰を落ち着けた。そんな彼女を見かけた老執事が、気を利かせてとろとろに甘いラタフィアを運んでくれたので、笑顔でそれを受け取る。

それから一番古い手紙を取り出した。そこには、自分では絶対に書けないような、流麗《りゅうれい》な文字が書かれてあった。彼は姿だけではなく文字すらうつくしいのだと知った。彼は何でもできる人。それがロディなの、と誇らしく思いながら、リズベスは文面に目を走らせた。読んでは次の手紙を開き、また、次へと移る。そこに綴られていたのは、おもに日常的な出来事だ。国内ではまず目にできないめずらしい風景や建物、言語、勉強、食べ物のこと。苦労したこと、達成したことも書かれてある。彼女は時々「そうなのね」と、彼を想ってうなずいた。まるで会話をしている気になった。脳裏に彼が見てきた景色が広がって、当時の彼に会いたくなった。そして、手紙に共通して書かれているのは、リズベスへの気づかいと、あたたかくなる愛の言葉だ。頬を染めたリズベスは、彼に「わたしも同じ気持ちよ、ロディ」と伝えたくなった。

くすくすと笑ってしまう場面や、大変ねと目をにじませながら読んだ手紙もたくさんあった。めずらしく弱音が書かれてあり、がんばってと励ましたくなったときもある。けれど、ついにリズベスは、肩の震えを止められず、涙なくして読めなくなった。たとえ楽しいことが書かれていても、涙が溢れて目の前がぼやけて文字が見られない。胸がぎゅうと痛くなる。返事を書きたい、でも、書けない。全部いまではなくて、過去のことだ。

彼の愛の言葉は幸せだけれど、自分の愚かさがつらかった。

耐えられずに、リズベスはベッドで毛布を頭から被ってうずくまる。ロデリックに会いたい。でも、いない。溢れる思いをどうにもできずに、ぐすぐすしながらただ泣いた。

その話が舞いこんだのは、リズベスが子爵邸に来てから五日目のことだった。リズベスは手紙の件で、愛の言葉にうれしくなったり、しでかしたことに落ちこんだりして、自分を見失い、混乱の渦のなかにいた。しかし、リズベスなりにすでに答えは出していた。それは、彼の手紙をことごとく無視した自分は、とてもひどい人だというものだ。許されざる行いには罰が必要だ。彼女は、自分をどうこらしめるべきかを考えた。

ロデリックや父に、こらしめてほしいと言ってもだめだろう。リズベスは、彼らが自分に甘いと知っている。それに、たとえロデリックに手紙について謝ろうとも、彼はまちがいなく笑って「ぼくは気にしないよ。リズ、謝ってくれてありがとう」と、こらしめるどころか、やさしく頭を撫でてくるだろう。それでは絶対にだめなのだ。

うろうろと邸内をさまよい歩いていたリズベスは、ちょうど客間付近で、おしりを揺すって歩くアントニアを見つけた。

「リズベス、背すじが曲がっています。ぴんとのばしなさい。何度言えばわかるのです」

「あの、伯母さま。……あのね、わたしをうんと叱ってほしいの……」

「んまあ！　わけもなく叱れなどと情けない、あなたは何を考えているのです！　褒められたいのではなく、叱られたいと望むなど愚の骨頂《こっちょう》。その向上心のなさがあなたをこのような体たらくに貶めているのです。まったく恥ずかしい、しっかりなさい！」

搾られながら、リズベスは気づいてしまった。伯母に毎日がみがみと怒られるものだから、怒られ慣れていて、自分をこらしめる効果はまったくない。

そんなときだ。ノッカーの音がホールに響きわたった。リズベスを訪ねて、おとな同盟の一員であるキャロリンが、ひとりで予告もなくやってきたのだ。彼女はうら若き令嬢にもかかわらず、召し使いのひとりもつけずに馬に乗って来たものだから、老執事が迎えるよりも先に、アントニアにこっぴどく締め上げられた。助けを求める視線を終始送られていたからリズベスが助けに入るも、伯母にあっさりはね除けられてだめだった。

キャロリンが解放されたのは、三十分ほど経ってからだ。

「すごい迫力だったわ……涙が出そう。リズベスはいつもあれに耐えているのね……。わたし、くじけそう。まるでサタンに取りつかれたよう。いいえ、サタンそのものだわ」

リズベスはよろよろのキャロリンを客間に案内し、ソファにそっと座らせた。

「そうね。でも、伯母さまは悪い人じゃないの」

「わかっているわ。だって、召し使いなしでここに来たのはよくないって思うもの」

ぼそぼそと話したキャロリンが、リズベスの腕を強くつかんだ。

「ねえリズベス、わたし、あなたに伝えたいことがあって来たの」

「わたしもキャロリンに、ちょうど頼みたいことがあるの」

口をまごまごさせたキャロリンは、リズベスに「お先にどうぞ」と譲った。

「あのね、キャロリン。わたしをうんとこらしめてほしいの」

キャロリンは、わけがわからないといった体《てい》で、青い目を瞠った。彼女はリズベスを四歳のころより知るため、その突飛な性格を理解しているが、こらしめろと言われるなど、さすがに想像が及ばなかったようだ。あきれ混じりな息を落とした。

「ばかげていると言わざるを得ないわ。一体何のためにこらしめるの？」

リズベスは、事の顛末《てんまつ》――ロデリックからもらった百二十二通もの手紙をことごとく無視したことを伝えた。

「うそでしょう？　あのロデリックさまがあなたに一方的に手紙を出し続けていたの？　本当に？　信じられない！　だって、わたしが知る彼は、物腰はやわらかでほほえんでいるけれど、それは万人に対してで……クールでとらえどころのない、流れる清水のような方だわ。執着とは無縁だと思っていたのに、あなた、本当に愛されているのね」

うつむいたリズベスは、手紙に書かれた愛の言葉を思い出し、ぽっと頬を赤らめた。

「そうなの……ロディはわたしを愛してくれているの。そして、わたしも……」

「でも、百二十二通もの手紙を無視するなんて、あなた、本当にひどいわ！　そうね、悪魔と言ってもいいくらいよ。自分と置き換えて考えてみなさいよ。わたしだったら悲しくて苦しくて息が止まってしまうわ」

リズベスは、ロデリックに百二十二通の手紙を出して、無視される自分を想像してみた。すると、キャロリンが言った通り、悲しくて苦しくて、息が止まりそうになった。

「ちょっと、息がへんよ！　リズベス！」

過呼吸ぎみになったリズベスは、キャロリンに助けられ、ほどなく平静を取り戻した。

「……だからね、キャロリン。わたしには罰が必要なの。うんとつらいものがいいわ」

キャロリンは、深々とため息を落とした。

「わたし、あなたに伝えたいことがあってここに来たの。たぶん……ううん、きっとあなたは打ちひしがれるわ。だから、こらしめるという点では、うんと効果があると思うの」

脈打った。

彼女の表情から読み取れるのは、とてもよくない話だ。リズベスの心臓は、どくどくと脈打った。聞くのは怖い。けれど、それこそが望みなのだと思い直した。

「いいわ。キャロリン、話して？」

「落ち着いて聞いてね」

「聞くわ」とつぶやき、こくんとうなずくと、彼女に両手をとられて、ぎゅっと包まれた。

「お兄さまが、先ほど王都から帰ってきたの。でね、ロデリックさまが都で……二日前に女の人と公園を歩いていたらしいの。馬車にも一緒に乗っていたそうよ。公園だけじゃないわ。その……ふたりで夜会にも出ていたらしいの」

リズベスは目を見開いた。こめかみがちりちりする。女の人――つまり……

「赤毛の綺麗な女の人だそうよ。わたし、あなたが子爵家にいるのはおかしいと思っていたの。侯爵家にいるべきなのにって。だからね、お兄さまの話を聞いて、びっくりしちゃって慌てて来たの。ねえ、あなたたちは別居しているの？　侯爵家に戻らないの？」

頭のなかが白くなり、キャロリンの言葉がうまく耳に入らない。

「やだ、そんな顔をしないで。でもね、ものは考えようだと思うの。ロデリックさまをはじめ、男の人のサイズは考えられないくらいに大きいでしょう？　わたし、なぜ殿方が愛人を持つのか理解したの。妻だけでは夫を受け入れ続けるのは無理だからよ。きっと刺された穴の回復に、うんと時間を要するの。ライオンも一匹の雄に雌がたくさんだって聞いたことがあるわ。それはね、人間と同じ理由なのよ。だから落ちこまないで。リズベス、身の危険が去ったと捉えるの。裂けては大変だもの。愛人は容認したほうがいいわ。でもね、ロデリックさまの心はあなたのものよ。だって、百二十二通なんですもの」

それからのリズベスは放心したままだった。キャロリンが帰ったことも気づかなかったくらいだ。食欲だってなくなって、大好きなメイズ・オブ・オナーとファッジを食べられなかったし、夕食だってだめだった。けれど、その夜、リズベスはひとり納得してうなずいた。キャロリンがもたらした事実は、リズベスをこらしめるには十分であり、とてつもない効果があった。地獄を感じる。でも、これでいいのだ。自分に対する報いなのだから。

そう思った途端に、リズベスは、わあわあ声をあげて泣いた。心配した子爵や老執事が飛んできても、構わずにしゃくりあげて泣いていた。やがて、父の腕にやさしく包まれながら、リズベスはもう一度うなずいた。

——わたし、許すわ。ロディが愛人を作ってもいいの。つらいなんて思わない。……つらいけれど、我慢する。我慢できる。だって、それがわたしの罪なんだもの。

夜眠ると、リズベスは過去の夢を見る。整えられた木の迷路を抜けた先、光が降りしきる大きなぶなの木のもとで、精霊めいた彼を見つけた。最初の彼はそっけなくて、けれど、話すうちに仲良くなれた。手がこちらに差し向けられて、のせればぎゅっと握られた。緊張したけどあたたかい。素敵な彼とこうしていれば、何でもできる気になった。親友になり、キスをした。唇のやわらかさに驚いた。一緒にいるのが楽しくて、踊るのが楽しくて、おしゃべりも乗馬も楽しく、彼と出会ってずっと楽しいままだった。きらきらとした宝物みたいに輝く大切な日々だった。同時に、黒く痛い恐怖の夢も見るけれど、彼といれば闇は晴れて怖くない。触りたくなる黒い髪に、いろいろな光を集める銀色の瞳。薄い唇が開かれて、「リズ」と呼ばれるとうれしくなった。

　けれど、目が覚めれば色褪せる。現実を思い知る。まだ見ぬ赤毛の綺麗な人が、彼と手を繋いで歩くさまが脳裏を占める。きらびやかな光と音が溢れるなかで、彼が赤毛の彼女の腰に手を添えて、優雅にワルツを踊り出す。ふわりと彼女のドレスがひらめき、くるりと回る。想像しただけなのに、うまく息ができなくなって、心が張り裂けそうになる。

　荒くなった息が苦しくて、ぎゅっと胸に手を当てた。落ち着こうと、りんごをナイフで割ってみる。それは半分に切ったりんごの種子の様子で占う、古くからある恋の占いだ。リズベスは目をすがめ、恐る恐る中身を窺い、すぐに顔色を失った。傷ついたひとつの種子が示すのは、夫婦関係の波乱だ。彼とずっと一緒にいたいのに。

　気づけば涙がこぼれて、手の甲でごしごしこするけれど、いくらやっても追いつかない。あとからあとから溢れ出る。リズベスは、すでに知っている。彼が好きだ。愛している。だからこそ、余計に彼の愛を失った事実が重くのしかかる。

　リズベスは、ひと月経ったいまも子爵家に留まったまま動けないでいた。あれからロデリックが来たとアントニアが言っていたが、まだ涙が出るから彼の前には立てずにいる。会えば、まちがいなく幻滅されるだろう。対応は父に任せきりだった。

　このまま子爵家にいようかな、とさえ思う。リズベスは、赤毛の綺麗な人を――愛人を、許せるけれど見たくない。会いたくない。きっと、ひどいことを思ってしまう。リズベスは、打ちひしがれてばかりだった。

窓枠にひじをつき、頬杖をついていると、ため息がこぼれる。そのとき、背後に気配を感じて、振り返れば父がいた。

子爵は静かに歩み寄り、リズベスの頭をくしゃくしゃと撫でた。

「リズ、きみがいたいだけずっとこの屋敷にいればいい。でもね、どうしてそんなに塞ぎこんでいるんだい？　私に教えてくれないか。アントニアもきみを心配しているよ」

うつむいたリズベスは、下唇を噛みしめたのち、父を見上げた。

「話したくないのなら言わなくてもいいが……でもね、きみが泣いているところは見たくないんだ。ひとつアドバイスをすると、話せば解決することもある。リズの重荷を私にも背負わせてくれないか？　私はきみの父だが、イーニッドの代わりも務めたいんだよ。つまり、父であり母でありたいんだ。……おや、涙が出てきたね。ほら、おいで」

リズベスは、のびてきた父の手により、抱え上げられた。父の首に腕を回し、ぎゅっと抱きつく。

「お父さま……大好き」

「私もだよ、リズ。だからね、大好きなきみの悩みを分かち合いたい思う。だめかな？」

とても言いにくいけれど、リズベスは子爵の肩に顔をうずめながら言った。

「……ロディに、好きな人ができたの……赤毛の、綺麗な人」

子爵の眉がひそめられ、鼻にしわが刻まれる。「あのクソガキ」と聞こえた気がする。

「好きな人？　本当に？　事実ならきみを返してもらうが、本人に確かめたのかな」

首を横に振ると、金茶色の髪をわしわしとかきまぜられた。

「リズ、ロデリックくんを抜きにしても、憶測だけで物事を判断するのは感心しないね」

「でも……」

「大切なのは、憶測や噂ではなく、事実だよ。まずはロデリックくんに確かめてごらん。彼、王都から戻って以来、きみに会わせてくれと、毎日ここを訪ねて来るからね。しつこくて非常に困るよ。でもね、他に想い人がいるのならできない行動じゃないかな」

「確かめるの……怖い」

「怖い気持ちにわかるが、がんばって勇気を出してごらん。勇気を出して損をするなんてことはない。勇気を出さないほうが損をしたり後悔することが多いんだ。行動しなければ、何も得られないからね。それにね、案外きみを取りまく世界はやさしいんだよ」

リズベスが父を見ると、濡れたまつげがその頬にぺたりと触れた。

「……本当？」

「本当だとも。きみにはこの私がついているからね。だから少しばかり危険な冒険をしたとしても、安全なようにできているんだ。心強いだろう？　それにね、リズは私とイーニッドの最高傑作でとびきり自慢の娘だ。胸を張って前を見てごらん。イーニッドから引き継いだその緑の目で、怖がらずに素敵なものを数えきれないほど見てほしいね。気づけなかったことや新たな発見が、この先たくさんあるはずだよ」

まぶたを閉じたリズベスのまなじりから涙が滴った。そのまなうらに浮かぶのはロデリックの笑顔だ。

ゆっくりとまつげを上げたリズベスの瞳に、もう迷いはなかった。

「お父さま。わたし、怖がらない。ロディに確かめてみる」

「そう。……では」

すうと息を吸いこんだ子爵は、大きな声で続けた。

「ロデリックくん！」

とびらが開く音がして、父に抱き上げられたままのリズベスは、慌てて身じろぎした。まさか、ロディが？　と青ざめる。いきなりすぎて言葉が出ない。とびらのほうも見られなかった。思わず子爵にさらに強く抱きついた。……怖い。

「リズ、ぼくだよ」

久しぶりに聞く彼の声だ。でも、どういう顔をしていいのかわからず、リズベスは袖でごしごし涙をふいた。依然、彼と目を合わせられない。

「おやおや、困ったね。ロデリックくん、リズはきみよりも私のほうがいいみたいだ」

「だとしても、ぼくはすぐにあなたを越えます」

「憎らしいほどだたいした自信だ。私を越えるのは無理だと思うが。……ああ、きみ、どさくさにまぎれて勘違いしないように。私は許したわけではないからね」

「わかっていますよ。激怒、なのでしょう？」

「当然だね。今回は、二十日にも及ぶ執念深すぎたきみの粘り勝ちだが、次はどうかな」

　父の腕が前方に移動して、ロデリックに自分を引き渡そうとしていることに気づいたリズベスは、必死に子爵の首にしがみついた。

「こら、引っ掻いちゃだめだ。痛いよリズ、先ほどの決意はどうしたんだい？」

「いや……。泣いているからいやっ」

　片眉を上げた子爵は、ロデリックにいじわるく笑んだ。

「と、リズは言っているが、ロデリックくん。私は父として娘の願いを叶えてあげたいなあ。あと半年ほど別居を続けてみてはどうだろう？　一年……いや、一生でもいい」

「お断りします。もう、ぼくはリズと離れているのは嫌なんです。耐えられない。絶対に連れ帰りたい。……ねえリズ、ぼくを見て？　顔を見せて。お願い」

　一度ぎゅっと目を閉じてから、リズベスは恐る恐る振り向いた。そして、息をのむ。

　漆黒の髪のあいだから見える銀の瞳がやさしく細まった。少し、髪がのびた気がする。少し痩せた気がする。着ている黒い服が大人びている。でも、変わらず彼はロディだ。

「リズ、来て」

　広げられた腕に、父によって身体が運ばれ、ロデリックに抱えられた。どきどきして、心臓が破裂しそうで、きっと顔も赤くなっている。

　至近距離にある、彼の形のいい唇が開いた。

「ぼくたちの屋敷に帰ろう？」

　ぱっと鮮やかに侯爵邸での日々がよみがえる。リズベスは、彼といたいと強く思った。

リズベスが父を見ると、うなずきが返された。リズベスは、夫を見上げて言った。

「ロディ、一緒に帰る」


侯爵邸に向かう馬車のなかで、ロデリックはずっとリズベスを放そうとしなかった。彼の顎が肩にのり、時々洟を啜る音がする。もしかして、もしかすると、まさか……泣いているのかもしれないと思い、リズベスは、戸惑いながらも彼の頬に予告なく触れてみた。すると、頬は濡れていて、彼女もまた、つられてじわりと目をにじませた。

「……知られたくなかったのに」

彼は決まり悪そうに言った。

「情けない夫で、嫌いになった？」

不安をのせた声だった。リズベスは、慌てて首を振って否定する。それだけでは足りないような気がして、「嫌いにならない」と付け足した。おまけに、すべらかな頬にも、勇気を持って、ちゅっとくちづけた。

彼の涙をぺろりと舐めると、少ししょっぱい味がした。リズベスは、この泣き顔も素敵だと思った。黒いまつげに水晶みたいな粒がつき、銀の瞳も瑞々しくなっている。鼻が少し赤くなっていてかわいい。手をのばして黒髪を撫でると、彼の顔が紅潮した。

「いいこ」

彼は、ぐす、と鼻を鳴らした。

「リズ、ぼくはもう子どもじゃないよ。それに、年上だよ？」

「知ってる。ロディは十七でわたしは十六。ロディはいいこだわ。……来て」

リズベスが腕を広げると、彼が胸に顔をうずめて抱きついた。いいこいいこと彼の頭を撫でると、彼が、胸の膨らみにほおずりしてくるから、リズベスは赤くなる。

「……ぼくは、恥ずかしいけれど、きみのことになるとばかみたいに弱くなるんだ」

「ロディは強いわ」

手を取られ、そのまま彼が近づいて、唇を吸われた。しばらく熱を重ね合う。

「弱いんだ……。きみがいない王都は耐えきれなくて、やっと会えると思って戻ってきても、屋敷にきみがいなくて……会えなくて、気が狂いそうだった」

彼は帰宅後、毎日子爵邸を訪ねたのに、リズベスが会えないと言ったから門前払いにされていた。自分の行いがまた彼を苦しめる結果に至り、リズベスの胸はちくちく痛んだ。

「いま、リズとこうしていられてうれしい。幸せだなって……。ぼくは、この幸せを当たり前だと思っていたんだ。そんなぼくに罰が与えられたのかもしれない。きみがいて当然だって、ぼくだけのものだって、……うぬぼれすぎていたのかな」

「わたしがいけないの」

ロデリックはリズベスの金茶色の毛束を持ち、そこに愛おしそうにキスをした。

「リズは悪くない。ぼくが、王都にきみを連れて行けばよかっただけ。それでね、アントニアさんにも訴えたんだ。リズに会わせてって。そうしたら彼女、きみの品性を叩き直すまでははだめだって。よくわからないけれど、怒られた？　叩き直されてしまった？」

「わからないわ。……直ったような気もするけれど、直っていないような気もする」

「ぼくはきみに、無理に変わってほしくないよ。そのままでいてほしい。口、開けて？」

従えば、また彼がリズベスの口に唇を押し当てて、舌がゆっくりと絡められた。深いキスは息つぎが大変だけれど、思いを……好きを伝え合っているみたいでうれしい。

くちづけは長く続けられ、彼が彼女を解放したのは、侯爵邸の門が見えたときだった。

「リズ……ぼくが、好き？」

彼は顔に情欲をにじませて問うてくる。リズベスはすぐ、彼に「好き」と伝えた。

「ぼくはきみが大好きで仕方がないんだ。愛してるなんて言葉が軽く思えるくらいに愛してる。もっとうまく表したいけど、当てはまる言葉がない。それほど愛しているんだ」

リズベスは、まつげをはね上げた。素直にうれしい。たとえ赤毛の綺麗な女の人がいても、いまこのとき、彼の想いはうそではないと思えて幸せで、涙がこぼれた。

「ロディ……わたしも、愛してる」

「……本当？」

リズベスが首を縦に動かすと、彼に強く、固く、抱きしめられた。

「もう一度聞きたい」

「ん。愛しているの、ロディ」

それは彼女の、混じり気のない想いがこめられた言葉だ。リズベスは、彼を意識するようになってからはじめたことがある。彼と一緒にいたくて、お風呂には常に恋を叶えるハーブのゲンチアナを入れているし、ポケットには、ずっと一緒にいられるように恋の魔法のサシェと、彼を引き寄せるタマリンドとリバーワートをしのばせている。バジルやりんごを使った恋のおまじないは、かなり頻繁に行っていて、結果次第で一喜一憂している。よい結果のときは、一日中そわそわしながらわくわくしていられるほどだ。

「おまじないが効いたのね……精霊は、やっぱりいるのだわ」

小さくひとりごちたリズベスは、こちらを見つめる彼の瞳に自分が映っているのをみとめて満ち足りた思いがした。

「わたしね、ロディが大好き」

彼はおなかの底から、安堵混じりの息を吐き出した。

「リズ……いつだってぼくは、きみの気持ちを知りたくてしょうがなかったんだ」

リズベスは、彼の言葉にはにかんだ。これからは、恥ずかしくても、伝えようと決めた。

「ロディ、好き」

「うん。リズ、ぼくも好き」

「わたしのほうが、もっと好き。いっぱい好き」

「ううん、ぼくのほうがもっと、もっと好きだよリズ」

彼が、愛撫を思わせる手つきで腰を撫でてくるから、リズベスは疼きを覚えた。

「ぼくは、寝ているきみに毎晩愛を伝えていたけれど……起きているきみにこそ伝えたい。

見つめられながら愛したい。深く、たくさん愛したい」

「愛はいま聞いたわ。すごくうれしかった。寝ているときにも言ってくれてたの？」

「そうじゃない。言葉じゃなくて……身体で。リズ、愛してる」

こめかみに彼のやわらかな唇を感じ、くすぐったさに、リズベスは目を閉じた。

「きみのすべてに伝えたい。いますぐ愛を交わしたい。……もう、夜だけじゃ嫌なんだ。リズを思いきり愛したい。ねえ、愛してもいい？　いまから」

ロデリックが愛してくれるのは大歓迎だ。だって、彼を愛している。リズベスは、元気よく「うん」とうなずいた。すると、彼の顔に笑みが広がり、短く唇をついばまれた。

「うれしい……すごく、うれしい。ありがとう」

馬車が車寄せに停車した途端、リズベスは、彼に抱き上げられて驚いた。瞬きしながら「自分で歩くわ」と伝えたけれど、「運ばせて？」と返され、そのまま彼は突き進む。

重厚なとびらが魔法のように開かれ、大股で歩くロデリックは、玄関ホールにたたずむ吸血鬼に、「フランシス、今日の夜会は出ない。断りの使いを出してくれ。あと、誰も取り次がないで。ぼくとリズは留守だ。明日も留守だから。いいね？」と命じた。

このときふっと、リズベスの脳裏に、まだ見ぬ赤毛の綺麗な女の人が、ドレスをひるがえすさまが描かれた。瞬間、リズベスのなかに、彼女に絶対に負けたくないという思いがふつふつと湧いて、気づいたときには宣言していた。

「わたし、夜会に行くわっ」

「…………え？」

「ロディが行かなくても、行く」

唖然とするロデリックを尻目に、吸血鬼の背後に控えていた蝙蝠――もとい小間使いたちが目を輝かせて沸き立った。実は彼女たちは、ロデリックのかわいらしい妻を飾り立てたくて、前からうずうずしていたのだ。だから、彼らの主であるロデリックの眉がぐっとひそめられたのには気づかない。

幼少期、プラチナブロンドのうつくしい髪と緑の瞳を持つことから、希有《けう》な娘と称えられていたリズベスは、大きくなって金茶色の髪に変化しても、たとえ奇抜な性格でも、かもし出す雰囲気が、知らず人を魅了していた。それは、彼女の父と母が大切に育み、愛する娘に与えた最高のギフトだ。

「ではリズベスさま。ドレスを選ばねばなりません。いますぐお支度いたしましょう」

聞き届けられたこと、そして、無表情な黒き彼らが表情を見せてくれたことがうれしくて、リズベスは、母親譲りの蕾もほころぶような笑みをたたえた。

それにぎょっとしたのはロデリックだ。自分が引き出したかったリズベスの笑みがここにある。彼は、くやしさと焦りと独占欲をないまぜにして、片手で両目を覆った。

「……やめてリズ。その笑顔、禁止してもいい？　それはぼくだけにして」

彼を仰いだリズベスは、目を瞬かせたあと、「わかったわ」とうなずいた。

8章　幸せな言葉

　ポンペイ遺跡が発掘されてからというもの、社会は古代への関心が高まっていて、夜会が開かれている建物も、古代ギリシャに基づく壮麗なパラディオ様式だった。リズベスの書いていた創作話も古代ギリシャがモチーフだ。心をときめかせた彼女は、アマゾネスの女王、ピンダロキュロスのイフゲネイアになりきって、背すじをぴんとのばして威風堂々《いふうどうどう》馬車から降り立ち、辺りを見回した。まるでそこは夢の世界のようで、わくわくして落ち着かない。リズベスや他の婦人たちがまとっている流行りのエンパイアラインのドレスも、古典的なギリシャとローマの彫刻から着想を得ているのだからなおさらだ。

　リズベスの華奢な身体を包むのは、ロデリックが自ら選んだ、発色のよい水色の生地に銀の鬘飾りと真珠が装飾された、意匠を凝らしたドレスだ。通常、夜会で若い娘が着るのは淡い色味のものだが、ロデリックが、「リズは既婚者だから濃い色がいい」と言い張った。生地は厚く、心なしか胸の露出も控えめであったため、リズベスも素直に従った。

　リズベスは誇らしげな気持ちで、エスコートしているロデリックを見上げた。その横顔に「好き！」と頭のなかで伝えたけれど、ふと、自分がイフゲネイアなら、彼はヴァイオス＝テオドロスなのだわ……と、複雑な気分になってしまい、同時に、顔から火が出るほどの恥ずかしさを覚えた。空想のなかで彼をこてんぱんにやっつけてばかりいたのだ。矢だってたくさんお見舞いしたし、息の根を止めようと躍起になって、水攻めや火攻めにして追い詰めたこともあった。リズベスは、そわそわと視線を泳がせながら、過去の汚点であるアマゾネスの物語をすべてすみやかに処分しなければならないと思った。

階段をのぼりきると、紳士淑女が大勢たむろしていて、リズベスはぴしりと固まった。もしも彼の手が背中に添えられていなかったら、踵を返して逃げ出していたかもしれない。それから、あっという間に婦人たちに囲まれ、黄色い声を浴びせられた。もちろんそれは貴公子ロデリックに対してだ。リズベスは、彼の人気をうっかり失念していた。

彼に向けられる目はとろりとした甘やかなものだけれど、リズベスには容赦なく値踏みとやっかみの、明らかな敵意の視線が突き刺さる。婦人は同性に対してことに厳しい。彼といたなら終始人目に晒される。

人に酔い、ほとほと疲れ果ててしまったリズベスは、ふらふらになりながら後退り、少しずつロデリックから距離を取って、彼のもとを離れた。

緊張で息が苦しくて、額には玉の汗が浮かんでいる。人の少ないところをよろよろと探し、ダンスホールの壁に背をもたせかけた。

遠くの彼を確認すると、大勢から話しかけられて、忙しそうだった。ロデリックといられないのはさみしいけれど、仕方がないのだと言い聞かせた。

リズベスが夜会に参加するのはこれが二度目だ。そのため、まったくもって慣れていないし、ロデリックに恥をかかせたくない。とはいえ、することもなくて、自身のドレスの裾から覗く青いサテンの靴を見ていると、曲調はカントリーダンスに変化した。目を走らせれば、リズベスと同じ年ごろの若い娘たちが紳士に誘われ、踊り出そうとしている。それは奇《く》しくもビーティの誕生日会でロデリックと楽しく踊った曲だった。あのころの記憶が脳裏をよぎり、余計に彼がいない事実がつらくなり、おなかの底から心の息が出た。

「あら、リズベスさん、ごきげんよう」

とげを含んだ声に顔を向けると、赤いドレスの見知らぬ婦人が立っていた。リズベスは、どう接していいのかわからず、おどおどしながら扇を握る。

「新婚だというのに、ロデリックさまはいつもおひとりで夜会に出席されていたから、妻のあなたとは、てっきり距離を置いているものだと思っていましたわ。まあ、でもいまおひとりということは推して知るべしということかしら」

婦人はさらにリズベスに近づき、赤い唇を笑みの形にゆがませた。

「それにしても、社交も満足にできないあなたがなぜ彼に選ばれたのか、世の中の七不思議と言えますわね。でも、わからなくもないですわ。おとなしい妻でしたら、殿方は気ままに過ごせますもの。あの方は、きっと外で自由を謳歌《おうか》なさるおつもりなのね」

自由とは……。何となく、彼女が示唆するものが理解できた。――愛人だ。

リズベスがしょんぼりとまつげを伏せてうつむくと、横から声が割り入った。

「ジョーハンナ、あなた、未婚だというのに余裕ですこと。他の娘たちが躍起になって相手を探して踊っているのに、のんべんだらりとおしゃべりに興じているとはね。どの紳士からもダンスに誘われないなんて、わたくしが同じ立場なら、よほど魅力がないのかと青ざめて倒れているところですわ」

思わぬ辛辣《しんらつ》な言葉を婦人に投げつけたのは、伯母のアントニアだ。扇を口もとに当てた伯母は、不敵にふんと鼻で笑って続ける。

「その器量でその性格。他人事ながら先が思いやられるわ。早くしないと買い手がつかなくなってしまうというのに。こんなところで既婚者相手に油を売って、性根の悪さを公に披露するなど情けない。ますます殿方は、蜘蛛《くも》の子を散らすようにあなたから逃げていきますわね。自業自得よ」

かんかんになりながらも、言い返す言葉が見つからなかったのか、婦人は唇を噛みしめて、その場を去っていった。見送る伯母は、横目でリズベスを流し見る。

「しっかりなさい。こんな壁ぎわでうじうじと……笑顔を忘れて、隙を見せるからくだらないごみ虫が寄ってくるのです。ああいったばかな女に言われ放題であなたの矜持はどうなっているの。リズベス、あなたは本来つまらない戯言など、やすやすとあしらって切り返せる娘です。……まったく、妻を放っておくなんて、ロデリックはどこにいるの」

伯母が辺りを見回していたところで、リズベスはどこかの青年にうやうやしくダンスに誘われてしまった。戸惑い、こわばっていると、アントニアにどんと背中を押されてつんのめる。

「良い機会です。踊りでも踊って、三年分の陰気な自分をはらっておしまいなさい」

「でも……」

「でもじゃありません。カントリーダンスは踊れるでしょう。見せつけるのです」

そんなこんなで、リズベスはにきび面の素朴な青年とカントリーダンスに加わった。最初こそぎこちないものだったが、三年の時を経ても案外身体は覚えているようで、下手ながらもなんとかついていくことができた。息が切れて体力のなさを思い知るけれど、身体を動かすのは楽しい。リズベスは青年を見ながら、相手がロデリックだったらもっとよかったのにと思った。

だから、この曲が終われば、ロデリックのもとに行こうと決めた。が、すぐに他の紳士に誘われて、彼女は立て続けに三度もパートナーを変えて踊るはめになった。ようやく切り抜けたころにはへとへとになっていて、思わず大きな柱に手をついた。ロデリックと踊りたい。でも、体力は底をついている。

胸に手を当て、息を整えていたときだった。

「やあ、リズベス。相変わらず綺麗だ。今宵の満月も、きみの前には霞んでしまうね」

耳をえぐる低い声に、ぞわりと肌が粟立った。顔を上げれば、栗色の巻き毛のマンフレッドが立っていた。たとえ好青年然としていても、リズベスは彼の家で催された夜会での卑猥な会話をすべて記憶に留めている。一言一句よみがえり、ぶるぶると身が震えた。

こちらをねちこく見つめる瞳が、すうと細まった。

「まずは、結婚おめでとうと言うべきなのかな。もちろんぼくとも踊ってくれるよね？」

嫌だと思った。咄嗟に首を振って拒否すれば、大きな手で腕をつかまれた。驚きに瞠目するリズベスに構わず、にたりと唇をゆがませてマンフレッドは言った。

「さあ、行こうか」

無情にも曲がはじまり、ダンスの輪に加えられ、リズベスに地獄が訪れた。

三年に及ぶ引きこもりのせいもあり、体力が乏《とぼ》しいリズベスは、すでに息も絶え絶えだ。恐ろしさもあって、ひざもがくがくしておぼつかない。しかし、マンフレッドは厳しい視線で威圧してきて、無理やり彼女を踊らせる。リズベスは、ロデリックの妻として参加している以上、彼に恥をかかせることだけはしないようにと、逃げ出したい気持ちをこらえて、必死にマンフレッドに合わせた。

マンフレッドは意外にもダンスがうまかった。だが、ひどく自分本位なダンスでもあり、己を目立たせるためだけの技巧ばかりを使って、相手を振り回す。おかげでただでさえ蒼白だったリズベスは、いまにも倒れそうになっていた。踊りのさなかに彼が語る話は、まったく耳に届かない。

やがて、ステップのおかげでふたりが離れるときがやってきて、疲れ果てたリズベスは内心大いに喜んだ。が、そのとき、マンフレッドがだしぬけに彼女の腰に腕を回してきた。

びっくりしたリズベスは、目を大きく開け放つ。対して、マンフレッドはすまし顔だ。

「おや？　レディ・リズベス、ずいぶんお疲れのようですね。……少し、あちらで休憩しましょうか」

腰にある大きな手は、絶対に逃すまいとがっしり固定されていた。恐慌の極みにあるリズベスは、声ひとつあげることができずに、マンフレッドによって一見優雅に、しかし強引に、テラスに引きずられていった。

頭上に輝く星々や月は、侵しがたいうつくしさを誇っていたけれど、リズベスの目には入ってこない。彼女は、夜会に行くなんて言わなければよかった、ロデリックの傍を離れなければよかったと、自身の愚かさを呪うばかりだった。

夜会の参加者は皆、社交や踊りに夢中なのだろう。広いテラスは無人だった。会場の雑踏とは真逆の静けさが、恐怖を押し上げる。彼女には、前を行くマンフレッドの背中がやけに大きく見えていた。さながら黒い壁だ。

立ち向かいたいのに、のどはきゅっと閉じていて言葉を発せない。どうしてもだめだった。身体も思うようには動かず少しも抗えない。自分のふがいなさに泣きそうだった。

「リズベス」

ぴたりとマンフレッドが足を止めた。そのままゆっくり振り返る。刹那、手すりに背を押しつけられていた。左右に手を置いた彼に檻のように囲われ、縫い止められる。身動きできない。すでに痛いほど早鐘を打っていた心臓は跳びはね、のどの奥からは、きゅうとか細い声が漏れる。

「ぼくはきみの結婚を祝うことができない。認めたくない。きみが好きだから。三年も前から……きみをビーティの誕生日会でひと目見たときから好きだった。きみを見つけたのはぼくだ。あの夜会の日……求婚しようと心に決めていた。それなのに、きみは気づかぬうちに帰ってしまった。このぼくに何も告げずに……あのとき、ぼくがどんな思いをしたか知っているかい？」

マンフレッドは自身の胸をこぶしでどんと叩いた。

「ぼくの思いはどうなる？　きみの家を訪ねても、追い返されていたぼくの気持ちは！」

恫喝《どうかつ》に近い問いかけに気圧されて、リズベスはすくみあがり、ぶるぶると震えた。

「ねえリズベス……」

屈んだマンフレッドと鼻が触れ合いそうになり、リズベスは顔を背けた。

「きみをぼくの妻にしたかった。だが、きみは他の男の妻になってしまった。おかげでぼくは、好きでもない女と結婚しなければならない。ひどいと思わないか？　どうしてぼくの息子を産むのがきみじゃないんだ？　ぼくたちは運命の恋人だというのに。きみはもうあの男に抱かれてしまったのかい？　このかわいらしい身体を差し出したのかい？」

まつげを伏せた彼の顔が次第に近づいてきて、リズベスは心のなかで悲鳴をあげた。

「でもねリズベス、ぼくはきみを諦めないよ。立ちはだかる障害など、愛の前には無力だ。ぼくたちは、互いに表向きの伴侶がいたとしても、いつまでも、死がふたりを分かつまで心の伴侶でいよう。ぼくたちは夫婦だ。離れないよ。絶対にきみを離すものか。いますぐぼく色に染めてあげる。今宵をふたりの秘密のはじまりの日にしよう」

顔に生あたたかい息が吹きかかり、リズベスはいやいやと首を振るが、顎を固定されてしまい万事休すとなる。

「ぼくの愛……かわいいリズベス。誓いのキスを……」

リズベスは、「汚い！　こんなへんてこな唇、いやっ！」と、マンフレッドを罵倒した。心のなかでだ。しかし、無情にも唇《くち》がさらに迫る。

「……っや！」

リズベスが、ぎゅっと目を閉じ、苦しげに顔をゆがめたときだ。

「きみ。リズにキスをすれば、ぼくはきみを殴り倒して、きみのすべての歯という歯を粉砕する。マンフレッド・クロッソン、この先一生流動食で生きていく覚悟はあるのかな」

突如聞こえた怒りを孕む声に、マンフレッドとリズベスは驚き、それぞれ真逆の表情を見せた。マンフレッドは嫌悪を。リズベスは歓喜を。

マンフレッドの背後には、銀のステッキを持つロデリックがすらりと立っていた。

月明かりの下でしなやかにたたずみ、研ぎ澄まされた怜悧《れいり》な瞳でマンフレッドを見据える彼は、人間離れして見えるほどに崇高で、まるで精霊のようだった。その銀色の目がリズベスに目配せをして、こちらに来るよう伝えてくるから、うれしくて胸が高鳴った。リズベスは、感極まって鼻の奥がつんとして、次第に瞳をうるませた。

しかし、リズベスの手は、依然としてマンフレッドにつかまれたままで、彼のもとへ行くことができない。それに気づいたロデリックは、目をすがめて言葉を重ねた。

「話を聞いたよ。……きみ、たかだか三年前にリズを見つけたからといって、偉ぶるのはよしてくれないか。それを言うなら、ぼくは七年。年季が違うよね。早くぼくの妻から離れてくれる？　下劣な輩が妻に触れるのは大変不愉快だ。むしずが走る」

ぎりりと奥歯を噛みしめたマンフレッドは、ロデリックに食ってかかった。

「このぼくを愚弄するつもりか！」

対し、ロデリックは顎を持ち上げ、一笑に付した。

「愚弄されて当然だよね」

「何だと！」

「まさか下劣でないと言いたいわけ？　……つい先ほど、きみの愛人レイチェル・ミドルトンを見かけたけれど、きみ、他にも愛人がふたりほどいるよね。その上ぼくの妻にまで愛人関係を迫るとは、どうひいき目に見ても下劣を極めているとしか思えない。きみの愛は安いね。そんなきみがぼくのリズに愛を語るなど笑ってしまう」

ロデリックはマンフレッドの手をつかんで、リズベスを解放させると、「おいで」と言って妻を抱えた。

「マンフレッド・クロッソン。今後、少しでも妻に触れてみろ、おまえの家ごと必ず破滅させてやる。……さあリズ、帰ろう？」

厳冬を思わせる厳しい顔から一転、彼はリズベスにやさしくささやいた。

リズベスは、大きくうなずくと、ロデリックにひしとしがみつく。

「帰る！」

ロデリックの腕のなか、リズベスはもう絶対に彼から離れたくないと強く思った。

それは、テラスからそのまま彼に抱えられ、車寄せに横づけされた侯爵家の馬車に乗ったあと、「リズ、おしおき」のひと声ではじまった。

彼は、親が子どもをひざにのせるようにリズベスを自身の上に座らせて、後ろから彼女の胸をまさぐった。乱れたドレスから現れた薄桃色に、彼は指をくるくる遊ばせる。リズベスは、息をとぎれとぎれに吐き出しながら横を向いた。彼の手により頂が硬くなり、その卑猥な様子が妙に恥ずかしくなったのだ。

「あ……」

「ねえリズ。きみは自分から夜会に行くって言ったよね。ぼくは行きたくなかったけど、きみに従ったよ？　そのときの約束を覚えているかな」

「……んっ、ロディの傍を……絶対に、離れないって約束……」

「うん、そう。でも、きみは着いて早々離れたよね。いつの間にかいなくなっていたよ。おかしいね。約束をやぶるばかりか、気づけばいろんな男とダンスまでして、正直驚いた。ひどいよね。どれだけぼくがきみと踊りたかったか知ってる？　どうしてぼく以外の男と踊ったのかな。ぼくは怒っているんだよ？　リズはぼくのリズだから」

　彼に胸の先端をぴんと爪弾《つまび》かれ、リズベスは甘やかな声を漏らして悶えた。そればかりか、首すじに彼の舌が這っていて、ぞわぞわと身体の奥がざわめく。

「ごめんな……さい。……あ」

　彼は乳首をこねくり回し、こりこりと引っ掻いた。

「リズはこうされるのが好きだよね。吸うのも、噛むのも」

「……ん。好き」

「口でしてほしい？」

　リズベスは、胸へ続けられている愛撫に感じて、のどを反らせた。

「して……ほし、い。ロディ……」

「だめ、いまはしないよ。胸はおしおきには向かないみたいだからね」

　ロデリックは、ぱっと胸を解放すると、リズベスのドレスを整えて膨らみを隠した。リズベスが物足りなさに身じろぎすると、彼の手が彼女のおなかに当てられた。

「じゃあ、こっち。いまからスカートのなかを触るよ」

　とんでもない予告に頬を真っ赤に染めたリズベスが「だめ」と首を振ると、ロデリックが首すじにちゅうと吸いついた。赤い所有の花がこっそり咲いた。

「だめは聞かない。おしおきだからね。ぼくの好きにする。……きみは素敵だから、すぐにさらわれそうになる。だから、ぼくから離れられないようにしたいんだ。きみにはぼくだけ。一生ぼくのものだよ、リズ」

なんと、彼は本当にスカートのなかに手を入れた。その手が太ももを這い上がり、リズベスの脚が露出する。

「ロディ、見えちゃう」

彼は性急に、下着のリボンを外しにかかる。はらりと落ちて、リズベスの秘めた部分もあらわになった。

「ぼくは夫だから、きみのここをよく知っているよ」

「でも」

「おしおきだからね、触るよ」

迷いなく、彼の手が下腹部に置かれてリズベスは跳びはねた。「だめっ」と言っても効き目はない。傲慢で不埒な指が、秘部をちろちろ撫でている。途端、淫猥な疼きがはじまった。必死に耐えていると、今度は花びらをかきわけて、あわいの粘膜に指をねっとり這わせてくる。ちゅくちゅくと淫らな音が立っている。

リズベスは腰を動かし逃げを打とうとするけれど、彼は見逃してくれない。

「だめ……ここは、本当に汚いの」

「汚くない。ここはね、きみが寝ているときに毎日触れていたから知っているんだ。いっぱい舐めているし入れているよ？　だから、ぼくはリズよりも詳しい。ほら、これ」

彼の指が上へすべり、鋭く快感が走る箇所にぶつかった。リズベスは強い刺激にびくんとわずかにはねて、ぎゅっと目を閉じた。

「あ……っ」

「ここに触れると、きみはいつもかわいらしく反応するんだ。それにね、すごく締まるんだよ。いまからいっぱい出そうね」

「ん、何を……出すの」

「達してみたらわかるよ。きみは男と違って、何度でもすぐにできるから……。今日は、どれだけできるか確かめてみよう。一緒にがんばろうね」

リズベスには、彼の言葉の意味がわからない。けれど、疑問などすぐにどこか彼方へ飛んでいく。彼がリズベスの秘密の芽を執拗にこするからだ。

「は。っ……あ、あ」

彼は小さな粒に執着し、小刻みに叩いたり撫でたりして、そのつどリズベスを悩ませる。だんだんと腰の奥に熱が蓄積し、どくりと何かがうごめいた。

「んっ！　変、だわ……。あ、あ。どうしよう……」

背中が勝手に反り返り、胸がつんと自己主張をする。

「あ、だめ。ロディ、……やめて」

リズベスの首に、彼の荒い息が吹きかかる。

「我慢せずに、おかしくなって。眠っているきみも好きだけど、やっぱり、起きているリズが好き。かわいい……すごく、かわいいよリズ。腰、動いてる」

彼は人差し指で、リズベスの熟れはじめた芽を上からぐっと強く押しこむと、もう片方の手の指を秘部のなかに差し入れた。リズベスが止めても聞かずに深く埋めて、ぐるりと回したり出し入れする。動きに合わせ、車内に淫靡な水音が響いた。

「あ！」

押さえこまれた芽が疼き、リズベスに信じられないほどの官能をもたらした。おまけに、なかに埋められている指が奥のひどく敏感な部分を巧みに突いて、抗えない快楽を植えつける。びくびくと身体がはねて、あまりの快さに耐えられず、歯をくいしばった。

「ん――――！」

「リズ、かわいい……もう少しかな？」

彼は芽を潰している指をぐりぐり回して、さらに容赦なくいじめてくる。

甘く喘ぐリズベスは、たまらず足をのばし、サテンの靴先をぴんと上に向け震わせた。

鮮烈な刺激だ。身体がこわばり、すべての意識が秘部に集まり爆発し、うねりとなって、全身に飛び散った。

リズベスは息を荒らげながら、荒れ狂う快感に戸惑った。

「たくさん出てるよ。達したね」

彼はぬらぬらと濡れた手を見せつける。その長い指から、蜜のような液が滴った。

その手をべろりと舐めたロデリックは、続いてリズベスにも指をしゃぶらせた。

「んぅ」

「きみの味、好きなんだ」

ふう、ふう、と息をつき、朦朧《もうろう》とするリズベスの頭上に、彼の唇が押し当てられる。

「どこもかしこも好き。全部好きだよ。リズ、愛してる」

背後から身を乗り出した彼は、リズベスの顎を上向かせ、半分開いた唇に、ねっとりと濃厚に、むさぼるようにくちづけた。

「きみのすれていない性格も、変わった感性も、何もかも……この緑の瞳も髪も、鼻も唇も……吐く息すらも、愛らしくて、愛おしくて、独り占めしたい。全部……ぼくにちょうだい？　リズ、愛しているんだ。きみ以外いらない。だから、愛して……」

ねじこまれた肉厚の舌が、リズベスを蹂躙する。息すら奪われる。苦しい。でも、感じるのは深い愛、そして、強い懇願だ。

「ぼくを愛してよ……リズ」

地位も知能も容姿も何もかも、すべてを持ち合わせている彼に激しく求められている。どうしてわたしなの？　と疑問も湧くけれど、そんなことなどどうでもよくなるほどに、リズベスはうれしかった。どうしようもなく幸せだ。きっと、世界で一番。

彼を映すリズベスの瞳から、ひとしずく、頬にこぼれた。

「ロディ、愛してる」

「リズ……」

「わたし、本当にロディを愛しているの。わたしはロディのもの。全部、あげる」

ロデリックは再びリズベスにくちづける。今度は遠慮がちな、やわらかなキスだった。

黒いまつげに縁取られた熱くうるんだ目が、リズベスを真摯に見つめる。

「きみと出会い、結ばれて、三年離れて、ようやく結婚して……手に入れても不安だった。ずっと……。いまも不安。怖いんだ。きみが遠くて苦しい」

「どうして？　ロディ、傍にいるわ」

言葉が足りない気がする。彼の瞳は孤独を感じさせるほどに静かだ。リズベスは、一生懸命言葉を探した。

「………あなたを、愛しているの。すごく」

彼は苦しげに眉根を寄せた。

「本当に？　信じていいの？　きみに愛されていると思ってもいい？　ぼくは、親にすら愛されない男だけど……愛してくれる？　ぼくは、きみの理想の男になれるように努力するから、がんばるから……ずっと、一生……見放さずに、ぼくを愛してくれる？」

リズベスはぐいと上体を持ち上げて、彼の口に唇を当てた。相当な勇気を要した。下手で不恰好だ。けれど、これが初めてリズベスから彼へ贈るキスだった。

息を大きく吸いこんだリズベスは、ありったけの思いをぶつける。

「ロディ！　わたしね、ありのままのあなたが好き！　愛してる！　努力なんていらないの。あなたは変わらなくていい。うん、変わってほしくない。だって、わたしの理想はロディだもの。ロディの全部を愛してる。あのね、わたしね、ロディがわたしを思うよりも、もっとたくさん、大きな気持ちでロディが好き。愛してる！　すごく、大好き！」

　言い終えた途端、めずらしく顔をくしゃくしゃに崩したロデリックに強く抱きしめられた。骨がきしむほど力強い抱擁だ。痛かったけれど、だからこそうれしい。リズベスもまた、強く、力の限り、彼を抱きしめた。

「リズ……それはない。ぼくのほうが思いは大きいよ。ぼくのほうが、きみを愛してる」

「負けないっ。わたしのほうが愛してる！　ロディ、好き！」

　彼からため息がこぼれた。

「どうしよう、リズ、ただでさえきみが好きすぎるのに、もっと好きになってしまったよ……責任、とって」

「とるわ！　でも、ロディも責任とって。わたし、ロディが大好きだもの。すごく！」

「リズ……喜んで責任とるよ」

　上質で高価な夜会服とドレスは、ふたりがあまりにもぎゅうぎゅうともみくちゃになりながら抱き合うからくしゃくしゃだ。リズベスの繊細なドレスの飾りは、あわれにも取れかかっている。けれど、彼も彼女も気にしない。ふたりを遮る布は邪魔なだけだった。

　見つめ合い、唇を重ね合わせる。とろとろに蕩けるほどの深いキスに、リズベスは酔い、ふらふらになった。「愛してる」と彼に告げるよりも、彼から伝えられるよりも、キスは愛を表す行為なのだわと、彼女は思った。

終章　恋愛の魔法

屋敷に到着し、吸血鬼や蝙蝠たちに迎えられ、そのまま寝室になだれこんだ若い夫婦は、思いのままに互いの唇をむさぼった。気づけばリズベスは、ロデリックの手によりドレスを剝かれて、全裸になっていた。慌てて身を隠そうとしたけれど、すぐに思い直して隠すのをやめた。一刻も早く彼に愛を伝えたかったし、彼から感じた色濃い孤独を、全部無くして埋めつくしたいと願ったからだ。そのために、リズベスは積極的になろうと心に決めた。それこそ、彼がたじろぎ、ひるむほどの積極性が必要だ。

決意のもとにロデリックを見れば、長い鎖のついた懐中時計を服から取り去って、傍机に置いているところだった。続いて彼がクラヴァットを外しにかかると、リズベスは率先して彼の上着のボタンを手伝った。視線が合えば、彼がうれしそうに目を細めるから、もっと喜ばせようと、シャツのボタンにもとりかかる。何だって外してやろうと思った。

「リズ……そんなにも、ぼくがほしくてたまらないの？」

リズベスはぴたりと動きを止めた。ロデリックがほしいとは、どういうことだろう？　そう思いかけて気がついた。彼には、王都に赤毛の綺麗な女の人がいる。でも、先ほど彼はリズベス以外いらないと言った。そこから導き出される答えは何だろう？　わからない。

リズベスは彼のものだ。だが、彼はリズベスと赤毛の綺麗な女の人のもの。……それは、嫌だ。嫌だけれど仕方がない。でも、リズベスは、ロデリックがほしい。とても！

「ロディ、ほしいわ！」

告げた途端、彼の端整な顔に広がったのは、溢れるほどの喜びだった。

「リズ、もう、ぼくをどうしたいの。幸せで死にそう」

「死んじゃいや」

「うん、死なない。ぼくをあげるね。全部あげるよ」

彼はひきちぎるようにシャツを脱ぎ捨てると、下衣を身につけたままリズベスに肌を合わせた。息もできなくなるほどの荒々しいくちづけをされ、胸をもみくしゃに揉まれる。先をこりこりされて、リズベスの腰深くに火がついた。どうしてだろう、これまで以上に、心の奥底から彼がほしくなってきた。独占したい。

「ロディ、愛してる」

「うん、ぼくもだよ。ぼくも、リズを愛してる」

「愛しているの……」

熱に浮かされたように伝えると、彼もまた「愛してる」と言いながら、リズベスの口にキスをして、唇を下にずらしていく。顎、首すじ、胸へと移り、先端は色づく乳輪ごと吸われる。先を甘噛みされ、リズベスが喘ぎながら刺激に満足したころ、彼はリズベスの両脚を持ち、シーツにひざがつくほど開かせた。秘められた花びらもぱくりと割れた。

ひやりとした空気に触れて、白い肌が粟立つ。いよいよだ。心臓が激しく脈打った。

リズベスは、「やめて！」と言いたくなるのを必死にこらえた。本当は、怖い。彼の黒い下衣の、はちきれるほど膨らんだ箇所をずっと見ないようにしていたけれど、あれが異様に怖かった。もはやいちじくの葉などとかわいらしい名で呼びたくはない。あのかちかちに硬いやつに、三年前、大激痛を食らわされたのだ。でも、ロデリックのことは好きだ。彼の求めには応じたい。だって、リズベスはロデリックを愛している。彼がほしい。

緊張で内ももがわなないた。リズベスは、あまりの怖さにぎゅっと固く目を閉じた。あいつが、穴に来る。絶対そろそろ来るはずだ。猛烈な痛みを振り撒きながら刺さり、なかなか出て行かずにしつこく留まり続け、リズベスを奈落の底に突き落とす。

ふっと股間に風を感じた。リズベスのなかで、恐怖と愛がまぜこぜになり、最後には、まなうらに焼きつくロデリックが勝利した。彼が好きだ。リズベスは覚悟を決めた。

「――あっ！」

リズベスの身体がびっくりするくらいにはねた。いきなりはじまったそれに、何が起きたのかわからずに、彼女はただただ激流に流された。

「ああ、あ、あ！」

悶えて勝手に腰が動いた。気持ちいい、気持ちいい、でも、苦しい、いや、死んじゃう！　と、身体がわななく。こんな感覚、リズベスは知らない。

「あ！　ロディっ、……んっ。んっ！　怖いっ」

「リズ、大丈夫だよ、怖くない。ぼくを見て」

彼の声がずいぶん下から聞こえて、リズベスは目を瞠った。何と彼は、リズベスの開いた脚のあいだに顔をうめていた。こちらを窺う彼の薄い唇は、リズベスの秘めた花芽と銀糸で繋がって、ぷつりと切れた。

「ここを舐めたり吸われるのがきみは好きなんだ。寝ていたから覚えていないかもしれないけれど、でもね、これ、毎日していたんだよ。ぼくとの行為で、リズが好きなものがたくさんあるから、今日は全部教えてあげる。まずは、もう一度達して」

割れ目をなぞるようにぬるぬると舌が這い、また粒にたどり着く。舌でぴんとはじかれ、絡められて潰されて、官能の刺激がずくずくと腰の奥を貫いた。リズベスはくねくねと身体を揺らし、背中を反らせた。快感に合わせて胸の先の尖りが増して、身体の内部が熱くたぎる飢餓を覚え、ぐにゃぐにゃと収縮する。

「あ、ああっ！」

突如襲ってきた猛烈な刺激が身を焼いた。灼熱を解放するかのように、何かが激しく噴き出す。わけもわからず、リズベスは身体をわななかせた。

いまだおさまりのつかない熱に、リズベスの腰は揺らめいている。透き通るような真っ白の華奢な身体は、リズベスのものでありながら、その実ロデリックの思いどおりになっていた。

「あ！　……ん。ロディ、怖いっ。……ぅ。怖い！」

リズベスは全身を痙攣させて、びくんびくんと何度も続けざまに達した。

ずるずると彼が艶めく液を啜る音を聞きながら、彼女は金茶色の髪を乱して首を振る。

これは、自分じゃない。こんなのは自分じゃない。だって、何だかすごくいやらしい。

「やっぱり、起きているときのきみはすごい。リズ、ぼくを見て」

頬を桜色に染め、はあ、はあ、と息を荒らげるリズベスは、やっとの思いで彼を仰いだ。

黒い髪をべったりと濡らし、甲で口もとを拭った彼は、壮絶な色気をたたえて、うっとりとこちらを見つめている。

銀色の視線は欲望を剝き出しにしたままで、リズベスは、胸を焦がすせつなさを覚えた。

「リズ、好きだよ」

「ロディ……わたしも、好き」

「入れるね。ひとつになろう」

ロデリックがリズベスの手をとり、互いの十指が絡まった。

そそり立つ猛りがリズベスの秘部に押し当てられる。瞬間、肌から汗が噴き出した。

リズベスは恐怖した。心では、彼を受け入れたいと思っているのに腰は勝手に逃げまどう。三年前のあの夜の恐怖は身体にこびりついていた。知らず、瞳がうるみ出す。

「ロディ……わたしっ」

「……リズ？」

「ごめんなさい……できない。怖い……怖くて、わたし。でも……でも、愛してる」

しゃくりあげると、額にくちづけられた。やさしい、やさしいキスだった。

「リズ、ぼくも愛してる。どうして怖いの？」

リズベスは、申し訳なさと、怖さと、彼への愛しさとでぐちゃぐちゃになって、身体を震わせた。

「ロディの………怖い。いちじくの葉、怖い……すごく大きくて、硬くて……」

痛いから、と続けようとして、リズベスは言葉をのみこんだ。言ってはだめだと自分を止めた。彼が傷つくような気がする。

少し考えこんだ彼は、リズベスの耳もとに唇を寄せた。

「怖くないよ。リズ、何も怖くない。大きくて硬くても、ぼくは何度もリズに入れているんだ。それに……そうだね、見せたことないよね。ぼくのいちじくの葉。見てごらん？」

あっけにとられていると、彼の唇が弱々しく弧を描く。

「見ればわかると思う」

言われるがまま、リズベスはたどたどしく視線を下にすべらせた。そして目をまるくする。この形を知っている。まさしくこれは――

「インセンスだわっ！」

「うん、そうなんだ」

「ねえ、ロディ。どうしてこれ、インセンスの形をしているの？」

「えっと、どうしてだろう。それは、ぼくが聞きたいかな。……ねえリズ、怖い？」

「………怖くない」

それはうそだ。怖い。けれど、馴染みの形に少し安心した。

「よかった、続けてもいいかな。早くリズとひとつになりたい」

リズベスはうんとうなずいた。心なしか、緑の瞳は先ほどよりもいきいきしている。

「わたし、ロディとひとつになる」

「ん。リズ、入るね」

彼は再び自身の猛りをリズベスにあてがった。リズベスが固唾をのんで見守るなか、じわじわと腰を進められる。決死の覚悟で臨んだリズベスだったけれど、彼が侵入しはじめた途端、彼女の身体を貫いたのは、言い表せない鮮烈な疼きだ。彼を得た内部が、雄を取り合うように、ぎゅうぎゅう隙間なく密着する。花びらも、彼にねっとりと寄り添った。どろりと身体の芯が崩れ出し、ぐねりぐねりと渦巻く濁流にのまれて、リズベスはつんと胸を突き上げた。

彼は、艶めくその突起にすかさず赤い肉厚の舌をのせ、ふにふにと転がし、なめしゃぶり、歯を立てた。

「う。……はあ、……あ！」

彼を受け入れても痛くなく、むしろとんでもなく気持ちがいいという事実に、リズベスは混乱した。心と身体は別ものだ。リズベスは何も知らないのに、身体は熟知しているようだった。勝手に下腹に力がこもり、より感じようと、彼をがんじがらめに締めつける。

「は。……リズ、気持ちいい。ちぎれそうなくらい」

ロデリックは悩ましげに眉をひそめ、時間をかけて挿入する。切っ先でリズベスのよいところをこすりつつ、ぐぐ、ぐぐ、と奥を目指す。そして、たっぷり時間をかけたあと、彼の先端とリズベスの奥が吸いつくように合わさった。彼は、腰を深く押しつけたまま、リズベスを身体ごとゆさゆさと揺すって、彼女を震わせた。

「……あ。だめ、これ。……おかしく、…あ！」

「リズ、おかしくなっていいんだ。ここが、きみの感じるところ。しばらく続けるよ」

彼は眠るリズベスと身体を繋げて以来、毎日のように試行錯誤をくり返していたから、リズベスの官能を自在に操ることができた。彼の唇の端がゆがんで、笑みが刻まれる。

「リズ、乱れて。ぼくを締めつけて。……もっと」

「やあ、……あ。ロディ、だめっ！」

ただゆっくりゆさぶられているだけなのに、リズベスは半狂乱になって身悶えした。やがて、頭のなかが白くなるほどの絶頂を迎えて高く叫んだのだった。

あれから、ふたりの寝室には、リズベスの嬌声がやまずに響いていた。いま、彼女の身体にとんでもないことが起きていた。彼が長い時間をかけて、ゆっくりゆさぶり続け、奥深くを刺激するから、箍が外れたリズベスは、続けざまに果てることになっていた。

「だめっ」と伝えても彼はやめない。内でぐらぐら燃える官能の炎に焦がされ、どうあがいても熱は冷めなくて、リズベスは悶えた。全身のそこかしこから汗が噴き出し、ろうそくの灯りでリズベスの白い肌がぬらぬらと照っていた。それを彼は見つめている。

「綺麗だね、リズ。ほら、達して」

そう言って、彼は結合部から溢れ出るふたりの体液を指ですくい、秘めた芽にぬりこめる。リズベスは、さらに高みに押し上げられた。

「んっ！　あっ……も。や！　……死んじゃうっ」

「死なないよ。言ったでしょう？　リズは何度でもできるんだ。今日と明日は限界に挑戦。まだまだできるはずだよ。ぼくが尽きるまで付き合ってもらうから、いっぱいしようね」

彼はすでに二度、リズベスに注いでいるので余裕があった。妖艶に笑みながら、腰を回して、ぐりぐりとリズベスのなかを刺激する。

「や……！　あ、あ！　ロディ」

「ねえリズ。聞きたいことがあるんだ。いい？」

リズベスはぶんぶんと首を振る。

「だめっ、……あ！　だって。……話せ、ないっ」

「気持ちがよすぎて？」

「ん！　気持ち、よすぎて」

ロデリックはリズベスを「かわいい」と言いながら抱きしめて、己を入れたまま、広いベッドの上で転がった。いままで組み敷かれていたリズベスが、今度は上になる体勢だ。

「リズ、これでどう？」

リズベスが彼の胸に手をついて、おしりをぷりっと上げると、ずるりと彼が抜けた。

「抜いちゃうの？　あとでまたすぐに入れるよ？」

「ん…………でも、ずっとあとで」

「だめ。ずっとリズのなかにいたい。ぼくはね、遠慮しないよ。これは愛を伝え合う行為だから。まだ今日の分をリズに伝えきれていないんだ」

「伝わってる」

「ううん、全然」

「でもロディ、キスでも伝え合えるわ」

「キスもする。でも、セックスも」

その言葉に、リズベスは真っ赤になりながら、かっと目を見開いた。

「ロディ、やめて！　はしたないわ！　もう絶対にセックスなんて言わないで！」

「じゃあ、ぼくたちのこれ、何て言おうか」

困ったように顔をくしゃくしゃにして笑う彼は、首を傾げた。

ぷいと顔を背けたあと、小さく息をついたリズベスは、彼の胸に頬をつけて抱きついた。

「知らないっ。…………ロディ、さっきの話を聞くわ。わたしに聞きたいことは何？」

ロデリックは愛おしそうにリズベスの金茶色の髪を撫でながら切り出した。

「あのね、ぼくが子爵邸にきみを迎えに行ったときに、リズは泣いていたよね。ずっと気になっていたんだ。きみは、ぼくに何かを確かめるというようなことを言っていたけれど、何を確かめたかったのかな。話してくれる？」

リズベスは彼を覗きこみ、そのまま顔を伏せ、また、彼をぎゅっとしながら頬をつけた。ロデリックに確かめてみようと思ったのは、赤毛の綺麗な女の人についてだ。

とはいえ、三年も無視してきた手紙の百二十二通がリズベスに重くのしかかる。彼の孤独の影を濃くしたのは自分だ。そう、リズベスは身を切るような罰を受けねばならない。ということは、赤毛の綺麗な女の人のことは快く容認すべきだ。おとな同盟のキャロリンも、愛人は容認したほうがいいと言っていた。

まぶたをぎゅっと固く閉じたリズベスは、開いたときに覚悟した。きっと泣いてしまうかもしれないけれど、がんばる。自分は罰を受けなくてはならない。

「……ロディ、わたしね」

思ったよりもか細く情けない声が出たので、彼女は「勇気を出すの」と心のなかで唱えて、言い直した。

「ロディ、わたしね、ロディが好き」

リズベスは、するすると彼の肌を這い上がり、彼の形の良い唇にちゅうとキスをした。

「大好き」

彼の手がすぐさまリズベスの後頭部に置かれて、キスが深まった。ちゅ、ちゅ、と卑猥な音が鳴る。

「ぼくもリズが大好き。愛しているよ、リズ」

ひとしきりくちづけたあと、リズベスは彼の首に顔をうずめて、そこにも口をぐっと押しつけた。

「うれしい。でもね、あのね、思ったの。つらいけど……とってもつらいけれど、わたし、我慢するわ」

「ん？　ぼくの愛する奥さんは、一体何を我慢するのかな」

「わたしね、我慢しなきゃって思うの。決めた。紳士が愛人を作るのは不文律。ロディも例外じゃないもの。わたしも耐えなくちゃ。だからわたし、ロディが愛人を囲っていても平気。でも、時々わたしに好きって言ってね。それだけでいいの」

リズベスの言葉を聞いた途端、ロデリックがいきなり身を起こしてきたので、彼にぺたりと肌をくっつけていたリズベスはごろんと転がった。彼がすぐさますさまじい勢いで覆い被さってくるから驚いた。顔にできた陰影でその迫力は増している。

「待って！　どういうこと？　愛人？　きみ、ぼくが愛人を囲っていると思ってる？」

「違うの？」

「囲うわけないじゃないか！　ぼくがどれほどきみを愛しているか、もしかしてちっとも伝わっていないの？」

眉根を寄せた彼の眼光にリズベスはたじろぐ。

「でも……」

「でもじゃないよ！」

彼はリズベスに脚を開かせ、だしぬけに自身の昂りをずぶずぶ埋めた。そこは先ほどまでの行為でうるおっていて、たやすく受け入れていく。

「んっ！」

「見て。こんなに愛しているんだ」

彼は、ずるりと先端近くまで腰を引き、わざとリズベスに繋がりを見せた。血管が浮いたそれは、どくどくと脈打ち、彼の容姿に似合わず凶暴だ。彼女が作り出すインセンスよりも。

「これ、わかる？　ぼくは、リズに欲情している。リズがほしいから硬くなるんだよ」

「ロディ。……ん」

彼は腰を艶めかしく動かし、一突き一突きわかりやすいように動かした。ぐちゅ、ぐちゅ、と抽送しながら彼は言う。

「ぼくは、リズ以外の女を抱こうと思わない。そんな気などみじんも起きない。そもそもリズ以外には勃《た》たないし、リズが産む子どもしかほしくない」

前のめりになった彼は、リズベスの唇に唇を合わせた。互いに伏し目で向かい合う。

「子ども、産んで」

リズベスは数度瞬いてから、はにかんだ。

「子ども……？　わたしが、お母さまになるの？」

「うん。ぼくとリズの子ども」

彼と自分の子ども。顔を想像し、思い浮かばないけれど、リズベスはうれしくなった。

「なるわ」

銀の瞳はリズベスを放そうとしない。彼は、緑の瞳を見据えたまま、はあ、はあ、と甘い息をこぼしながら、次第に律動を速めた。

なかの感じる場所をこすられたリズベスが、か細くうめいてびくんとはねると、彼に胸のふたつの突起をかわいがられて、さらに顎を上げて乱れた。

「あっ！」

リズベスのなかは、ロデリックをきゅうきゅうと締めつけて蠢動《しゅんどう》する。じくじくとした快感に悶えていると、彼が親指で秘めた芽をぐっと押しこむから、リズベスは甘くうなった。もう、だめ、またくる！　と思った。

猛った彼はぴくぴくとうごめき、リズベスの内側を刺激する。強い快楽に頭のなかが白くなり、痙攣し、かっと身体にこもった熱が弾けた。リズベスは、彼に見られながら果てを迎えた。

その直後、どくどくとした彼の脈動を感じてリズベスは震えた。放たれた欲望がじんわり広がり、満たされる。

「……は。……リズ」

ロデリックがリズベスの上下する胸に顔をのせ、ぐったりとしながら荒く息を吐いている。彼の重みが心地いい。リズベスは、黒い髪をわしわしと撫でながら、息を整えた。秘部からは、とろとろと熱いものが流れ落ちている。

ふたりはしばらく、熱い官能の余韻に身を任せていた。その後、先に身を起こしたロデリックが、リズベスにくちづけをしてから切り出した。

「ねえリズ、言って。どうして愛人なの？　身に覚えがないんだ」

リズベスは言いにくそうに口をまごつかせていたけれど、彼に再び「言って」と唇を舐められて、おずおずと話しはじめる。

「キャロリンの……お兄さまが」

ロデリックは眉間にしわを寄せ、苦々しい顔をした。心の底から嫌そうだ。

「まさか『おとな同盟』のキャロリン？」

「ん。……あのね、キャロリンのお兄さまが王都でロディを見たって。女の人と公園で」

彼は気むずかしそうな顔で視線を横にずらし、思い当たったのか「ああ」と言った。

「馬車にも一緒に乗っていたって聞いたの。その……ふたりで夜会に出ていたって。だから、わたし……」

ロデリックはくしゃくしゃと、己の漆黒の髪をかきあげた。

「まったくの誤解だよ。リズ、弁明させて」

彼の言葉にリズベスは涙ぐむ。

「愛人……いない？」

「もちろんいないよ。まいったな、本当は内緒にして驚かせるつもりだったんだ」

「愛人を？」

「だから、そうじゃない。いないんだ」

彼はリズベスの唇にしっとりと唇を合わせて「キスをするのもリズだけ」とささやいた。

「……あのね、実は、ぼく、読んだよ」

「ん、何を？」

「リズの小説」

リズベスは目をむいた。まさか、と青ざめ、かたかたと身を震わせる。

「アマゾネスの」

それ以上聞いていられなくて、羞恥と罪悪感で全身の肌を真っ赤に染めたリズベスは、

「いやっ、やだ！　やだ！」とうるさく騒いだ。

「ちょっ…落ち着いて、聞いてリズ。すごくおもしろかったんだ。ぼくのいない三年のあいだに、まさかきみがあんなにすばらしい話を作り上げていたなんて。興奮したよ。読みはじめたら止まらなかった。誰にも邪魔されたくなくて、書斎にこもって読みふけったよ。実はね、まちがっている綴りや言葉は全部直したんだ。戦術の検証もしたよ。勝手にごめん。ねえ、続きはどうなるのかな。いいところで終わっているから、早く知りたい」

黙ってほしかった。リズベスは金茶色の髪をわしわしとかきむしる。小説じゃない、あ

れは……あれは、消したい過去だ。自分をイフゲネイアに置き換えて男どもをいたぶるだけの、わたしすごく強いでしょ！　といった、願望と妄想がほとばしる自分最強伝説だ。処分が遅れてしまったために、大変な事態となった。

「それでね、きみの小説を製本したくなったんだ。それをリズにプレゼントしたくて」

——余計なことを！

思わずリズベスは、ロディのばか！　大嫌い！　となじりたくなった。この悪魔は、なんてどす黒い、ろくでもない発想をするのだろう……。無知は恐ろしい！

「でね、きみが言っていた都での女性だけど、彼女はビーミッシュさんといって、女だてらに手広く商売をしている人なんだ。本の装丁の職人を数多く知っているから、仲介人になってもらっていたんだよ。決して愛人とか、そういう関係じゃないんだ。社交に忙しい人だから捕まえるのが大変で、こちらから出向くしかなかった。あのね、ぼくはリズだけ。一生。ぼくはリズしか知りたくないんだ」

本来なら、赤毛の綺麗な女の人の素性を喜ぶべきだろう。だが、リズベスはアマゾネスの物語を彼に読まれてしまった事実に、頭がどうにかなりそうで、喜ぶどころではなくなった。いますぐにすべてを処分しなければ。

「それでね、そのビーミッシュさんがきみの物語を読んだんだけど、そうしたら彼女、ぜひ出版したいって」

とんでもないひどい追い討ちに、頭ががんと殴られたようにリズベスは放心した。

「おそらく……たぶんだけれど、一年後くらいには本が出るんじゃないかな。著者名はね、リズの名前のリズベスは、『神は誓った』という意味だから、同じ意味の『エルシー』にしたんだ。姓はね、小説の主人公がイフゲネイアで、彼女は守りの戦士だから、そこからとって『ワーナー』。エルシー・ワーナーが、もうひとりのきみ。本のタイトルは『ピンダロキュロスの女王』だよ。エルシー・ワーナーのデビュー作だね」

リズベスは思わず、心のなかで「ぎゃあぁ…」と叫んだ。そして彼から身を離し、裸のままベッドから降りて駆け出した。目指すはハーブの部屋だ。

「え……ちょっと、リズ！」

何も身につけずに薄暗い廊下を裸足でぱたぱた走り、ハーブの部屋にたどり着く。廊下を灯していた燭台をわしづかみにすると、とびらを開いて、どっさり盛られたハーブの山を照らしてがさがさ探った。信じられない思いでいっぱいだ。

これは、夢だ。抹殺すべき話なのに、うそだ、全部、夢でうそだ。

古い木箱にたどり着くと、がんじがらめにして閉じたはずの箱が見事に開けられていて愕然とした。誰も開けられないように、固くみっちりと封印したはずなのに。開けば中身はからっぽだった。……夢じゃない。

頭を抱えた。

――なんてことなの！

そこへ、息を切らしたロデリックが現れた。彼はガウンを肩に引っかけている。

「リズ！　だめだよ、裸で飛び出すなんて。そんな姿を誰かに見られたら、ぼくは狂ってしまうよ。それに、廊下は走っちゃだめだ」

　彼に薄桃色のガウンをそっとかけられた。

　リズベスは、彼がしでかした邪悪な所業にとてもかんかんに怒っているため、彼をぎっとにらみつけた。が、顔を見合わせた途端にすぐにしおれてしまった。リズベスは、彼を愛しているのだ。心から。

「突然どうしたの？　ぼくに教えて」

　抱き上げられて、かつてリズベスが使っていたベッドにふたりで腰かけた。雑然とした部屋のなか、灯りは燭台のろうそく三本のみだ。浮かび上がるすべてがセピア色だった。

「ロディ、ひどいっ」

「ひどいけど…………好き」

　続けて嫌いと言いかけて、のみこんだ。嫌いだなんて言えないし、言いたくない。

「ぼくも好き」

　頬にぷちゅりとキスされた。続いて口にも。

「リズ、ごめん。ペンネームをぼくが勝手に決めたからだよね。相談するべきだった。でもね、きみに秘密にして、驚かせたかったから」

「そうじゃないっ」

　涙をにじませて訴えようとしたところで、彼はリズベスの額に唇を寄せて押しつけた。

「『ピンダロキュロスの女王』で、ぼくが一番好きな場面はね、ヴァイオス＝テオドロスが重装歩兵《ホプリタイ》と重装騎兵《ヘタイロイ》を率いて、鉄床《かなとこ》戦術でイフゲネイアを追い詰めたのに対し、窮地《きゅうち》に陥った彼女が、持ち前の知略で強大な帝国相手に逆に追い詰めるところなんだ。帝国軍は諸兵科連合がうまく機能していたにもかかわらず、女王は罠《わな》を仕掛けて相手の油断を誘い、欺き、各個撃破していったよね。罠が巧みで、すごく手に汗握ったよ。それに爽快《そうかい》だった。リズは天才」

リズベスのこめかみから汗が滴った。彼女は、ただ憎きヴァイオス＝テオドロスをぎゃふんと言わせたくて、わざと女王を追い詰め、「ヴァイオス＝テオドロス……油断してばかなやつ」と思いながら、じわりじわりと絶妙ないたぶり具合で皇帝の軍を各個撃破していじめるといった、性格の悪さを披露しつつ書いていただけだった。しかも、皇帝はロデリックの分身なので、目をらんらんとさせる本人を前にしては気まずすぎて、自分の愚かさが恥ずかしくなり、無性に消えてしまいたくなった。

肩を縮こませて小さくなっていると、彼は言った。

「でも、あのふたりは好き同士だよね」

リズベスは、「え……？」とつぶやき、うつむけていた顔を上げた。

「違うの？　皇帝は女王にいろいろ仕掛けるけど、実際は、構ってほしくてちょっかいを出しているみたいだったし、女王も放っておけばいいのに真剣に遠征までして付き合って……で、彼女は何度も機会があったのに、結局皇帝にとどめをささないからね。彼を殺したくないのかなって思った。壮大な戦記だけど、実は恋愛物かなって。深読みしすぎ？」

リズベスは思わず目をまるくしたけれど、彼と再会してからの自分を思った。いま思えば確かにリズベスはロデリックが好きだった。好きだからキスが嫌じゃなかったし、うれしかったし、せつなくなった。彼をじっと見つめて確信する。

「そうなの、好き。……あのね、わたし、ロディが大好きなの」

「リズ、ぼくも……。きみがあまりにもかわいいから……ほら、ぼくはもうこんなに」

彼に手を取られて首を傾げていると、それは彼の下腹部に引き寄せられる。手が触れたものは、大きくて、熱くて硬かった。リズベスは、これはきっと彼の愛なのねと思った。

「愛しているんだ。ここでしよう？　きみのベッドで愛させて」

リズベスは、首を縦に振ったけれど、「待って」と告げて、祭壇《オールター》に近づいた。そして、その傍にある香炉に、てきぱきとろうそくで火を灯す。

「リズ、何をしているの？」

不安げに声をかけてきた彼に、二種類のハーブを見せた。

「ロディとするの、邪魔されないように……カレートゥリーとアサフェティダを焚くの」

するとなぜかロデリックは、その場ですっくと立ち上がり、慌ててみせた。

「待って！　リズ、焚かなくていいんだ。誰も邪魔なんてしないよ！」

必死に説得されて、不思議に思う。

「わからないわ……悪魔は恐ろしいから。……絶対に、邪魔されたくないもの……」

「本当に、本当だから。悪魔はぼくたちの邪魔はしないから。それに、もしもそんなことがあったら、ぼくが追いはらうよ。ね？　……あ、こっち。これがいいよ」

彼は床に転がる物体を拾い上げた。それは、以前アントニアに叩き落とされたまま放置していたインセンスだ。そういえば、儀式の途中だったのだ。明日はインセンスを作り直さなければ。

「この匂いがいい。リズが作った精霊を呼び出す香り」

リズベスは、彼がインセンスをふたつに割ったところを見て、ほほえんだ。

「リズ、傍に来て」

言われるがまま近づくと、彼の手がのびてきたから、リズベスもそこにそっと手を重ねた。漆黒の髪から覗く、宝石みたいな綺麗な瞳と、熱く、ねっとり見つめ合う。

リズベスは、彼のきらきらした目のなかに笑顔の自分をみとめて、ひどく満足した。

「ぼくの奥さん。ぼくのリズ、愛しているよ」

リズベスは、彼の頬を手で包み、母の香りを思いっきり吸いこんだ。

「ロディ、わたしも愛してる！」

リズベスの親友であり夫、そして、大好きなロデリックに、愛をこめて、もう一度言う。

この先、彼がしつこいと思うまで、何度も伝えていきたいと思った。

「愛しているの、ロディ。すごくすごく愛してる」

「ぼくも……リズ」

彼の「愛している」を聞きながら、ゆっくりと、ベッドに身体が倒される。シーツの冷たさに、一瞬で毛が逆立ったけれど、心も身体もぽかぽかしていたし、疼いて火照っているから心地いい。その上から、ガウンを脱いだ彼のすべらかな肌が重なった。隙間無くぴったりと。

リズベスは、密かにベッドの下に手をのばしてハーブのかけらを一枚とった。そして彼の背中に手を回した隙に、その肌にぺたりとかけらを貼りつける。

それは、リバーワートの葉っぱだ。男性の愛を確かなものにできる、恋のおまじない。

——ロディが、もっともっとわたしを好きに……愛してくれますように！

リズベスは、この先続く彼との未来に想いを馳せて、とびきり幸せそうに笑った。

あとがき

こんにちは。本書をお手に取ってくださいまして、どうもありがとうございます。前回は、あとがきが三ページもあり、やばい書くことがない……とめそめそしていたのですが、今回は打って変わって一ページのみです。これは一文字一文字大切に、しっかりと厳選しなければなりませんな。あとがき初心者から、ひとつ経験を積んだいま、書きたいことがたくさんなのです。とりあえず、まずは編集さまに額を床にこすりつけて土下座したいと思います。この度もご迷惑をおかけしてしまい申し訳ありませんでした！　それからDUO BRAND.さまが、本当に素敵なイラストを描いてくださいました。すごく……最高ですっ！　ちなみにみなさまはお気づきでしょうか。イラストにインセンスが登場しているのです。わたくしめは、めざとく発見してほくほくしていました。が、編集さまはさりげなくこうおっしゃいました。「邪心がある人は気づく」と。……え？　いやいやいや、違いますって。邪心なんかないですぞ。……って、いつのまにか、早くもあとがきが終わりを迎えそうになっています。まだろくに書いてないのに。

最後になりましたが、お読みくださった読者さま、本書に関わってくださいました皆々さま、大変お世話になりました。感謝いたします。どうもありがとうございました！

荷鴣《にこ》

この本を読んでのご意見・ご感想をお待ちしております。

◆ あて先 ◆

〒101-0051
東京都千代田区神田神保町2-4-7 久月神田ビル
㈱イースト・プレス　ソーニャ文庫編集部
荷鴣先生／DUO BRAND.先生

悪魔《あくま》な夫《おっと》と恋《こい》の魔法《まほう》

2017年8月3日　第1刷発行

著　　者　荷鴣《にこ》
イラスト　DUO BRAND.《デュオブランド》
装　　丁　imagejack.inc
D T P　松井和彌
編集・発行人　安本千恵子
発 行 所　株式会社イースト・プレス
〒101-0051
東京都千代田区神田神保町2-4-7 久月神田ビル
TEL 03-5213-4700　FAX 03-5213-4701
印 刷 所　中央精版印刷株式会社

ISBN 978-4-7816-9606-5
定価はカバーに表示してあります。

Sonya ソーニャ文庫の本

『魔性の彼は愛を知る』　荷鴣

イラスト KRN